明德书系

劳马作品集

小说·话剧·随笔

劳马/著

非常采访

中国人民大学出版社

·北京·

图书在版编目（CIP）数据

非常采访/劳马著. —北京：中国人民大学出版社，2013.5
（劳马作品集）
ISBN 978-7-300-17412-9

Ⅰ.①非… Ⅱ.①劳… Ⅲ.①中篇小说-小说集-中国-当代
Ⅳ.①I247.5

中国版本图书馆 CIP 数据核字（2013）第 084950 号

劳马作品集
非常采访
劳　马　著
Feichang Caifang

出版发行	中国人民大学出版社		
社　　址	北京中关村大街 31 号	**邮政编码**	100080
电　　话	010－62511242（总编室）		010－62511398（质管部）
	010－82501766（邮购部）		010－62514148（门市部）
	010－62515195（发行公司）		010－62515275（盗版举报）
网　　址	http：//www.crup.com.cn		
	http：//www.ttrnet.com（人大教研网）		
经　　销	新华书店		
印　　刷	北京易丰印捷科技股份有限公司		
规　　格	148 mm×210 mm　32 开本	**版　　次**	2013 年 5 月第 1 版
印　　张	9.75 插页 3	**印　　次**	2014 年 3 月第 2 次印刷
字　　数	237 000	**定　　价**	28.00 元

目录

非常采访

我最近忙得不可开交，脚后跟快打到后脑勺了，连打个哈欠都抽不出空来。我今天能在百忙之中接受你的采访，的确是你的荣幸，也是你我之间的一种缘分吧。缘分可奇妙啦，是看不见摸不着的东西，但又真的存在，就像你我此时的感觉一样。好吧，小帅哥，我接下来还要去为一家公司拍一个马桶形象广告，今天的采访就告一段落吧！对了，你要不要抓紧时间拍几张写真照片，我可以让你大饱眼福，一览无余哟！

·非常采访·

1

请坐下吧，用不着那么兴奋和激动！既然我同意接受你的采访，就不会轻易把你轰出去的。我知道像我这样一位引人注目的资深美女，对任何一个男性记者都会产生令人难以承受的诱惑和压力。我也体谅你们记者的苦衷，但凡有点儿谋生的事做，你也不会选择这个行当。我会尽量满足你的好奇，毫无保留地把我的个人隐私和盘托出。我俩是坐在这里谈呢，还是躺在床上聊天？

那好吧！就尊重你的习惯，正襟危坐地谈话。你不必过于紧绷，我不怀疑你的审美品位和道德水准。你跟有些记者一样，一开始时总是瞪着诧异的眼睛，张着惊恐的大嘴。其实，你们心底的欲火早就窜动燃烧了，哪有不好色的男人，除非他的下身没了。我能让八十岁的老头儿亢奋不已，捶胸顿足，抓耳挠腮。一个女人如果不能激活男人的本能冲动，那还叫女人吗?！我就是那种世上罕见的魅力四射的绝代美女，没有哪个男人能抵御和抗拒我的穿透力。来吧，我看你的额头出汗了，快把外衣脱了吧！我这屋子很热，你瞧我穿得多薄。若不是有记者来访，我平时在家里绝对一丝不挂。像我这种魔鬼身材，穿上任何华丽的服装都是对美的亵渎。

关于我的一切，我在博客里已经暴露无遗。你今天的造访，说到底，是想亲眼一睹我的芳容。这种心理我挺理解的。等采访结束时，你会得到我的亲笔签名的。签在哪儿呢？内裤上还是脸蛋上？那得看你的表现啦！你可要珍惜这百年不遇、千载难逢的机遇哟！

从哪里说起呢？还是从头说起吧！小孩没娘，说来话长。我父母都没了，那就更长了。这样吧，我就以时间为线索，以我真善美的品质为核心，痛快淋漓地向你坦露我的胸怀。真善美这三个字用滥了，很俗，但我一时又找不到更新潮、更前卫的概念来取代它们，暂时就凑合着用吧。一句话，正是我常说的，我就是真善美的化身。你只看到了我美的外形，但我丰富的真善美内心世界外人所知甚少。我讨厌以貌取人的低档标准，那又有什么法子呐？谁让我们生活在一个世俗的世界里呢？很多人只注重我美丽的容貌、迷人的肉身，而忽视了对我内在美的进一步探寻，这也不怪他们。我有时一照镜子也感到头晕，美是无法抗拒的魔力，谁叫我天生丽质呢？

缺点？都说世上没有十全十美的人，我当然也不例外。我最大的缺点就是目前还没有找到缺点。等我什么时候找到了，再告诉你。我还是从头说起吧！我的发型你看到了，对，从头说起不是指这儿，那就从我的出生聊起吧！瞧，天太热了，我得先把胸罩摘了。

2

真恶心，你变态吧！你干吗去采访那种人，她也叫人？

我不认识她，没交流过，也不想交流。我是在网上看到她的博客的，怎么说呢，我哇哇地吐了好几天。我虽见过让人恶心的，但还没见过那么恶心人的。真的，别说了，我一听到这个名字胃就翻腾，真的，我没什么好说的。你去采访别的网民吧，我受不了啦！

她太过分了，长得丑不是她的罪过，但到网上吓唬人，那就是她的不对了。自己在家里偷偷地照照镜子吓唬吓唬自己也就罢了，非得跑出来制造恐怖气氛。我不能原谅。据说西方有一个万圣节，是鬼节吧？到了那一天，孩子们都戴上各种狰狞、恐怖的面具，四处乱窜。要我看，她不用戴面具就能把人吓得屁滚尿流喊救命。记者们应该呼吁一下，别让她再到网上胡闹了，那会整出人命的。我真的不夸张，我看了一段她跳舞的视频，一连好几天都没睡踏实，太吓人啦。我不知道现在

“反恐”包不包括这一块儿，但我强烈建议把她的表演列入打击的重点对象，真的，看来恐怖分子、恐怖活动已经渗透到我们的日常生活中了。我觉得“反恐”工作任重而道远。

没那么严重吧？她是很难看，但绝不像网上骂的那样。我能忍受而且还挺钦佩她的勇气的。她的自信给了我很大的鼓舞，我以前可自卑了，白天很少出门，生怕让人笑话。晚上出去走走，还不敢挑有月亮的日子。真的，太封闭了，家里凡是能照见人的东西我都扔了，别说镜子啦！自从在网上看到了她的写真画面后，我信心倍增，现在可以大摇大摆地逛商店了，而且还哪儿人多往哪儿挤。如果没有她的出现，我至今仍活在阴影里，真的，我得好好谢谢她。以她为榜样，向她学习，活得阳光灿烂。

我没听说过这个人，更没见过她。所以我说不出什么。不过，我倒觉得应该尊重每个人的自由，包括像你提到的这位美女。美是很主观的玩意儿，她要是认为自己美得无与伦比那就美下去吧，总比感到自己奇丑无比强。网上有许多东西不可信，也许她在恶搞。既然大家都不喜欢她，干吗还要天天上网搜寻呢？点击率那么高，就说明很多人对她还是感兴趣的，至少有人认为她是美的。

记者同志，我认为她无聊，你们更无聊！全都是精神病！我那小孙子本来是个好孩子，上小学时可用功了，考试成绩门门优秀。自打迷上了网络，整天逃课泡网吧，敢情那上边净是这些乌七八糟的垃圾。你是记者，得拍拍胸口对得起良心！采访什么不好，净盯着这等烂事儿！你别不爱听，你要是我儿子我早就一个大耳刮子扇过去了。你还腆着脸跟我问这问那的，你不嫌丢人，我还嫌呢！报道点儿大好形势好不好，别吃饱了撑的，净炒作裤裆里那点儿破事儿。省省吧你呀，回家把眼屎抠抠吧，别让车把你给撞了！

3

我呱呱坠地的第一声啼哭虽然不是一首诗，但确实是有节奏旋律的，说不定还合辙押韵呐！这是我妈妈亲口告诉我的，我一点儿都没撒谎，只可惜当时没有录音机。

我妈说我刚生下时就漂亮，像个小天使似的。我至今仍觉得自己是天仙女下凡。

三岁时我进了幼儿园，全园一百多个孩子就数我招人疼爱，阿姨们可喜欢我了。把我当宝贝似的珍藏，生怕磕了碰了。人们常说三岁看老，那意思是从小看大。人在成长的过程中，底片很重要。你懂不懂？照相时的底片要是不好，再做修补就难了。我生来就是美人胚子，明星的苗子，这是爹妈给的，是老天的偏爱。你说对吧！

从上幼儿园的那天起，我就成了人群中的亮点。逢年过节搞演出，我顶不济也是个报幕员，相当于现在的主持人。在我们那地方，我可出名啦！小朋友们嫉妒得不行，常在我的背后使坏，有几回，他们还联合起来孤立我，谁都不跟我说话，还朝我啐唾沫！我才不在乎呢！呸，我也会啐他们一脸。

一个天才总要经受各种挫折和打击。天才是少数，是个别，大多数人都很平庸。多数人成不了天才就会想方设法把你变成跟他们一样。我的成名过程就是典型的例证。真的，我遭到了妒忌和非议，从幼年就开始了，一直持续到今天，而且，我认为会如影随形地伴随我的一生。我早就有这个心理准备了，我不怕，我的未来还会承受更多的压力，这是难免的，也是符合规律的，更是我预料之中的。

漂亮而又聪慧的女孩能促使男孩快速成熟，你信吗？我在幼儿园时就出尽了风头，成了所有小男孩心中的偶像。真的，我一点儿都不吹。我记得我们班有几个男孩，四五岁就很色，经常偷偷地亲我一口，口水弄得我脸上脏乎乎的。有一回，他们几个一起把我按到小饭桌上一顿乱啃，把我吓得哇哇直哭，后来阿姨狠狠地教训了那几个野小子。还有一个小不点，叫什么名字来着，我一下想不起来了，还把他那只小黑爪子伸到我的裙子里。我可没生气，用我的尖指甲把他的小脸抓出了一道道血印子，为这事儿，他妈还找阿姨告状了呢！

怪可笑的吧？现在说起来可能没人信了，那么点儿的小孩怎么懂这个？要不我怎么说自己是个天才呢！反正小时候我就不是个省油的灯。别看是个小丫头，可厉害着呐！但我讲理，我懂事，我多才多艺。不光长了张谁见了都想亲一口的漂亮脸蛋，我还会唱歌、跳舞、弹琴、画画。

我觉得我生来就是别人学习的榜样，就是追光灯紧追不放的耀眼明星。那个时候要像现在媒体这么发达的话，我早就大红大紫地火起来了，眼下这些大腕儿算什么，她们跟我根本就不在一个层面上，我睬都不睬她们一眼！我说的是心里话，不掺杂任何其他成分。

4

谁？那个丑丫头出名啦？你有没有搞错啊！

对，我就是她说的幼儿园里的“小不点”。拽她的裙子，摸她的大腿？天呐，我只有四五岁啊！我成熟得也太早了吧？

她漂亮？是不是重名了，你说的是两个人吧？她可是有名的丑丫头。她生下来的时候长什么样我怎么会知道？不过，听我们这儿的老人说，她妈生她时还挨了接产婆的一个大嘴巴！那个接生的医生吓坏了，说：“我干了大半辈子了，还头一次见到这么丑的孩子，差一点儿吓死我。”她不由分说地就抽了产妇一个响亮的大耳刮子。其他的护士早就吓跑了，没人敢正眼好好看看这个可怜的孩子。还有人说，有一次她妈抱着她在长途汽车站等车要上她姥姥家。一个男人见她妈哭成个泪人似的，以为她丢了钱了呢，就上前探问。一打听才知道她是因为别人说她的孩子丑才伤心落泪的。那个男人要替她打抱不平。

他说，我帮你抱着这只猴子，你去把那个人找出来，我非把他揍出屎来！这当然都是笑话了，我不信。她是有点儿丑，但还没丑到那分儿上。虽说女大十八变，越变越好看，估计在她身上也难体现了。真的，她那小样怎么变也变不成大美人！我得抽空到网上瞅瞅，看看奇迹是怎么出现的。据说现代整容技术水平很高，那也够呛，她的基础条件太差了，一般大夫不敢轻易接这个活儿，弄不好要砸牌子！

我也是她幼儿园那会儿的小伙伴。对，她的情况我很清楚。我去网上看到她的形象了，好像没太大变化，跟小时候差不多。她不算太丑？也许是从小在一起长大的，看习惯了。我倒没觉得她奇丑无比，一般人吧！算不上丑，当然跟漂亮的距离更远了。这年头只要肯豁出去，出名也挺容易的。她能出名，确实挺让我意外的。怎么说的，没法儿说理去。嗨，我真不好意思承认是她的同学，真的！那太毁人了，我是说她的炒作。只要她高兴就行，我能拦住她吗？你是不是想请我帮你劝劝她，这事儿我可办不了。真的，她小时候就爱抛头露脸，她没骗你，她在幼儿园时就争着抢着往台上跑，那是小孩子做游戏，挺逗的。我记得她扎着两个小辫子，特爱擦红脸蛋，一笑比哭难看多了。她每次一上台唱歌跳舞，下面就有小朋友尖叫，阿姨想拦也拦不住。所以，你让我去劝她那怎么可能呢？如果你要真看不下去，眼睛一闭不就得了。

这丫头挺好的，就是丑了点儿。我当时在幼儿园里当老师，看过她，有印象。这孩子个性挺强，好表现，没啥大毛病。唱歌跑调，扯着嗓子喊，像是故意捣乱。有一回，上面领导来检查，要看孩子们的演出，我费了好大的劲儿才把她的嘴捂住。幸亏那天她还算听话，要不她一张嘴，非得搞砸不可，先进幼儿园的奖状保不住了，我们的奖金也得泡汤。那会儿她还小呐，五六岁的模样。我当时跟她妈说，没事的，等她长大了知道害臊就好了，不会再唱了。你刚才说，她现在还唱歌，噢，那我可没想到。她今年也有三十多岁了吧？跑调的毛病改好了？

5

从小学到中学，那故事可多了。我差不多是学校里的动乱源，不知有多少男孩子为我打得头破血流。

我很善于利用我的先天优势控制班里的局面。我可不像那些听话的乖孩子，整天装模作样地围着老师转，相反，我常给老师出难题，把他们搞得很难堪。

比方说吧，我总是踩着上课的铃声走进教室。有时是跟老师一道，有时则比老师晚几分钟，等全班同学都坐好了我才不紧不慢地走进课堂。全班四十双眼睛齐刷刷地聚拢到我身上，像行注目礼似的，那感觉特好。

有的老师特坏，罚我站着听课。那正中了我的圈套，我仰着脑袋站在座位上，心里美滋滋的，不时地向偷偷瞅我的男生挤眉弄眼，把他们臊得小脸通红通红的，哪有心思听课！后来老师干脆把我拽到教室的墙角，让我面朝墙壁站着，那也没用，你看就我这身段，一个背影就能迷倒一大片。一堂课没上完，男生们的眼珠都快鼓出来了。如果我再不时地扭动几下屁股，特别是夏天，那就是一片混战。等到了高中阶段，老师们就再也不上我的当了，他们知道，要是再罚站下去会影响到整个学校的升学率的。呵呵，好玩吧？

有几个男生从小学一直追我到高中，我在哪个班他们就到哪个班，真是痴心不改。一上课就拿眼睛瞄我，还给我递纸条，写一些特肉麻的话。什么话？那我可记不住了，反正都是特肉麻心酥的那种。只要我的眼神与他们的目光一交汇，他们就立马精神起来，一点儿都不犯困，能瞪大眼睛紧盯着黑板看一上午。那几个后来都考上了大学，这得感谢我。如果没有我那多情的眼神激励他们，我估计他们就萎靡不振了。

我再给你讲一个不为人知的故事吧，这可是绝对隐私，我还是头一次向媒体的记者透露，我发现你还是蛮真诚的，就算是送你个小礼物，你可以作为独家新闻予以披露：在初三和高中期间，至少有两位男老师打过我的主意。

初三的体育老师最不地道，他利用上跳马课的机会，占我的便宜。他总说我的鞍马跳不好，就故意让我反复练习，他在边上保护我。后来，其他同学都过关了，便开始围在一起打排球。他不安好心地把我单独留下来专门跳马，每当我一跳到鞍上，他就冲过来抱住我，双手搂住我的腰，我能清晰地感受到他的心跳和嘴里呼出的粗气。真的，他花了两节课的时间单独与我在一起，放肆地揉搓我少女的躯体。幸好我一咬牙跳过了那该死的木马，否则后果不堪设想。

高中时也有个体育老师挺不像话的，出早操时那两只色迷迷的眼睛总不肯从我身上移开。他动不动就喊立正，然后把我一个人叫出来，站在队伍的前面，不停地让我给全班同学做示范。稍息、立正、齐步走、向左转、向右转、向后转，没完没了。他还让同学围坐成一圈，叫我在圈里的中央完整地表演一套广播体操，再加二十个俯卧撑和三十个仰卧起坐。你说他下流不下流?！最后，还是同学们看不下去了，有几个男生替我打抱不平，冲着体育老师大声嚷嚷，吹着口哨起哄，这才制止了他的进一步行动。我算是幸免于难吧！

6

作为她的同学，我深感荣幸。我的确从小学到中学一直与她同班，正是在她那含情脉脉的目光中受到了“激励”才考上大学的。哈哈，没想到，她至今仍记得我，真让我受宠若惊。记者先生，请你向她转达我对她的崇高的敬意！

受到她“激励”的男同学不止我一个，准确地说应该是全班男生都程度不同地从中获益。说激励不如说刺激，或者叫“反向激励”更好些。她的眼神相当有特点，谁看了都会魂飞魄散，不寒而栗的。她太多情了，一般人无法逃脱那眼光的摧残。真的，我一碰到她投射过来的目光就像受到电击一样，万念俱灰，眼前一片漆黑，脑袋一片空白，对比太强烈了。我不得不直愣愣地盯着黑板，半天不敢转脖子。我有时发现站在讲台上的老师也受不了她的挑逗和刺激，干脆闭着眼睛讲课。她的存在确实能逼迫我们聚精会神、专心致志地听课，她让我们中的不少人学会了默默忍耐。

高中体育老师是出于何种目的我们不得而知，但他确实多次让全班同学欣赏她走步、做操等单独表演。我们至今仍觉得那位老师太残忍了。不是对她，而是对我们这些无辜的同学。我们不得不按照老师的命令，围坐一圈，观摩她的夸张的形体动作。那是我高中时代最悲惨的一幕。她好像丝毫也不顾及我们的感受，尽情地陶醉在自己的幻想之中。至于初三的那个体育老师，我敢发誓，他绝对不会对她产生任何其他想法，因为他是她的亲表哥，这我们大家都知道。他之所以顶着烈日一遍又一遍地辅导她跳鞍马，那是因为升高中时体育成绩占二十分，他不想让自己的表妹因此受到损失才那么做的。

记者哥们儿，听说我也是被她列入中学时受到激励的男生之一？嘿嘿，真有她的。我也跟着沾光了，太幸运啦！

说句公道话，她没有你想象的那么丑，而是超出了你的想象。噢，我忘了，你刚才说已经采访过她了，那就不需要我再形容一遍了。我说话是有点儿离谱，爱夸张！但怎么也夸张不过你们这些当记者的，对吧？这么说吧，她人不错，就是有点儿那个。“那个”的意思很丰富，不好下一个准确的定义。你自己来体会吧！反正与一般正常人不大一样！要说她缺心眼儿吧，其实她又挺机灵的。要说她是个“人来疯”吧，有时又表现得特忧郁。要说她有些自卑吧，她又从不低头走路。回想起来，她中学时代就是个“人物”了，今天能出名我一点儿都不感到奇怪。我不是在说反话，她挺不容易的。我从她那里得到了不少启发。走自己的路，让别人去说吧！她的成功就得益于这种旁若无人、目空一切的执着品质。真的，我就缺少她的这种精神！

男生们总是以貌取人，讲话也很尖酸刻薄。她与我是同桌，我们很熟悉。我们女生虽说不上多喜欢她，但与她相处绝不反感。她挺好的，就是自我感觉太好了。我们挺愿意与她待在一起的，那样能衬托出我们的漂亮来。这有点儿自私吧，她可不这么想。她还以为自己是红花，我们是绿叶呢！她在网上说中学时几乎所有的男生都对她有想法，都为她吃不好饭，睡不好觉，这倒是事实，但那是让她吓的。我记得，学校开运动会时，她偷偷地告诉过我，只有坐在那里，才能找到男生冲向她的兴奋感！

7

亭亭玉立、情窦初开是我对自己中学时代的评价，而上了大学我则是玉树临风、鲜花绽放了。

我考上的那所大学不太有名，属于一般院校。可话又说回来了，你看像我这样一个天生丽质的美人胚子，自上幼儿园开始就一直生活在男生勾引的目光之下，能考上大学就相当不错了，那得经受住多少诱惑和干扰啊！我是个很有定力的人，洁身自好，守身如玉，目不斜视，勇往直前，不容易啊！我有时会轻轻地拍拍自己的肩膀，在心底跟自己说："好样的，我佩服死你啦！"人得学会自我肯定、自我鼓励、自我欣赏嘛！你说是吧？

大学跟中学确实不同，从跨入校门的那一刻我就明显地感受到了这种本质的差别。与大学相比，小学、中学时的情呀爱呀，都是小孩子过家家，闹着玩而已。那些小男孩懂什么，光知道跟在你的屁股后面起哄，模仿你的走路姿势和说话腔调。大学中的男生就成熟多了，他们显得更深沉，也更有男人味。

我们学校里的女生比男生多，竞争相当激烈。我的意思不是争男朋友。我才不屑于参与那种低档次的较量呢。

与其他女生不同，我是以静制动，是全校男生共同关注的焦点。不管我走在哪里，身上都沾满了无数只企盼的眼睛。我真有点儿无处躲、无处藏的危机感，藏在哪里都不安全。真的，那段日子太难熬了。无论白天黑夜，不管人多人少，只要我一出现，就会引起骚动。我隐藏得再深，也能被一些男生那具有穿透力的目光探视到，并不由分说地给拽出来。

这能怪谁呢？要怪只能怪我自己太出类拔萃、太光彩照人啦！最多可以怪罪我的父母，他们为什么要把我养育得这么靓丽完美呢？没办法，我只得为自己的优秀付出代价！在争奇斗艳的大学百花园里，谁让我一枝独秀、技压群芳了呐？嗨，红颜自古多烦恼，你是没法体会那种复杂微妙的少女情怀的。

我在我的博客里说得很清楚，几乎所有的男生都对我有非分之想！有人却恶语相加，颠倒黑白，跟帖说什么："不会吧，也许是她对所有男人都有想法吧?"呸，瞎了他的狗眼！让他睁眼看看，站在他面前的是怎样一位楚楚动人的天香国色！只要我在校园里一走，男生的眼睛里还会有别人吗？只要他发育正常，就不可能不对我产生想法。

你问我，到底有多少男生真正对我采取了实质性的举动？这是什么意思？用眼睛整天盯着你看还不算实质性举动吗？难道你想让他们在光天化日之下扒光我的衣服不成?！给我送礼物算不算？送内裤算不算？噢，那就行了。我告诉你吧，有一次我在布告栏贴了张寻物启事，寻找我晾晒在宿舍阳台上被风刮跑了的一只胸罩和内裤，结果你猜怎么着！不到三天，我收到了一百多条内裤，五颜六色，全是男生送的，不知他们从哪儿拣的。这种举动够实质性的了吧？

8

她在我们大学里可有名了，是人人皆知的"极品女"。"极品女"是现在的说法，我们上学时好像还没这个词儿。她很好打扮，描眉画眼的，穿着十分大胆，我头一次见到她，还以为是媒婆进校园了呐！

是的，我对她很了解。她跟我是同一个班的，很熟悉。怎么说呢，她奇特的自我感觉给我留下了终生难忘的深刻记忆。你是说你弄不懂什么叫“奇特的自我感觉”是吧？说白了就是超级自信吧！对，她认为她是全世界最美、最棒的女人，是所有男人梦寐以求的心中偶像！事实？真实的情况与她的自我判断也差不多，那要看“偶像”到底怎么理解了。按照“新新人类”的说法，偶像是指“呕吐的对象”的缩略语。当然，她还没到那种程度。真的，不是美化她。我是她的同班同学，关系很密切。我并不认为她有多完美，但也不像许多人那样恶心她，那都是些妖魔化的处理。她就是好出风头而已，比方喜欢在大庭广众之下做一些惊人之举，如在饭堂里高唱一曲，或者在静寂的阅览室里放声大笑一番。除此之外，她好像没有做过其他太出格、太过火的事情。

对，她是痴迷于穿着打扮。这一点我可以作证。我和她住在同一个寝室里，有资格作一些细节补充。她从发型设计到鞋袜搭配都很讲究，常让我目瞪口呆。

她喜欢粉红色的尼龙袜子。刚上大二的那个学期，她从地摊上精心挑选了一双尼龙袜子，粉红粉红的。她爱不释手地摆弄了好几天，最后为了凸显那耀眼的袜腰，她还把裤腿剪去了半尺长，让那粉嫩的艳丽在她的脚脖处鲜亮夺目。

她还执意把头发梳成宝塔状，要给人留下一种高耸入云、高不可攀的视觉效果。每次梳头可费劲了。我们有时还帮她扶一把，想方设法让头发支棱起来。她晚上睡觉经常趴着，生怕发型被破坏，可逗啦！

还有一次，她过生日，不知是哪个男生送给她一条军训用过的皮带，就是那种咖啡色的人造革“武装带”，中间是闪闪发亮的不锈钢扣。她喜欢极了！那年冬天，我见她一直把那条腰带系在羽绒大衣的外面，走在路上可神气了。呵呵，她就是那么个人，我行我素的，挺好玩的！

我没见过有男生追求过她，怎么会呢？不过，她经常写情书，躲躲闪闪地，不让我们看。据她透露，好像她中学时代有几个男同学老追她，所以她必须时常回信严词拒绝。在我们大学这个班里，肯定没有哪个男生爱上过她。也许是她的幻觉吧！我只知道我班的男生经常在背后取笑她，甚至骂她变态。也有人说她是精神病，我觉得她没那么严重。再说，他们又不是医生，怎么能随便给人家确诊呢，你说是不是？后来她倒是休学了一年，住进了精神病院。等她出院时，我们已经毕业了。她留了一年级，以后就再没见过面。

9

我真受不了那些男生的围追堵截和死缠烂打，最后我不得不躲进医院里，住了整整一年。那年正好我读大三。

生活在别人专注的目光里，那种滋味特难受。你试想一下，不管你走在何处，总有千百双眼睛追随你，你的一举一动全暴露在别人的眼皮底下，没有一丝一毫的个人隐私，那种压力谁能长期忍受？读大学的那几年，我就如同被扒光了衣服一样，一丝不挂地在校园里进进出出，周围投来的全是各种嫉妒、怨恨、挑剔、指责的眼神。我知道男生们做梦都想得到我，而这么多的爱慕者中我敢得罪谁呀！他们一个个都如狼似虎，我选择一个就伤害一片，我哪敢轻举妄动啊！还有那些如饥似渴的女生，妒忌得都恨不能把我给撕成肉丝。谁让我是仙女下凡呢！有一句老话说，凤凰落地不如鸡，更何况我是只飞进鸡窝的金凤凰，生生地被成群结队的土鸡给叨得遍体鳞伤。怎么办？我惹不起只好躲起来，躲到天使聚集的医院里，一个人独自抚平内心的伤痛，清洗、疗救那被折断的羽毛和翅膀。我宁愿与精神病患者厮守在一起，也不想再见到校园里那一张张丑恶狰狞的面孔和一只只贪婪的眼睛。这就是我住院的原因。

当然，医院并不是世外桃源，穿着白大褂的也不都是天使。借着为我检查身体的机会，男大夫肆无忌惮地在我身上乱摸，包括最隐秘处。因为怕我反抗，他们竟把我绑在床上，还在我的胳膊上扎针。趁着我迷迷糊糊昏昏欲睡之际，他们对我动手动脚，天知道他们还干了什么。那些男人从未看见过我这种绝世美女，一个个垂涎三尺，常把我的身子给弄得湿漉漉的。我班上的几位男生在班长的带领下追到了医院，他们隔着铁栅栏向我倾诉对我的思念和渴望，并嘀嘀咕咕地跟医生串通一气想合起伙来图谋不轨。好在那主治大夫没买他们的账，他肯定是不想与别人共同分享我，所以他不允许其他男人与我接触。那位主治医生长得很帅，我逐渐接受了他。说实话，直到今天我仍觉得他跟我在一起还是比较般配的。他爱我爱到了几乎发病的程度，每天都会来我的床前转几圈，每次都会俯下身子用手抚摸我的额头，还让我张开嘴，欣赏一番我那性感的舌头。当我闻到他身上特有的迷人气味时，就不由自主地兴奋激动。要不是那个该死的护士，他就完全属于我了。那天，就在他弯腰贴向我的胸部之际，我挣脱了手腕上的绳子紧紧抱住了他并狂热地吻他。没曾想，那个不知趣的护士突然冲进门来，她连推带打地把我按到了床上，她醋意大发，简直就像个头号泼妇。她逼着大夫跟她一道又把我捆了起来，她还警告医生以后要小心自己的小命！

我觉得那个护士是个十足的疯子。她竟然还穿着白大褂，冒充护士。

10

有印象，有印象，她确实在我们医院住过。当时确诊为精神分裂症，具有典型的妄想症症状。

对，我曾经做过一段她的主治医生。她说的那个“泼妇”护士姓苏，前年调到另一家医院当护士长了。哈哈，是有她说的那场戏。当时把我吓坏了。我以为她的双手被固定在床上会没事的，我确实大意了。不过，干我们这行的，这类事会经常遇到。你瞧，我后脑勺上这块疤痕，是被一名男患者揪着头发往门框上撞破的，当时我真差一点儿没了小命。所以苏护士提醒我“小心你的小命”是对的。她还好，没采取更残暴的行动，只是亲了我几口，算我走了桃花运。如果她长得再顺眼点儿就更好了，可惜她太、太、太平常了一点儿。嘿嘿，不该开这种玩笑的。

我觉得我们制定的治疗方案和采取的治疗措施还是对症的。药物治疗与心理辅导相结合，针对她的精神、身体和心理状况不断调整完善治疗方案，效果挺明显。她入院时很狂躁，后来又变得很抑郁，反复了好几次，我们在药量上做了适当的调剂，她的病情逐渐稳定了。经过一年的住院治疗，她恢复得相当不错。出院时，她还给医护人员写了封感谢信，很真挚感人。

她的学校对她的病情也很关心，不时有同学来探望。我记得有一次来了四五位男生，她可兴奋了，抱着其中的一个死也不撒手，把那个男同学吓得脸都白了。还是我和其他几位医生、护士一起上去替那个男生解了围，你瞧，我胳膊上这几个牙印就是当时她给咬的，流了不少血。嗨，这个丑丫头可厉害啦！

对，我们班上的许多同学那时都到精神病院里看过她。班主任老师也去探视过。她当时太可怜了，她的行为是有些怪异，但被诊断为精神失常并需要住院治疗，我们一点儿都没想到。当时，我们班上的同学都感到挺意外的，毕竟是同在一个教室里上课的，大伙儿对她虽然谈不上喜欢，但还是有一定感情的。她被送进医院后，我们班的学生干部曾专门开会商量过，要动员组织全班同学，分期分批地前往医院探望，每次都带一些水果、点心、奶粉之类的食物。开始那阵子，她好像不认识我们似的，两眼看着我们，嘴里不停地叨咕些乱七八糟的东西，不知是说给我们听的，还是自言自语。说来也奇怪，在学校里时，她偶尔也自己叨叨咕咕，甚至在课堂突然一阵狂笑，可是我们都没往精神疾病方面去想。背后有同学说她是精神病，那一多半是开玩笑，谁都不太当回事儿，还以为是她彰显个性的一种独特方式呐！

我也去医院里看过她，就是被她死死抱住不放的那次。真不好意思，现在想起来还是多少有点儿后怕。回到学校后，同学们还拿我调侃，说我艳福不浅，是精神失常美女的杀手。这种玩笑太残忍了，有点儿黑色幽默的味道。

出院后她还回我们医院复检过，是学校心理咨询老师陪着来的。经检查，身体状况和心理状态都不错，情绪稳定、心态积极，医生还给她提出了许多长期服药和自我调节的建议，她都一一记下了。我觉得，她今天的成功也从一个侧面反映了我们医院的治疗水平。记者同志，你别客气，以后觉得哪儿不对劲儿了，随时欢迎到我们这儿来！

11

做女人难，做一个引人注目的美女更难，而做一个事业辉煌的成功美女那是难上加难。听说过这句名言吧？我从小到大一路走来的切身体会就充分印证了这一点。

人们可能只看到了我光彩夺目的外表，却忽略了我鲜为人知的内心世界，也就是我的纯真、善良的另一面。我拥有水晶般的心灵，不光是娇美可人的容貌和勾魂摄魄的体态。我内在的真与善同我外在的美一样，是一般人无法企及的。

我的首任丈夫背信弃义地离我而去，我却报以极大的宽容。宽容是最大的惩罚，这就是我报复他所采取的最有效手段。我本来完全可以毁掉他的前程和一生，但那太低级了！他当初死乞白赖地追求我，把我弄到手后却不加珍惜，竟然逃到了西藏高寒缺氧地带去寻花问柳了。我当时气愤至极，找到了他们单位的领导并到公安局报了警，希望把他缉拿归案，让他重新做人。这个家伙比狐狸还狡猾，消失得无影无踪，后来听说隐藏在青藏高原雪线以上的某个山洞里享清福呐！

算了吧，我宽慰自己。让他后悔一辈子吧！他有眼不识金镶玉，是他自己没有那个造化和福分。像我这种炙手可热的女人，满世界打着灯笼也难找啊！追在我背后献爱心的男人超过一个营，一个团。我才不在乎那种无情无义、没心没肺的蠢货呐！

他单位的领导跟我的看法完全一致。他骂他的下属，也就是我的首任丈夫是个用眼睛喘气的大傻瓜。我明白他的意思，他的眼神骗不了我。我第一次去他办公室就感到了情况不对。他心里有鬼，不敢正眼看我，却羞羞答答地斜眼瞄我。女人一般都有第六感官，我的第六感官格外灵敏。我前面说过，所有见过我的男人，都会在第一时间爱上我，几乎没有例外。他的眼睛里充满了渴望和爱意，那是无法掩饰的，尽管他是我丈夫的领导。

他声音颤抖地请我坐下，殷勤地给我泡了杯绿茶。他劝我不要激动，自己却控制不住因兴奋而哆嗦的双手，差一点儿把茶水洒到地毯上。我当时就预感到他将成为我的第二任先生。离开办公室时，他紧握着我的手不放，腼腆地低着头，深情地叮嘱我要注意身体。你想想，一个男人初次与艳若桃花的美女见面就让她注意身体是不是太直白、太露骨了？我回去后越想越觉着不对劲儿，浑身发烫。注意身体，这不是明显的勾引吗？他也太不知道含蓄了吧！我给他打过几次电话，他没有勇气承认自己的感情。我只好直奔他的单位找他，看大门的那些保安以领导出差为由，不让我接近他的办公室，还趁机对我动手动脚的，连我的胸部都敢碰，太让我不可忍受了。后来，他的妻子像一只患上狂犬病的母老虎似的，拦在了我与他的中间，以死相逼，扬言要杀了我，还咒我滚回精神病院去。哼，太可笑了。她的丈夫勾引我，难道还是我的错？

12

对，是有这回事儿。大概已经过去四五年了吧。她来过我的办公室，具体细节我还能回忆起来。

那天她打扮得很入时，又自称是我的表妹，所以我的秘书没敢多问就把她引到了我的办公室。她给我的第一印象很深，人一落座就滔滔不绝地自我表白，云山雾罩的，我耐着性子听了她半天才搞明白，她原来是来向我讨丈夫的。据她介绍，她的老公是我公司的职员，新婚蜜月尚未度过，就下落不明了，她要我还她的新郎。

你知道，我这儿是家大型建筑公司，下面有许多分公司和施工队，我哪里搞得清每个员工是叫张三还是叫李四。既然是员工家属，我客气地接待了她并安慰她不要着急，我会让人力资源部帮助她寻找这个人，也就是她的丈夫。没想到她话匣子一打开就关不上了，像遇到了久别的亲人似的，聊起了自己的成长过程和情感经历，我开始并没有发现她的异常，只是觉得她穿着打扮得挺另类，长相也有些奇特而已。后来，她敞开心扉，口若悬河的倾诉使我产生了警觉，我最后不得不让秘书和保安人员一道把她送出了大楼。

隔了一天，她就给我打来电话。电话号码是名片上印的，是头一天她向我索取的。她在电话里说了许多莫名其妙的话，搞得我摸不着头脑。有几句我记得很清楚，好像是说她特别适合做后妈，非常喜欢照顾别人的孩子。她还说愿意成为我的红颜知己，把我从感情的饥渴中解脱出来，等等。

总公司的人事部门经过了解，得知她说的那个男人的确曾经在某分公司下属的一家建筑施工队里干过活，是一个进城务工人员，也就是我们常说的农民工。他的工友们说这个男的早就有家室了，孩子已经小学快毕业了，没听说他最近结婚的事儿。但半个月前他突然不辞而别了，没人知道他现在人在何处。临走时，有人发现他的神色有些不大对头，像是被什么东西吓坏了似的，还不时地用脑袋撞门框。这小子平时就胆小，别人也没把他当回事儿。后来我在电话里告诉她，她反倒不依不饶地跟我要人，并威胁我说要交不出人就得把自己赔给她。没法子，我只好报了警。

嗨，公安局一介入，事情就真相大白了。原来她的精神不大正常，听说还住过一年的医院。这件事那段时间成了我周围同事拿我开涮的一大笑话了，把我封为“最受女病人喜爱的十大鲜猛男”之一。

她以后又来找过我几次，均被大楼的保安人员给拦住了。我老婆不认识她，肯定没跟她接触过。

她从哪里听说那个男人躲到青藏高原的某个山洞里了？她是不是把本·拉登认成她的老公啦？他躲在阿富汗吧，什么时候跑到中国境内啦？哈哈，她还真是个“人物”！

13

一个成功的男人背后至少有一个女人。相反，一个失败的女人后面肯定也有一个男人。我从婚姻的阴影中挣脱出来之后，最强烈的感受就是如此。

为什么女人非要把自己的幸福和快乐交给男人？婚姻对于像我这种有追求的女人来讲，无疑是一根令人窒息的绳索。我凭什么要把自己的命运拴在一个固定的男人身上？我的魅力光芒万丈，可以让所有男人都头晕目眩。谁也无法抗拒我的美貌和才华，我就是男人的克星和主宰。只要我愿意，我想和谁上床就和谁上床，用不着一生只盯着一张面孔，通过婚姻得到的快活是单调乏味的，我享受的快感是多样的，不断更新的。我给别人送去的快乐也是与众不同、花样翻新的。不信，等你采访完了可以试试，我不另外收费，算是我给你的奖励！哈哈，你不必太激动了，瞧你的脸色都变了。

我想说的很多，想做的更多。自从我在网上被评为“超级极品女”之后，各种荣誉潮水般地滚滚而来，粉丝们如痴如醉疯狂地迷恋追逐我。我早就预感到这一天终会到来，但没想到来得这么早，来势如此汹涌。我现在是社会视线关注的焦点，是公安局和保险公司挂号的人物，我的生命安全关系重大。我的一举一动、一笑一唱牵动着千百万粉丝的心。我一打喷嚏，谁都得感冒。我已经不是我自己了，我是一个时代的符号。像我这种才貌双全的极品女人，虽不敢说是后无来者，但绝对是前无古人。你作为媒体记者，应该像呼吁保护可爱的大熊猫那样，呼吁全社会都来珍惜我这种国宝级美女。这是你责无旁贷的义务。

我最近忙得不可开交，脚后跟快打到后脑勺了，连打个哈欠都抽不出空来。我今天能在百忙之中接受你的采访，的确是你的荣幸，也是你我之间的一种缘分吧。缘分可奇妙啦，是看不见摸不着的东西，但又真的存在，就像你我此时的感觉一样。好吧，小帅哥，我接下来还要去为一家公司拍一个马桶形象广告，今天的采访就告一段落吧！对了，你要不要抓紧时间拍几张写真照片，我可以让你大饱眼福，一览无余哟！那好吧，你就用我网上的经典玉照好啦！你文章的标题一定得制作得极具冲击力、震撼力，不能叫《一个极品美女的心路历程》之类的题目，那太俗了。比方叫《超级极品女人的鲜为人知的惊悚故事》或者叫……叫……叫……算了，我只要一思考，脑袋就发晕，对，就叫《令人眩晕的另类超女》，这个题目肯定大受欢迎。

什么？《一个女妄想症患者的采访札记》？你……你……你，你不是记者，是医学院的学生？哈哈，太可笑了。你在做实习调查？我要掐死你！看你往哪儿跑，喊救命也没用，没人敢救你！我就不信，你还能跑到喜马拉雅山挖个洞躲进去？

抹布

葫芦镇的男人们打老婆绝不是敷衍了事或掩人耳目。他们动起手来个个尽心尽力，不计后果。被丈夫殴打而致伤致残的女人不在少数，所以在葫芦镇上看到的女人有不少是腿瘸的，腰弯的，手断的，眼瞎的，嘴歪的，豁牙缺齿的和满脸疤痕的，凡此种种均是当地男人暴行的写照。

·抹布·

1

伊家有五个孩子，清一色的“葫芦”。字典上说，葫芦是一年生的草本植物，爬蔓，夏天开白花。果实的形状为中间细，像一大一小的两个球连在一起。小葫芦一般做观赏用；大葫芦对半剖开，可用于舀水，又叫瓢。葫芦的形状容易使人产生联想，乡下的老人们习惯于用它来称呼小男孩儿下身的隐秘器具。再推而广之，便成了男娃的简称。若取其谐音，葫芦者，糊涂也。《红楼梦》中有“葫芦僧乱判葫芦案”一节，便是一例。

伊家的五个葫芦，依次为伊大、伊二、伊三、伊四、伊五，大名分别叫伊十、伊百、伊千、伊万、伊亿。老伊当然属于老葫芦，是伊家名义上的家长，曾经当过几天会计。这个职业为他赢得过荣耀，也给他带来过耻辱。会计永远令人羡慕，那枯燥的数字背后藏着沉甸甸的钱。老伊在当会计的日子里，头发上抹的菜籽油能顺着脖子往下流。他胳肢窝下夹着算盘，在镇子里的大街上来回地走。“算盘一响，黄金万两。”老伊不知从哪出戏里学了这么句台词，时常挂在嘴上。

老伊的职业荣耀转瞬即逝。听说他因为账目出了问题而被撵回了家。

“三八二十三，不够再加点儿。”伊老大（大名伊十）满街乱窜，嘴里不停地念叨这句没头没脑的话。时间长了，大伙儿心里明白了，说伊家大傻子道出了实情——原来伊会计连乘法口诀（又叫小九九）都背不准，那还能当会计？

短暂的会计生涯为老伊留下了一个算盘、一副套袖，还有五个儿子的学名——十、百、千、万、亿。另外，他在丢掉会计职务的同时，也丢掉了家长的实权。从此，伊家女人当政，他老婆说了算。

2

葫芦镇不产葫芦，家家户户种了不少倭瓜。赶上好年景，大倭瓜能长成小磨盘那么大。倭瓜又叫南瓜，熟透了蒸煮食用，味道甜美，既可当菜，又可当饭。葫芦镇人一代代繁衍生息的主要营养来源就是倭瓜。当然，“葫芦”也很重要，那是男人的象征。

严格地说来，葫芦镇只相当于一个大村，就像“芙蓉国”不是“国”一样。而且葫芦镇名不副实，叫倭瓜村更贴切。

前些年上面有人提出要改一改村名。村长爽快地同意了，说：“行，就改叫葫芦省吧!”结果未获批准。

葫芦镇村的人自称为“镇”里人，让周边村的村民们自觉低了一等。

乡下的孩子取名多用铁蛋、狗剩、羊角、猪腚之类的俗词儿，而葫芦镇的村民花名册上，除了老伊家的名字有些小气外，其他人的大名都很大，如王大臣、张宰相、许总理、孙支书、胡丞相，等等。若不知底细，能把人吓一个跟头，以为进了朝廷。

葫芦镇舍村取镇，大概反映了老一辈人的梦想和抱负。

葫芦镇没有历史，准确地说，是没有文字记载的历史。村志、镇志均未修过，历史只存在于老人的记忆和想象当中。镇上的人讲话时一开口保准是“听说”二字，然后再讲如何如何。

听谁说的呢？听杜大帅、方丞相或关首长说的。大帅、丞相、首长均不是职务，而是最平常、最普通的名字，与叫狗蛋、牛屎、臭屁的那些人一样，都是放牛的、种地的、赶大车的。只不过，这些人年龄更大，甚至骨头渣子早就烂了。

葫芦镇历史的可信度值得怀疑。

3

伊大从十一岁上小学的那天起，就叫伊十了。

老师问他：“你哥儿几个呀？”他掰开手指头，一个个地数，然后抬起头来回答：“算不算我爹？要是算我爹，一共六个。要是不算，就是五个。”老师大笑，黄牙龇出了半尺长。

这一问一答成了师生和村里人取乐的保留节目。人们只要遇到伊十便反反复复地问同样的问题，而每一次伊十都数着指头，认认真真地给出两个答案。这个笑话让葫芦镇快乐了半个世纪。

在这个自称为“镇”的村子里，几乎每家都至少有一个傻子，只要一家的孩子超过三个，其中必有一个下雨的时候不知道往屋里跑的。伊家兄弟五个，老大伊十替其他四个弟弟承担了痴呆的“摊派”。

伊大十一岁才入学，跟老二伊百在同一个班。他在一年级一共读了三年书，又在二年级念了四年。到老三伊千上中学时，他才放弃求学的打算。十八岁差不多该要娶媳妇了，伊十心里憋得慌，裤裆里老觉得湿乎乎的。一个假阴天的过晌，他从小学教室里背起书包上了后山，扯开嗓子唱了段“大刀向鬼子们的头上砍去”，把郭瞎子（大名郭将军）放的那七只羊吓得四处乱窜，有两只差一点儿爬到树上。郭将军气疯了，抡起粪叉子冲着伊十打过来，不慎跌进石坑子里，摔断了左腿。从此后，“郭瞎子”、“郭瘸子”都是指郭将军一个人。

伊大十八岁从小学二年级主动退学。十个数之内的加减法，他能借助手指头进行熟练的运算。超过这个数，他只有脱鞋了。手脚并用时的运算速度要慢许多，且不能保证一次准确。伊大又是个一丝不苟的人，他用手指头算出的结果往往还要用脚趾头再验算一遍，直到两个答案完全碰上了为准。老伊看着儿子的认真劲儿，长叹了一声，“嗨，作孽啊，你是当不成会计啦!”

4

镇子为什么取名为“葫芦”一直是个谜。

老人们说古时候后山（又名泰山，海拔不足 40 米）的老虎洞里藏了个金葫芦。谁藏的？神仙呗！哪路神仙？说不好。这类苍白牵强没有任何想象力的传说连讲述的人心里都感到底气不足。就那么一说呗，谁还当真。要是真有金葫芦，谁会藏到这个兔子都不肯拉屎的地方？

还是伊十小时候说得对：“咱们住的地方就跟葫芦一个样。”

现在从地图上看，葫芦镇的地形确实像个葫芦，这印证了伊十的说法。但伊十说的“咱们住的这个地方就跟葫芦一个样”还有没有另外的含义呢？伊十没做深入阐释，别人也没追问。

没看到地图之前，有人站在后山（泰山）上眺望过，那是镇子的最高处了，但还是看不出个究竟。伊十嘲笑道：“真是一群大傻瓜，净干傻事儿，站在山上只能看着树，哪能看到葫芦。”他把两腿叉开，把脑袋尽量往下低，从腿裆处往后望，说：“还不如这样看呢！”

伊十还准备做一副天梯，要把它放在山顶上，让人站在梯子上看。后来他放弃了，说：“天梯做好了，往哪里靠呢？”没有人能解决这个难题。

5

伊十读了七年书，没突破二年级。他除了学会用手指头进行十个数以内的加减法并能用脚趾头检验运算结果以外，还会背一首唐诗：“锄禾日当午，汗滴禾下土，谁知盘中餐，粒粒皆辛苦。”

伊十的理想不是做会计，而是当老师。他十分羡慕教师的职业，想骂谁就骂谁。他读小学的七年中，有六年半是在老师畅快淋漓的辱骂中度过的。

老师骂起人来出口成章，生动感人。他经常用指头戳点着学生的脑门或胸脯，然后就滔滔不绝地骂开了。往上他能骂到你的祖宗八辈，往下他能咒你的儿子不长屁眼断子绝孙；往横里骂，你的亲戚邻居没有一个好东西。他先是骂一个，比如说孙支书（外号叫“蛋壳”），接着就骂一片，以点带面，谁也跑不了。“你们这些鳖羔操的，吃苞米秸拉血的，喝粪汤尿玻璃碴子的，没一个好干粮！你爹傻，你妈傻，你家祖宗八辈全是傻子。我看你们早晚得出门让车给轧死，挑水掉井里淹死，喝水呛死，吃饭噎死，叫鱼刺卡死，让屎给憋死……”总之他能一口气给学生罗列出二十多种死法。

老师姓丛，学生们当面称他为丛老师，背后管他叫丛大下巴。

伊十很喜欢听丛老师的课，他觉得骂人很有意思。他更爱看老师骂人时的动作和面部表情——一对眼珠子快冲出眼眶了，双手上下左右东西南北不停地又抓又挠，两个嘴角各堆起一堆白色的沫沫。伊十觉得好玩，他一连听了丛老师七年的课。他也想当教师，像丛老师一样，张嘴就是“你们这些鳖羔操的”，想骂谁就骂谁，想骂多长就多长，多脏的话都能说出口。

学校就是老师们骂人的场所，学生就是专门供老师骂的东西，伊十心里清清楚楚的。

6

伊十唱着“大刀向鬼子们的头上砍去”结束了学习生涯。

回家的那天晚上，他挨门挨户地唱，就唱这一句："大刀向鬼子们的头上砍去！"镇子里的人一致认为，伊十彻底傻了。只有河西老阎家的老太太有洞察力，说："该给伊十娶个媳妇了。"

伊十反反复复地唱了三天"大刀向鬼子们的头上砍去"，终于有了回声。

《炮打司令部——我的一张大字报》通过高音喇叭传到了葫芦镇。

伊十用大刀，毛主席用大炮，把整个葫芦镇搞得刀光闪闪，炮声隆隆。

在批斗会上，伊十带头喊："打倒我爹！"乡亲们没有二话，都举起胳膊扯着嗓子跟着喊："打倒我爹！"连喊了二遍，伊十才发现有些别扭，他寻思了好半天，把放在嘴里的手指头都咬破了（伊十有个习惯，遇着难事时，总是把手指伸进嘴里咬咬），等搞清楚问题出在哪里，他跳到台子上，大喝一声："别瞎喊了，是我爹，不是你们的爹！"大伙儿这才恍然大悟。接下去，乡亲们随着伊十"打倒我爹"的口号声，改呼："打倒你爹！"

伊十又回到了学校。从老师被学生们五花大绑地捆了起来。他跪在用课桌摞起的批斗台上，膝盖下铺满了碎玻璃。一些小学生蹦起来抽他的耳光，他嘴角的白沫变成了红色。

伊十不主张动手打老师，他提议要动嘴去骂。有一半学生赞同伊十的意见，另一半则坚决反对。于是两种形式的批斗会轮番举行。伊十为首的"骂派"，只骂不打。孙支书（蛋壳）

领头的“打派”，只打不骂。“打派”用棍子、鞭子、皮带作为批判的武器，把丛大下巴打得体无完肤，奄奄一息。而“骂派”则使用镇子上世代积攒下来的所有脏话，把丛大下巴骂得无微不至，哑口无言。

“打派”只伤及皮肉，“骂派”则能触及灵魂。丛大下巴最后叩头告饶，哀求伊十：“你这个小鳖羔操的，你就让蛋壳打死我算了。别再骂我了！”

7

葫芦镇遭遇过三年自然灾害，全镇子的人饿死了五分之一，与傻子所占的人口比例差不多。每家至少死一个，也有全家死光的，那只有两户。还有三户人家没死人，那是村子里的干部。

往年倭瓜能长得跟小磨盘差不多大，而闹灾那三年的倭瓜个个比菜碟子还小。

树皮啃光了，草根挖尽了，苞米秸、高粱秆粉碎了变成招待客人的好东西了。

水肿、鼓胀，全村人都拉黑血。

伊十那时才十来岁，整天没命地吃手，骨头都快露出来了。他奶奶往他的手上抹鸡屎，让他知道脏和臭，这才保住了孙子的两只手。

伊十的奶奶从姑姑家带回来一小块倭瓜，偷偷地塞给了大孙子。伊十舍不得一口吞下去，就用舌头慢慢地舔。他跟奶奶说，我要是当上皇帝，我就天天吃倭瓜，大口大口地吃。他又问，奶奶你馋吗？奶奶含着眼泪笑着说，奶奶不馋，奶奶吃了一辈子倭瓜，都吃够了。

奶奶第二天就咽了气，伊十从奶奶嘴里抠出了一块黏黏的黄泥巴。

伊十说奶奶真怪，倭瓜到了她的嘴里就变成黄泥啦！

8

老伊挨斗，还是源于他当了那几天会计。

“四清”时本来已经说清楚了，现在又说不清了。斗争总要有对象，在这个镇子上，除了头发曾抹过菜籽油且顺着脖子往下淌的老伊之外，还有两个人被列为运动的目标。一个是穿过几遭红皮鞋的生产队长王立正，另一个是穿过绿制服的新中国成立前当过邮差的牛做官。

生产队长王立正的那双红皮鞋是权力的象征。这双鞋很刺眼，至少让乡亲们印象深刻。镇子上的人没有不知道“红皮鞋”的，它成了王立正的另一个名字。鞋穿在王立正的脚上，同时也印在了村民们的心中。每逢大年初一，王队长总要穿上这双全镇唯一的红皮鞋挨门挨户地拜年，镇上至少有三代人见过这双鞋。每年只穿一天，鞋在王立正的脚上前前后后出现了三十多年。

牛做官的绿制服上据说还缀有两排黄铜纽扣，在村民们的眼里也是格外光鲜夺目。那身制服唬过不少人，甚至谁家有了纠纷或丢了东西，都要让牛做官穿上制服前去调解或排查。在葫芦镇有相当一部分人认为，制服就是官服，穿官服的人是正儿八经的官儿，当然也就比普通百姓有见识、有威信。

群众善于用雪亮的眼睛识别好坏是非。头上抹油的、身穿制服的和脚穿皮鞋的，都是与他们格格不入的人，很自然地成了大伙儿一致认同的批判靶子和反面人物。

老伊最懊悔，他既没穿过绿制服又没穿过红皮鞋，只是背着老婆偷偷从坛子里舀了两勺菜籽油倒在脑袋上，却换回了一连串的批斗。更令他气恼的是，大儿子伊十竟然带头喊："打倒我爹!"

9

镇中心小学的校舍是日本人建的。一排红砖大瓦房比一般的村民住宅要气派得多。建筑风格也是镇子上独有的。人们不说校舍好，只是说"小鼻子"很怪，连房子盖的都"两路"。

"小鼻子"指的是日本人，而苏联人被称为"大鼻子"。镇里的人只见过三种外国人：日本鬼子、苏联红军和阿尔巴尼亚人。日本人和苏联人是年纪大的老人们常念叨的，他们不仅见过“小鼻子”和“大鼻子”，而且还跟他们打过交道。阿尔巴尼亚曾经有一个参观团路过这里，全镇子的男女老少都站在马路的两旁举着纸糊的小旗一齐晃动，嘴里有节奏地喊着：“欢迎、欢迎，热烈欢迎!”老人们一致认为，阿尔巴尼亚人其实就是苏联人，因为他们长得都一样，全是“大鼻子”。

葫芦镇的人嘴上说“小鼻子”坏，“大鼻子”好，心里却说他们都不怎么样。日本人可恶，苏联人也可恶。苏联人赶走了日本鬼子以后，又在葫芦镇住了几年，吃着“黑列巴”，说着“骚嘎子”，喝醉了酒死活要搂大姑娘。镇子上现在还有好几个黄头发白皮肤的“二毛子”，都是“老俄”留下的野种。有一位漂亮的大姑娘，迟迟找不到婆家，因为大伙儿都说她丑。她长了一副高挑的身材，比一般的男人要高出半头，鼻子大大的，胸部也高高的，满头金发。她的名字叫葛秀秀，但大人小孩儿都喊她“阿尔巴尼亚”，其实她有苏联人的血统，是苏联人留给镇子的纪念品。

10

伊十差一点儿当上了镇里的造反派头目。

伊十的“生活作风”出了问题，因而断送了他的政治前途。

在全镇上下热火朝天地捍卫毛主席革命路线的日子里，没有人觉得伊十傻。乡亲们忘记了他用手指头算自己有几个兄弟的笑话了，有些人甚至还夸奖伊十有出息，第一个站出来高呼“打倒我爹”。伊十的“骂派”比“打派”更容易让人接受，成为“要文斗不要武斗”的忠实实践者。

即便个别人背地里叫他“伊大傻子”，但心里还得承认他这个人本质不坏。

伊十的生活作风问题是他自己嚷嚷出去的，开始没有人相信。

镇东头万瘫子的老婆一直没怀上孩子，那是因为她的丈夫万瘫子在结婚的当天晚上从井里打了一桶带着冰碴子的水洗澡惹的祸。打娶媳妇的那天起，他的下半身就不好使了。别说播撒种子，就连尿都撒不出来，只好从肚子上打个洞接根橡皮管子排放。万瘫子两口子做梦都想有个孩子，可又想不出好法子。过继和抱养总觉得不是自己的亲骨肉，感情上不牢靠。万瘫子自己养又没本事，手指头再粗也整不出个结果来。两口子闹一场哭一场，万瘫子难受得死去活来，常用脑袋往墙上撞，三天两头地请人来，不是包头，就是抹墙。

折腾了几年，万瘫子在绝望之中生出一计。他毅然向老婆提出要“借种”生子，为了万家香火不断，他甘愿自戴绿帽子。老婆感动得痛哭流涕，发誓一定要实现丈夫的夙愿。

“就怕你的地不行啊!”万瘫子担心老婆的那块田已经荒了好几年了，撒下种子还不知道能不能发芽结果。

借谁的种呢？谁又肯借种呢？这事儿还不能搞得满城风

雨，知道的人越少越好。对了，他们想到了傻子伊十。

11

一条小河把葫芦镇分为河东、河西两个村落。一座石桥再把河东、河西合为一个镇子。

河东、河西的人们来来往往并不从桥上走，而是直接从河里过去，因为多数季节河是干涸的。夏天水多时，往河里扔几块大石头，两边的村民们便可以踩着石头行走自如。

河上架起的石桥可以跑汽车，而且是双车道的。河上有人桥，河里没有水。桥上有车，桥下没船。

小河里有水时，女人们便在那里洗衣裳。夏季雨水大，河里还可以洗澡。洗澡的人群中，除了些小孩子，全都是女人，河东、河西各家的老娘儿们。老爷儿们（男人）和大姑娘从不到河里洗身子，因为小河的两边各有一条大路，河里的一举一动，路上的人一目了然。男人们和大姑娘、小媳妇没有勇气赤身裸体地展示自己。只有中年妇女们聚在一起，肆无忌惮地在仅有脚脖深的水里袒胸露乳并大声笑骂。若路上的男人应声侧头观望，河里的老娘儿们便一块儿起哄，说一些粗俗的荤话，羞得行人低头匆匆而过。

这条河是葫芦镇女人们社交聚会的场所，也是各类流言蜚语的集散地和交换站。镇子上各家各户的大事小情和秘闻隐私成了聚在一堆儿洗衣裳和洗身子的女人们永恒的话题。

万瘫子老婆“借种”怀孕的事儿也是先从这里传播开的。

12

万瘫子跟他老婆精心策划了“借种”阴谋。

他们把目标确定为伊十是出于如下考虑：一是伊十年轻力壮，干净纯洁，不可能跟别的女人有染；二是伊十愚笨呆傻，不会四处张扬，即使他说出去，别人也不会信以为真；三是成本低，用不着破费很多；最重要的一条是万瘫子对别人不放心，担心自己的老婆尝到甜头后变了心。

选定了合适的日子后，万瘫子的老婆偷偷摸摸地找到了伊十，骗他说你万大哥要请你喝酒。

伊十虽傻，但饭香屁臭的分辨力还是有的。他长这么大，吃请还是头一回。他咧着大嘴嘿嘿地笑着，说：“大嫂，你可别骗我，我不傻。”万瘫子的老婆信誓旦旦地说：“伊十大兄弟，你看我是那路人吗？要骗你，让雷劈了我。你大哥一个人在家里闷得没着没落的，就想找个人喝两盅，唠唠嗑。”伊十巴不得当时就跟去，万瘫子的老婆说：“现在不晌不晚的，等我回去炒几个菜，你日头落山后再去。”伊十兴奋地用手挠挠头，说：“我天一黑准到。”万瘫子的老婆又叮嘱道：“只你一个人去，千万别告诉别人，包括你爹，人多了酒就不够喝了。”

伊十说："我才不那么傻呢！有好东西谁不往自个儿的嘴里放，要是告诉我爹，还能有我的份儿吗？"

13

葫芦镇有一个传统令人费解，那就是打老婆、打孩子。几乎家家户户的男人都定期或不定期地暴打一顿老婆。

夜深人静的时候，经常传出来的除了狗叫声，就是女人那撕心裂肺的呼号和孩子们痛不欲生的哭喊。

葫芦镇由"葫芦"掌权，男人说了算。镇子世代流传着一句治家名言："牛驾辕、马拉套，老娘儿们当家瞎胡闹。"怕老婆的男人被人瞧不起，在外边混不开。

最简便、最直接、最有效地证明自己不怕老婆的方式莫过于敢动手打老婆了，于是家家户户、世世代代都效法和沿用了这一暴力传统。

葫芦镇的男人们打老婆绝不是敷衍了事或掩人耳目。他们动起手来个个尽心尽力，不计后果。被丈夫殴打而致伤致残的女人不在少数，所以在葫芦镇上看到的女人有不少是腿瘸的，腰弯的，手断的，眼瞎的，嘴歪的，豁牙缺齿的和满脸疤痕的，凡此种种均是当地男人暴行的写照。

男人打老婆，老婆打孩子，孩子打狗，狗咬男人，这是葫芦镇独有的生活逻辑和风俗画面。

老伊不打老婆，甚至偶尔被老婆用扁担追到街上。老伊在家里受气，在外面抬不起头来。从“四清”运动开始，他一直挨整倒霉，这与他因怕老婆而产生的负面影响有直接关系。

葫芦镇至今流传的许多怕老婆的笑话，主人公一般都是老伊。

14

伊十没等到天色完全暗下来就去了万瘫子家。他馋得肚子咕咕地叫，口水拖了有半尺长。

饭桌摆在了万瘫子长年不动窝的西屋炕上，屋里的尿臊味熏得伊十直捂鼻子。

万瘫子的老婆穿了件粉红色的紧身小褂，把两个奶子勒出了清晰的轮廓。她满脸堆笑地招呼着伊十大兄弟，又忙乎着往桌子上摆放她刚刚做的热菜。一盘炒鸡蛋，一盘炖豆腐，还有一碗粉皮炖小鸡，另加一盘凉菜——虾皮拌黄瓜丝。

万瘫子费力地把身子朝桌边挪挪，颤颤巍巍地替伊十倒满一杯烧酒。“来，兄弟，咱哥俩痛痛快快地喝。”没等伊十端起酒盅，他自己先一仰脖子灌了进去。

借着酒劲，万瘫子打开了话匣子，向伊十道尽了人间的苦难。他一会儿哭，一会儿笑，不断用手拍打自己的胸脯和伊十的肩膀。伊十只顾得傻吃傻喝，哪管万瘫子的人生思考和感情世界。他心想，你哭啥呀，不就是看酒让外人喝了，菜让外人吃了，心里舍不得吗？谁让你请我来的，现在后悔也晚了。有人说我傻，要我说，万瘫子比我傻一百倍。

没等伊十喝好，万瘫子先倒下了。

万瘫子的老婆说，他喝多了，睡着了。大兄弟还没吃饱，咱把桌子搬到东屋去，再喝两盅。

伊十瞅着她，说："大嫂，喝就喝，我还能怕你啊？"

15

葫芦镇的标志性建筑是镇中心的俱乐部。由于日本人和苏联人先后在这个镇子上驻扎过，留下了许多外来语汇，"俱乐部"大概是其中之一。

这座俱乐部（又叫文化馆）并不是日本人和苏联人建的，而是当地人自行设计自己施工完成的，它是全镇人的骄傲。整个建筑与一般的民用住房相比，算得上气势宏伟。虽说只有四百个座位，但塞满了能容纳上千人。乡下人不满足于一人坐一把椅子，只要能挤进去，不管是站是坐，也不管是站在或坐在地上、椅背上甚至是别人身上，那都无所谓。

俱乐部的主要功能是开大会、放电影和演剧。

演剧包括唱戏和歌舞。镇子上的人不大喜欢听戏，更偏好观看镇子文艺宣传队自编自演的小歌舞节目。

文艺宣传队原先叫业余剧团，是镇子上一些掌握某种吹拉弹唱技能的男人们自发组织起来的，后来又吸收接纳了不少能歌善舞的大姑娘和小媳妇，颇有规模。镇上的干部挺支持，在俱乐部里腾出几间偏房专门供剧团排练用。剧团虽说是业余的，但一年里集中排练和演出的机会挺多。

万瘫子结婚前就在这个剧团里拉二胡。他现在的老婆是剧团里唱戏的。

也有人说，万瘫子的老婆从未真正登过台，光听她整天吊嗓子，“啊——啊——啊”、“咿——咿——咿”的，没见她完整地唱过一段。

16

万瘫子的老婆连扯带拽地把伊十架到了东屋，炕上铺好了被褥。尿臊味没了，取而代之的是牙粉的香味。伊十打着饱嗝，一屁股坐在了炕沿上。万瘫子的老婆顺势一推，伊十仰面朝天地倒在铺好了的绣花缎面被上。

伊十在万瘫子老婆的百般挑逗与苦心诱导下，加上本能的力量，终于战胜了先天的弱智，由白痴变成了雄性动物。他从未体会到如此强烈的快感，亢奋得嗷嗷直叫，那声音惊天地、泣鬼神，把昏睡如死猪般的万瘫子吓醒了。伊十空白的脑袋里浮现出小时候奶奶塞给他煮熟了的那块倭瓜。他曾经说过，我要是当了皇帝，天天吃倭瓜，大口大口地吃。此时，他的想法有些变化，他觉得如果有一天真当上了皇帝，他吃饱了倭瓜，就去找万瘫子的老婆。要是二者只能选一样的话，他宁肯不吃倭瓜，也要把万瘫子的老婆压在身下。

东屋里交织在一起的男女原始合成音响，使躺在西屋炕上的万瘫子痛不欲生。他先用双手轮番地抽打自己的嘴巴，然后又把脑袋玩命地往炕沿上撞。等东屋传来伊十最后一声长啸时，万瘫子的额头鼓起了馒头大的血泡。

鸡叫三遍时，万瘫子的老婆才把伊十连骗带哄地打发走了。

为了确保播撒的种子能生根发芽，万瘫子的老婆让伊十天天晚上来喝酒。

差不多有一个月的光景，伊十每天晚上都到万瘫子家里吃喝，他觉得自个儿比皇帝老儿有口福，更有艳福。万瘫子老婆的脸上放了光，也比以前年轻了许多。

突然有一天，万瘫子的老婆变了脸，告诉伊十以后不准登她的家门。她怕伊十不肯走，还往他兜里塞了两个熟鸡蛋。

伊十伤心地哭了，他的皇帝梦被无情地打碎了。

17

随着夏天气温的升高，葫芦镇人的政治热度也达到了沸点。

村民们以前所未有的革命激情在这块地图上一直忽略不计的小山沟里展开了史无前例的阶级斗争。

他们挥舞着胳膊，扯着嘶哑的嗓子，昼夜不停地喊着“打倒”与“万岁”之类的标准口号。遍体鳞伤的丛老师（即丛大下巴）被孙支书的“打派”学生押着，在镇子里所有临街的外墙上刷满了令人触目惊心的大字标语。

村民们不种地，照样可以记工分。荒了资本主义的苗，长了社会主义的草，运动的目的达到了。

斗争的间接对象是刘少奇，而他的直接替身则是老伊、牛做官和王立正，即抹头油的、穿制服的和穿着红皮鞋“走资本主义道路的当权派”——王立正被批倒前一直是生产队长。

老伊的大名早被人为地遗忘了，他胸前挂着的大牌子上写了三个歪歪扭扭的大字——“伊怪物”。

伊怪物、牛制服和红皮鞋三个牛鬼蛇神每天一同做着规定严格的动作：低头认罪，游街示众，下跪批斗……

丛大下巴在把全镇的墙刷满了标语后，心安理得地“自绝于人民”，他在暴雨般的乱棒抽打之下“畏罪自杀”了。

生理快感使伊十一度失去了政治乐趣。蛋壳（孙支书）趁机取代了伊十的影响力，“打派”战胜了“骂派”，丛大下巴之死成了“打派”的辉煌战绩。

18

伊十无法控制自己对万瘫子老婆的渴望。他一如既往地每天晚上去敲万瘫子家的门。从万瘫子老婆塞给他两个鸡蛋的那天开始，万家的大门永远都是插上的。

伊十站在万瘫子的房前喊着、叫着、哀求着、辱骂着，万瘫子隔着窗户同样地喊着、叫着、哀求着、辱骂着。

原本秘密进行的交易如今被公开化了。尽管在一个月左右的日子里，伊十天天出入万瘫子的家门，但镇上的人似乎从未看见。那些日子，人们都全身心地忙于国家的头等大事，誓死捍卫像章上的那位慈祥的领袖，没有人去注意镇里的一大帮傻子中少了一个——伊十。

伊十的过激行为立刻成了在河里洗衣裳和洗身子的妇女们谈论的中心话题，她们演绎了许多淫秽的细节，好像人人都是现场目击者。她们绘声绘色地谈到这对傻男子和活寡妇寻欢时的种种姿势和奇怪的声响，如同身临其境。

伊十由敲门变成了砸门和砸窗，万瘫子的老婆不得不撕破脸皮向镇上的干部们交代了实情。

镇里专门派人出面制止伊十的流氓犯罪行为。伊十不服，说了句："毛主席也干这事儿。"

于是，事件的性质发生了根本的变化。伊十的所作所为立即由生活作风问题变成了政治问题。他被五花大绑地押上了车，送交上级机关处理。

一个月后，傻子伊十以恶毒攻击伟大领袖的“现行反革命”罪被判处有期徒刑十五年。

乡亲们说，伊十胡说八道罪有应得，因为毛主席根本就不认识万瘫子的老婆。

19

伊十被押走的第二天，牛运旺从北京回到了葫芦镇。牛运旺绰号“二踢脚”，是牛制服牛做官的大儿子。他是镇子上唯一的大学生，在北京读书。京城是名副其实的政治中心，运动的激烈程度可想而知。学校停课闹革命，牛运旺如痴如醉地闹腾了一阵子，自觉意思不大。再说，家里已有半年多未寄钱了，吃饭也成了问题。于是，他索性坐上火车回了老家。

由于伊十与万瘫子老婆演出了一场离奇感人且又荒唐悲伤的爱情悲剧，冲淡了人们的政治热情，消磨了村民们的斗争意志，因此，大伙的兴趣和目光同时发生了转移。伊怪物、牛制服和红皮鞋等“坏分子”，不再接受群众夜以继日的轮番批斗了。他们灰溜溜地躲在家里，像受伤的狗一样舔抚自己的伤口。

牛运旺见到父亲牛做官时，牛做官的身体也恢复得差不多了。

父亲对儿子此时回到葫芦镇并不兴奋，相反，却平添了许多惊慌。他为儿子的现实处境担惊受怕，又替儿子的前途命运忧心忡忡。他把牛运旺叫到跟前，关上门窗，小声告诫他说话一定要谨慎再谨慎，千万不要胡说北京的任何情况。

牛运旺在大学里虽说成绩平平，但政治上还是很成熟的。他在学校经历的斗争的残酷程度绝不亚于他父亲的遭遇。他牢记别人的教训和爸爸的教导，尽量保持沉默。当孙支书问他北京的情况时，他只说了句："形势大好，不是小好、中好，而是大好，而且会越来越好。"

20

万瘫子老婆生了个儿子，虎头虎脑的。小家伙长得很结实，三个月就能四处爬了。

伊怪物曾偷偷地瞅过那胖小子，他眼睛湿润了。这的确是伊十的儿子——他的孙子。孩子的相貌特征明显带有伊家的遗传。伊怪物不敢与万瘫子的老婆打招呼，更不敢以其他的方式表示亲近。

万瘫子的脾气越来越坏，不像从前那么渴盼儿子了。他一有力气就坐在炕上骂人，颠三倒四，语无伦次。他老婆也不像过去那样对他百依百顺了，常常抱着孩子去河套里洗衣裳。她不愿意整天待在家里听万瘫子的数落和谩骂，更不喜欢闻那呛鼻子的尿臊味儿。

镇上的人差不多没什么记性，很少有人再去谈论这孩子的来历。他们对历史不感兴趣，倒是更关注种种没根没据的所谓“新闻”。

“新闻”在葫芦镇人看来，指的是通过某种非正规的渠道，在伸手不见五指的黑夜里，由某个神秘人物口中悄悄说出的，又再三叮嘱在场的少数几个人千万不能对外传播的秘密。这类新闻由于传递方式的独特而被称为“小道消息”。这类消息是从广播报纸上无法获取的，也是在公开场合如群众大会上根本听不到的。“小道消息”无须确证，人们也不想核查背后的真实。大伙儿愿意听“小道消息”，同时也坚定不移地相信。

“小道消息”分为两类。一类是大事，涉及战争、政局和国家最高层的人事变动等。这类“新闻”属于男人们的专利。镇子里常有三五个认识水平和兴趣爱好相当的人在夜深人静之时，聚在一间小屋里，凑在瓦数不大光线不足的电灯下，抽着旱烟，彼此窃窃私语。他们一个个神情严肃，语调压得很低，并就想象或传说中的一些惊天动地的大事变展开讨论。另一类“小道消息”属于女人们的话题，没有时代特征和政治色彩，新闻发生的范围仅限于葫芦镇之内，只涉及街坊邻里和房前屋后，事件中的人物大多是大伙儿都熟识的，内容也集中于婆媳关系和男女关系两大方面。这类消息的传播场所就是镇上的那条无名河套。妇女们以洗衣裳或洗澡为借口，尽情地交流和传播此类新闻。

“二踢脚”牛运旺看上了“阿尔巴尼亚”就是先从这里传出的。

21

具有苏联人血统的“二毛子”葛秀秀，人称“阿尔巴尼亚”。她那金色的头发、鼓胀的胸脯以及高挑的身材和凸凹显著的脸庞，使葫芦镇上的女人们一致认为她“丑”到了极点。这种评价甚至影响了男人们的审美判断，因此，没有哪个年轻的小伙子愿意娶她为妻。“阿尔巴尼亚”成了全镇有名的老姑娘，二十五岁了还没找到婆家。

牛运旺闲闷在家里无所事事，开始关起门来画画。他从中学时就对绘画感兴趣，上大学虽然学的不是美术专业，但一直爱好画画。平时课业不紧张，他总会拿出纸笔画上一番。

牛做官有一天悄悄地走进了儿子的屋里，想看看他整天关起门来画些什么，没想到映现在老头儿眼前的是一幅幅赤身裸体的洋妞儿。牛运旺精心绘画的人体素描在他父亲看来是罪不容恕的流氓行为。老牛头儿怒火冲天，把儿子画的那些“烂女人”撕成了碎片儿，并顺手抄起烧火棍子向儿子抡去。牛运旺吓得一蹦多高，跳出窗户没命地跑。牛做官追到了街上，差一点儿被张宰相赶的马车给撞倒。他气得直跺脚，发誓要打断牛运旺的狗腿。牛运旺站在远处，看着暴跳如雷的父亲，又好气又好笑。他为牛做官缺乏基本艺术常识而气恼，又对他要打断自己的狗腿感到好笑，因为他没养狗，哪来的狗腿。

天黑后，牛运旺估计爸爸已经消了气，这才轻手轻脚地回了家。牛做官冲着儿子吼道："你看上谁不好，非要稀罕阿尔巴尼亚!"那声音比牛叫的声都大。牛运旺听了一愣，不知是啥意思，此时万瘫子老婆恰好抱着孩子从牛家门前经过，她不仅耳朵听得清清楚楚，而且心里也明明白白。她脸上掠过了一丝笑意，准备明天一早就去河套洗衣裳，以便及时地把"牛运旺看上了阿尔巴尼亚"的秘密传递给其他的老娘儿们。

22

孙支书所代表的"打派"失去了镇上的支持，"武斗式"的革命随即结束了。但政治运动仍在继续，只是形式发生了变化。

俱乐部里从未间断过各类文艺活动。毛泽东思想文艺宣传队自编自演的节目始终有着强烈的吸引力，镇子上的男女老少只要有空儿，总喜欢挤进俱乐部去看文艺队的演出。

宣传队里拉手风琴的安国民（外号国民党），眼睛高度近视。看报时，他总把报纸贴在鼻子尖，旁人不知底细，还以为他在闻什么味道。他必须先把谱子全部背下来，才能上台拉琴。有一次，他忘了谱子，试图低头看谱，结果鼻子尖先到位，乐谱没看清，倒把谱架子撞翻了。

安国民属于那类对小道消息和国家大事极度关心的人。他常常跟几个志同道合的朋友在夜里聚会，并向他们传播一些与广播报纸上的报道截然不同的新闻。

老安把国家高层领导集团内部的情况摸得一清二楚，并加以通俗化的评论。他把镇子上某些人的作为与报纸广播里经常提到的某些大人物相比较，发表自己的独到看法。他说得有鼻子有眼睛的，不容听者不信。

不知为什么，安国民的朋友圈子里出现了告密者。安国民被公安局戴上手铐押往城里。经审讯，他供认不讳，原来安国民自己组装了一个破半导体收音机，经常在夜深人静的时候，怀着不可告人的目的，排除杂音的干扰，一个人躲在阴暗的角落里"偷听敌台"。

那台破收音机也被一起缴获了，作为安国民不可抵赖的罪证。

安国民是继伊十之后在葫芦镇被正式批捕的第二个"现行反革命"，即政治犯。

23

"二踢脚"牛运旺相中了阿尔巴尼亚的说法很快传遍了全镇。

牛运旺是大学生，本身就有知名度。而阿尔巴尼亚更是葫芦镇有争议的热点人物，她的“丑”，让许多女人们恨得咬牙切齿。

把牛运旺和阿尔巴尼亚叠加到一块儿，那就更有议论传播的价值了。

当河套里洗衣裳的妇女们把“牛阿”的绯闻渲染到了早就超过结婚的界限时，牛运旺和阿尔巴尼亚这对“当事人”还彼此不认识。

牛运旺比阿尔巴尼亚小三岁，他从高中时就到城里读书，对阿尔巴尼亚没有任何印象。阿尔巴尼亚对牛运旺也几乎一无所知。

牛做官把儿子画的光着身子的西洋女人当成了阿尔巴尼亚。在他眼里，世界上只有一个女人能长成画上那副德性，那就是奇“丑”无比的阿尔巴尼亚。

牛老头儿的错误判断成了河套里女人们谣言的依据。等牛运旺明白了事情的原委后，更觉得哭笑不得。

牛运旺担心愈传愈烈的流言蜚语会伤害无辜的阿尔巴尼亚，于是决定亲自去跟自己并不认识的“情人”解释清楚，以免产生更深的误会。

阿尔巴尼亚对于最近听到的种种议论不以为奇，她从小就生活在这个靠谣言来滋养和娱乐的镇子里。葫芦镇的妇女们如果失去了东长西短、鸡零狗碎、男盗女娼之类的传言和绯闻，那生活的乐趣将丧失殆尽。她们一生的大部分时间都生活在被丈夫暴打和背后嚼舌根的苦乐交替之中。

阿尔巴尼亚大方地接待了登门道歉的牛运旺——人们桃色传言中的男主人公。对于牛运旺的好意她感激地报以宽容的微笑。而此时站在她对面的牛运旺，心里瞬间有了异样的感觉。在牛运旺看来，阿尔巴尼亚美极了，是世上难觅的漂亮女人。这次尴尬的见面，让牛运旺一连几天都没睡好觉，阿尔巴尼亚给他留下了无法抹去的深刻印象。

他暗暗发誓，非她莫娶。

牛运旺甚至在心里一遍又一遍地感谢他父亲的误解和那些长舌妇们编排的瞎话。

他要把误解和瞎话变成现实。

24

安国民因“偷听敌台”被判了刑，这并没有起到预想的震慑作用。葫芦镇上那些酷爱政治的男性农民们依然在私下里传播着耸人听闻的“小道消息”。

其中一条“即将爆发世界大战”的可靠消息在隐秘的状态下传遍了整个镇子。“备战、备荒”的最高指示被各家各户落实到了具体行动上。

经过镇上几位权威“业余政治家”在昏暗灯光下通宵达旦的反复分析，他们准确地推断出了战争爆发的时间，以及敌国首先攻击的地区和目标。

这些“政治家们”十分有把握地认定，美国、日本、苏联将同时从海上向中国开炮，而葫芦镇首当其冲。有一位还根据他所掌握的军事知识，判定第一颗炮弹将准确无误地落在后山（泰山）的山尖上。因为那里从地形上看是葫芦镇的制高点，因而夺取后山有极重要的战略意义。

七十多年前的日俄战争期间，曾经在葫芦镇附近展开过激烈的战斗，后山上至今仍能找到当年留下的炮弹碎片。所以，以史鉴今，美、日、苏要打中国，必先攻占葫芦镇。

基于上述分析和判断，这几位政治家立即开始在自家屋里或院子里挖起了地道。其他各户纷纷效仿，最终演变为全镇人民共同的行动。

家家户户，老老少少，男男女女，披星戴月地挖个不停。葫芦镇一夜之间成了大工地。

又有小道消息传来，说敌国军舰已经开到了海边，离镇子不过二十里地。有人立即提供证据，说昨天隔壁村子的一个老婆在海边挖蛏子，就被一个日本兵给打了。大伙儿越听越害怕，恨不能一下子就挖出个一百米深的地道来。他们顾不得吃喝了，只是一个劲儿地往深里挖，直到掘出了泉眼。

牛做官家好像对即将在葫芦镇爆发的世界大战并不恐慌。牛运旺自从见了阿尔巴尼亚之后，陷入了无法自拔的相思之中。万瘫子老婆劝他赶紧挖个藏身的地方，他却说，怕什么，等日本鬼子来了我就跟他们拼了。

万瘫子的老婆事后说，姓牛的就会吹牛，还要跟日本兵拼了。哼，我看他家不挖地道，是想等日本人来了好当汉奸。老牛头年轻时穿的那身制服就是日本人发的。他还会说日本话，“哈依，稍待死”，真难听。

25

牛运旺本想托个媒人帮帮忙，为他和阿尔巴尼亚牵上线儿。按照葫芦镇祖上留下来的规矩，恋爱由中间人介绍是不可免掉的程序。结婚时，若媒人不在现场，婚姻就失去了合法性。

没有人会主动替牛运旺充当牵线搭桥的角色，尽管那样可以得到一个猪头的重谢。因为阿尔巴尼亚虽然生在葫芦镇长在葫芦镇，但镇上的人并不把她视为同类。她那明显与众不同的头发、肤色、体态和面容，成了镇子民风不体面的例证。阿尔巴尼亚的母亲三年前去世了，她至死都没有洗刷掉“破鞋”的骂名。

牛运旺毕竟在京城里读过两年大学，也算是镇子里少有的几个见过大世面的人之一。他在无法寻求媒人帮助的情况下，毅然挺身而去。

他给阿尔巴尼亚写了封信，并亲自交到了她的手里。阿尔巴尼亚惨淡一笑，表示了拒绝。牛运旺的内心早已烈火熊熊，阿尔巴尼亚的拒绝不仅没有起到泼冷水的作用，相反，对牛运旺的爱情之火来说无异于火上浇油。

他不光给心上人写信，还为她写下了一百多首诗。这种求爱方式，在穷乡僻壤的葫芦镇大概是开天辟地头一次。

牛运旺几乎每天晚上都在阿尔巴尼亚的院墙外徘徊，唱完了《山楂树》，又唱《三套车》和《莫斯科郊外的晚上》等苏联歌曲。在他眼里，阿尔巴尼亚是个很浪漫多情的俄罗斯姑娘。

阿尔巴尼亚终于被歌声打动了。一天夜里，她打开院门向喜出望外的牛运旺泼了满满一盆的腌菜汤。

26

世界大战并没有在葫芦镇如期爆发，那些指天划日信誓旦旦的预言家们又将预言转移到了其他方面——海啸与地震会先后毁灭葫芦镇。

苞米、高粱、倭瓜还没有完全成熟，人们就纷纷开始抢收了。那年秋季，镇子上的农民们挑灯夜战，想方设法要在海啸数十米的巨浪赶到之前把充饥的粮食收上来。

后山是葫芦镇的海拔最高点，镇子上不少人把粮食、箱柜和牲畜以及老人们都安置在山顶上。

万瘫子行动不便，当海啸到来时必死无疑。他老婆求伊家的老二伊百、老三伊千、老四伊万和老小伊亿，用门板把他早早地抬上了山。

整个秋天，海上风平浪静。葫芦镇人没有盼到他们惧怕的海啸。

天上飘下了第一场雪时，躲在山上的人们一起下了山。他们认为海啸不会来了，因为冬天的海是会被冻住的。

万瘫子再也没能回到家里。下山那天，儿子（取名为万人疼）破天荒地喊了一声“爸爸”，他悲喜交加，一激动从抬起的门板上摔了下来，又顺着山坡往下骨碌，最后掉到一口十多米深的土井里——那是一个刚刚废弃的地道。

万瘫子的老婆没有能力另外举办发丧仪式，就让伊家的哥们儿就手把地道给埋上了，算是给万瘫子修了个坟。所以，乡亲们说，葫芦镇上只有万瘫子能见到黄泉，因为他埋得最深。

海啸没有来，地震的传言并未消除。

从山上下来的人，还是不敢睡在家里。

各家各户在院子里或在大街上、菜地里搭起了简陋的防震棚，白天晚上都住在里面。

在那个随时都可能发生地震的寒冬里，阿尔巴尼亚冰冷的心终于被牛运旺的热情融化了。

27

被泼了一身又脏又臭的腌菜汤之后，牛运旺冲进了阿尔巴尼亚的家里并狠狠地抽了她一记响亮的耳光。

阿尔巴尼亚捂着火辣辣的脸，尽情地哭了一场。

她拽住想离开她的牛运旺，答应要嫁给他。

在阿尔巴尼亚看来，情书、情诗、情歌都比不上那耳刮子的力量。在葫芦镇，男人要是不打女人，就别想赢得她的芳心。

阿尔巴尼亚让牛运旺把湿透的衣裤脱下来，一边抹着眼泪一边洗着衣服。牛运旺那天夜里没有回家，一直等到天亮才把在炕头上烘干了的衣服穿上。

牛运旺替阿尔巴尼亚搭了个防震棚，挨着牛家的棚子。

有关牛、阿之间绯闻的传言，如今变成了人人皆知的事实。

牛做官唉声叹气，但也没有更好的主意。儿子大了不由爹，再说，牛做官的历史问题——曾经在日伪时期当过穿制服的邮差——无疑对儿子的婚姻产生了不利的影响。他认了，像这种出身的孩子能找个媳妇就不错了。牛老头儿渐渐地也想开了。

镇子上的老娘儿们也觉得这桩姻缘具有充分的合理性。“坏蛋”的儿子与“破鞋”的女儿凑在一起，应了“鱼找鱼，虾找虾，泥鳅专找癞蛤蟆”的至理名言。

男人们说，阿尔巴尼亚压根就不该嫁人，非要嫁人的话，也只配嫁给牛运旺那种不着调的人。

这些恶毒的语言，牛运旺听了一点儿都不生气。他心里说，你们这些癞蛤蟆，哪能吃到天鹅肉。

28

牛做官没能熬过那年冬天。防震棚的气温太低了，从没到过零上。一天早晨，牛运旺喊老爷子吃饭，喊了几声没有听到搭腔。他用手推了推父亲，发现人已经硬了。再一看，胡子上都结了冰。

牛运旺想替老人换一身体面的送老衣裳，翻遍了屋子也没找到一件囫囵的。临了，他把牛做官年轻时当邮差的那身制服找了出来，替父亲穿在了身上。他突然觉得，那身制服的确很神气，显得颇有尊严。

发送了父亲，牛运旺把老人留下的三间破瓦房简单地收拾了一下，把他自己画的画，糊在了屋里的墙上。

地震的传言在春暖花开时被上级部门予以澄清。牛、阿结了婚。

又过了一个月，葫芦镇运来了一卡车城里的青年男女。牛运旺知道，他们叫“知青”。“知识青年，上山下乡，接受贫下中农的再教育”，“广阔天地，大有作为”，这些话说明了城里青年来到葫芦镇的真正目的。

“青年点”建在河西，两排崭新的大瓦房。

镇上人的目光聚焦到了这群城里人的身上。城比镇大，况且这些城里人出生于大城市而不是小县城。葫芦镇的人虽以

“镇里人”自居而鄙视其他的村里人，但在城里人面前却失去了在村里人面前所拥有的莫名其妙的自豪感。他们羡慕城里人，向往大城市的富足；同时又嫉妒城里人，背后常笑话城里人管“地瓜”叫“红薯”。他们觉得城里人其实也挺“土”，大姑娘不穿红戴绿，非要把自己打扮得像尼姑和寡妇——不是灰就是黑——太素了。

葫芦镇的有些人一开始就看不惯“知识青年”，老伊怪物便是其中之一。他搞不懂，每天一大早这群青年人全站成一排，在院子里反反复复地刷牙，满嘴都是白沫沫。

“难道嘴里吃屎了，牙有什么好刷的?”伊怪物小声嘟哝着。

29

葫芦镇上关心政治的人逐渐少了起来。战争、海啸、地震三大预言不攻自破。一些有作为的人试图寻找新的生活希望，伊百就是这类人的代表。

他小时候就对科学比对庄稼更感兴趣，有过开飞机到天上转一圈儿的梦想。

其实在葫芦镇，脑袋里冒过类似念头的人不止他一个。万瘫子活着的时候，就常在家里用木匠打饭桌碗柜丢下的大大小小的碎木头块儿组成了一辆所谓的“联合收割机”模型。万瘫子把它看成是世上独一无二的最伟大发明，期待着有识之士能照着这个模型制造出全地球最先进的机器来。

葫芦镇人的科学发明热情源于某年的“大跃进”。全镇上下男女老少为了响应“大炼钢铁”的浪漫主义号召，废寝忘食地投入到了研制高产优质炼钢技术和设备的科学攻关热潮之中。他们发明了由两头壮牛才能拉开，然后再用十四个壮汉才能推进去拉杆的大风箱。这个风箱投入使用后，只是挤死了一条不小心钻进风箱里的黄狗，而并未发挥其他效用。

伊百在哥哥伊十被抓走、爸爸伊怪物被批斗期间，一个人躲进耳屋子里，发奋从事科学研究。他放弃了开飞机的打算，决定设计出一艘能驶入深海里的潜水艇。他搜集了一堆洋铁盒子和碎木条、破绳头儿、废电池、牙膏皮、锈钉子等等，足足鼓捣了两年多，最后以失败而告终。

伊百从失败中总结了教训：“那些材料不够用，再说还缺把螺丝刀，要不我早就把它送下水了。”他跟小弟伊亿说。

30

镇子上连续开展了一系列形式多样的“忆苦思甜”阶级教育活动。这些活动是针对下乡“知青”和镇里部分年轻人表现出的“身在福中不知福”和“长在蜜罐里，不知有甜味儿”的不良倾向而展开的。

乡亲们把发了霉的谷糠和着烂菜叶子蒸出半生不熟的“饭”团子，再往草灰里滚几滚，然后送给那些平时抱怨苞米面窝窝头刺嗓子的城里人，让他们围坐在生产队蓄肥的大粪坑边上，一边看着粪池子里蠕动的白蛆，一边嚼咽那半生不熟沾满了灰土的“忆苦饭”——糠菜团子。

镇里的年轻人被领到外乡的一处阴森可怖的荒沟里，让他们仔仔细细地饱览那遍地白骨，那叫“万人坑”，是黑暗的旧社会人民的最后归宿。

城里人和镇里人一同举办阶级教育展览馆，俱乐部里陈列着散发着恶臭的血衣、皮鞭、头骨和绞刑架、老虎凳之类的刑具，四周的墙上挂满了地主老财和汉奸走狗暴打老百姓的宣传画，画上的坏蛋一个个凶神恶煞，而疲弱无助的被压迫者两眼冒着反抗的怒火，他们的双拳攥得紧紧的。这些画，还有“不忘阶级苦，牢记血泪仇”等大幅标语，都是出自牛运旺之手。

“忆苦思甜”大会开了一场又一场。一次，当诉苦的人讲到三年自然灾害挨饿时，不禁放声大哭。台下的人被深深打动了，会场上顿时哭声一片。

大会主持者马上意识到了问题的严重性，赶忙让孙支书的老爹上台救场。老人家还真行，上台只讲了两句话就把大伙儿的情绪给转过来了，他说：“我今天喝的是大米饭，吃的是酒，打倒美国!”然后便雄赳赳地下了台。

大伙儿不哭了，却突然爆发了哄堂大笑。

31

伊百放弃了研制潜水艇的计划，整天跑到“青年点”里跟“知青”们混在一起。几个月下来，别的东西没学会，却染上了城里人说话的“口音”。

家里的人，特别是伊怪物越来越看不惯这个没出家门就改变了乡音的不肖之子。

伊百那频频出现的十分做作的卷舌音，把葫芦镇上的不少人都得罪了。他们的耳朵很不适应这种怪里怪气的音调，尤其是从葫芦镇土生土长的伊家二小子嘴里发出来，让人听了满身起鸡皮疙瘩。

其实，他们哪里懂得其中的奥秘。伊百恋爱了，他恋上了城里的“知青”——白卫红。

恋爱中的小伙子总会有一些古怪的变化，伊百的变化就体现在他的“口音”上。

除了“口音”之外，他还寻找到了与白卫红的另一个共同点——看书。从谈话的内容到口音，俩人越来越一致，真正的共同语言终于形成了。

他喜欢白卫红，喜欢得要命。他有事没事地往“青年点”里跑，表面上是去找那里的男知青，实际上是为了偷偷地接近白卫红。

他跟她借书看，从套着《毛泽东选集》封面的禁书《茶花女》到手抄本《一双绣花鞋》，他与她一借一还地接触了好一阵子。她甚至把自己抄写着爱情名言的珍贵的塑料皮日记本送给了伊百。

伊百沉醉在亦真亦幻的爱河里，把白卫红送给他的那些名言全都倒背如流。

在一个月光如洗的夜晚，伊百按捺不住内心时时涌动的激情，不由自主地来到了“青年点”那两排熟悉的大瓦房附近，渴望着与她不期而遇的奇迹。

奇迹真的出现了。白卫红亭亭玉立地站在不远处的大树下。伊百心里一阵狂跳，他向她直奔过去。白卫红的身边还有一个人，穿着军装，靠在树干上。

白卫红向满脸诧异的伊百介绍说，这是我的未婚夫，出差顺便来看我的。

伊百几乎失去了知觉。从那天晚上起，他说话的口音又与葫芦镇的其他人一样了。

32

葫芦镇闹完了“忆苦思甜”运动之后，又流行了赛诗会。

握惯了锄把子、粪叉子的老手拿起了笔，全镇子的农民不论老幼一下子全成了诗人。

虽然葫芦镇的傻子多，但傻子说起话来同样可以合辙押韵。如：

干部偷，会计搂，
群众缝个大布兜。

村看村，户看户，
群众看干部。

干活磨洋工，
拉稀肚子空。
一天拉四遍，
天黑就收工。

连小孩儿都会说：

天下雨，地冒泡，
哪个小鬼戴草帽。

张憋鼓，鼓憋张，
吃狗屎，喝粪汤。

王老五，三十五，
旧社会，尽受苦，
生个孩子没长肋巴骨。

还有一些诗句颇有哲理，如：

省一省，窟窿等，
懒一懒，瞎了眼，
松一松，两脚蹬。

爹有，妈有，
不如自己有。

两口子再好，
也得过道手。

类似的说起来有韵脚的顺口溜和民间谚语在葫芦镇还有许多，这些都是赛诗活动能在葫芦镇轰轰烈烈开展起来的文学基础。加上上级的号召动员和用诗歌换工分的奖励政策，极大地调动了葫芦镇人民的创作热情并激发了他们前所未有的艺术灵感。

赛诗会开到了田间地头，据说著名的诗歌之乡“小靳庄”就处处是歌坛，人人是诗人。

正式比赛时朗诵的诗政治性、革命性很明显，比如：

俺们农民跺跺脚，
牛鬼蛇神跑不了。
俺们农民挥挥拳，
帝国主义玩了完。

再如：

葫芦镇人有志气，

困难面前不泄气，
反帝反修不客气，
泰山压顶不喘气。

赛诗会天天开，葫芦镇人写诗写得顺了口，连平时说话都押着韵。

早晨两人相遇，一个主动打招呼：

老曹，老曹，你真早，
急急忙忙往哪儿跑？

另一个答道：

老高老高，你别笑，
我那驴操儿子发了烧。
我到前街医疗点，
给我儿子弄点儿药。

生产队长给社员们派活时说的话都一套一套的，如：

伊百伊千伊怪物，
你们爷仨去挖土，
今儿个要是挖不完，
明天再干一上午。

33

伊百不再往河西的“青年点”跑了，白卫红让他在感情上受到了巨大的伤害，精神上也受了不小的刺激。他神情恍惚黑白颠倒，嘴里念念有词地自言自语了两个多月，才逐渐恢复了正常。

伊怪物又急又恼，怕二儿子也跟大儿子伊十同命运。他四处悄悄打听，只要听说哪儿有会算命的、驱鬼的、能替人掐算破灾的，不管是老娘儿们，还是小寡妇，他都黑灯瞎火地登门求方，用从牙缝和鸡腚眼里抠出的那几个钱，买上二斤点心饼干和两个水果罐头，去偷偷摸摸地哀求各类“半仙”。那些年，此类迷信活动被严格禁止，伊怪物冒着再一次被揪斗的危险豁出命来为儿子治病。

有“蟒仙”说，你回去往东南走十里地，遇到坑洼处停下来，冲正前方叩三个响头，再烧几张纸，儿子就能醒过来。伊怪物赶紧往东南走十里地，那里确有一个坑洼处，是谁家沤肥的粪坑。他也顾不了这些，跳到粪坑里叩了头，烧了纸，弄了一身臭味。

又有“狐仙”说，你家里的水缸放得不是地方，你回去得挪挪。伊怪物连夜呼哧带喘地去搬缸，结果不小心砸了缸又闪了腰，在炕上哼哼唧唧地躺了十来天才下地。

还有一位“兔仙”说，你家的猪圈墙上有块石头放错了地方，你得换换。老伊头儿没等腰伤好利索，就动手拆掉了猪圈墙，刚买回来没几天的小猪崽子跑丢了，墙上掉下块石头正好砸在他的脚背上，疼得他龇牙咧嘴直叫唤。等伊怪物一瘸一拐地把猪圈墙重新垒起来时，伊百的精神状态已明显好转了。

老伊头儿心里越发相信这些“仙”的神威了。他又买了几斤饼干去答谢这几位救伊百于水火的“大仙”。

伊百对父亲为自己所采取的种种神奇的治疗方案一无所知。他只是觉得心里堵得慌，直到有一天他在睡觉时放了一个响屁，把自己吓醒了。他感觉舒服多了，心里不像过去那么堵了。

34

比赛诗会更能吸引葫芦镇人的另一项颇有品位的娱乐项目，就是观看和参与由镇上剧团演变而来的文艺宣传队经常举办的演出活动。

由于城里知青的参与，宣传队的乐器品种有了新的变化。小提琴、大提琴、萨克斯等洋玩意儿开始登台亮相，突破了过去以二胡、月琴、手风琴为主，配以唢呐、锣鼓的“土八路”水平。

宣传队里的学员们虽说是业余的，但经常要完成去县里参加各种汇演的任务。他们可以以排练为借口，而免除去山上修梯田、搞农田基本建设大会战之苦。演员们排练和演出时工分照记，口粮照发，且能穿上比镇上农民更漂亮、更怪异的服装。

这种种好处强烈地吸引着镇上的不少半大小子和半大姑娘。他们想方设法争先恐后地拜师学艺，以便能挤进宣传队。

于是，有着音乐传统的葫芦镇，又掀起了吹拉弹唱的新高潮。伊千、伊万也不甘寂寞，跟老爹伊怪物软磨硬泡，非要去学器乐。伊家很穷，买不起小提琴或小号之类的洋乐器，最后伊千学了吹口琴，伊万学了吹笛子。跟他哥俩一块儿学艺的，全镇子不下三四十人，其中包括八九个女孩子跟着宣传队里的“知青”白卫红学跳舞。

一时间葫芦镇“到处莺歌燕舞，更有潺潺流水”。

文化馆里、大树底下、河套两旁、农户院中，吹拉弹唱，一片歌舞升平。到了晚上，号声、笛声、琴声、男声、女声、狗叫声、鸡鸣声、夫妻打骂声和小孩儿的哭闹声混合交织，此起彼伏，汇成葫芦镇独有的“乡村之夜交响曲”。

35

阿尔巴尼亚与牛运旺结婚的第二年就生了对“双棒儿”，而且是龙凤胎，一儿一女。

河套里洗衣裳的女人们又开始了对阿尔巴尼亚的新一轮诋毁。

她们普遍认为阿尔巴尼亚越来越像个妖精，竟然敢一下子鼓捣出两个崽子来。下双黄蛋的鸡不是好鸡，会给人带来厄运，这是镇里几代人的共识。母鸡下双黄蛋不是好兆头，人生双胞胎同样不会有好报。她们都深信不疑地期待着那不幸的发生，当然这种不幸只会发生在当事人或肇事者即阿尔巴尼亚头上。

世上常有一些事与愿违的情况。牛运旺被县里广播站抽调去工作的消息在葫芦镇人看来是一个大喜讯。能到城里工作，这对于乡下人来说只有在梦里才敢想到。

河套里聚集的女人们愤愤不平，她们不相信“下双黄蛋的鸡”会有好结果。她们集体创作了牛运旺在城里与女播音员“搞上了”的婚外情瞎话，并各自分头四处传播，还说镇上有人去城里亲眼看见了牛运旺拉着那女人的手在遛大街。

阿尔巴尼亚一个人在家里既要拉扯两个孩子，又得到地里干活。丈夫有外遇的传言搅得她魂不守舍，心神不宁。每当喇叭里传出县广播站女播音员嗲甜的声音时，阿尔巴尼亚就会变得情绪激动，她经常趁机摔盘子摔碗，甚至把孩子们打得嗷嗷直叫。

两个月后，家里的碗盘盆罐已经差不多砸光了，牛运旺才头一次回家。他是顺路回来看看孩子的。

阿尔巴尼亚死也不肯让他回到城里去，牛运旺苦苦相劝，阿尔巴尼亚一点儿都不让步。她威胁说，如果你敢再去城里，我回头就把两个孩子扔到井里灌死。说这话时，她眼里冒着瘆人的凶光，并直勾勾地盯着丈夫。

牛运旺妥协了，他被阿尔巴尼亚扣在了家里。牛运旺希望从此做个城里人的梦想破灭了。

当他后来得知这是在河套里扎堆儿的女人们的“阴谋”时，气得直蹦高。

那天晚上，他问阿尔巴尼亚，县里广播站的女广播员嗓音好听吗?

老婆说，那声音嗲嗲的，一听就知道是个专门勾引男人的狐狸精!

牛运旺两眼呆呆地看着阿尔巴尼亚，一字一句地告诉她：那个女广播员是个瘫子，她是坐在轮椅上播音的。

36

伊十的种子，万家的独苗——万人疼在妈妈搂着他讲述的当地民间故事（主要是鬼怪故事）中一天天长大了。到了六七岁时，他就能很流利地给小伙伴讲述他从妈妈那里听来的有趣的故事，甚至还能添枝加叶。小万人疼最喜欢的故事叫做“放香屁”，是葫芦镇几代人听过的经典。他经常反复地讲给小伙伴听：从前，有哥俩儿，爸、妈死得早，哥哥是个傻子，弟弟特别精明。哥哥娶不上媳妇，弟弟先结了婚。弟媳妇嫌弃傻大哥，让他多干活，少吃饭，还得吃剩饭。不管傻大哥干多少活，弟媳妇都不满意，最后把他赶到耳屋子里。一天，傻大哥编了个筐挂在屋檐下，嘴里念叨着："东来个鸟下个蛋，西来个鸟下个蛋。"鸟儿不断地飞进筐里，不一会儿就下满了蛋。傻大哥煮了一锅鸟蛋当饭吃。弟媳看见了，非常眼馋，她舰着脸求大哥，要借那个"神筐"用用。大哥把筐借给了她，她赶紧把它挂在自己的屋檐下，迫不及待地大喊大叫"东来个鸟下个蛋，西来个鸟下个蛋"，结果马上飞来了一群鸟，纷纷往她的头上拉屎。弟媳一气之下把大哥的筐给砸烂了并扔进灶膛里烧了。傻大哥从山上干活回来向弟媳讨还"神筐"，弟媳没好气地说，我把它砸了。大哥问，那砸烂的筐放哪儿了？她说，让我塞进锅底给烧了。傻大哥流着眼泪到灶坑里寻找，那筐早就烧成了灰。他又用棍子伸进灰堆里仔细地拨拉，终于发现了一颗黄豆。傻大哥把黄豆吃了，不一会儿就觉得肚子里有气体溢出，他闻一闻，好香啊！只听说过臭屁，没听说过香屁。于是，傻子便四处放屁，那气味的确芳香宜人。很多有钱人家，纷纷登门求屁，重金聘请傻子前去豪宅大院，给小姐的闺房、太太的卧室和衣柜饭橱里放香屁。靠此项服务，傻子赚了大钱。

弟媳获知此事，十分羡慕。她再一次求大哥指点生财之路。傻子原原本本地把"秘诀"和盘托出。弟媳和丈夫一想，这有何难。一颗黄豆就赚了这么多钱，要是炒上一锅黄豆，使劲地往肚子里塞，然后再喝上凉水，那可就发财了。于是这对贪财的夫妇就如此这般了。丈夫吃饱了，喝足了，就满大街地吆喝：“放香屁啦！谁家要闻香屁，快来请啊！”一些人赶快奔过来，你拽我扯地抢着往各自的家里请。最后，来了位当官的，不由分说就用轿子把他抬回了家，并把他关进衣被柜子里，让他尽情地放，然后再发赏。弟弟肚子里早已翻江倒海，他一使劲，虚实皆出，满屋的气味臭不可闻。主人大怒，将其暴打一顿，并吩咐下人用木塞堵住了他的排气口……

万人疼越讲越熟，逗得镇子上的大人小孩儿笑得直捂肚子。

37

随着河西“知识青年”开始陆陆续续地往城里走，葫芦镇上的鸡鸭鹅狗明显地减少了。

这些比乡下人更有知识的城市青年，在接受贫下中农再教育的过程中掌握了许多生存技能。

他们为葫芦镇带来了科学知识、艺术活动、小道消息、审美情趣（主要指穿衣戴帽）以及良好的卫生习惯，特别是刷牙“技术”。同时也带走了镇上的一部分风俗、迷信、愚昧、野蛮、节俭、勤劳、吝啬、贪婪以及几乎全部的鸡鸭鹅狗。

在“青年点”撤除时，镇上人从那两排大瓦房的地窖子里（曾经是镇子里备战用的地道），扒出了两大车鸡鸭鹅狗猪羊驴等家禽家畜的毛皮骨架，乡亲们终于明白了自家东西的去向。他们曾怀疑过这些“知青”们，但一直找不到确凿的证据。

一切都一笔勾销了，“知青”人去房空。

城里人走了，伊十回来了。

大傻子伊十和安国民重新出现在了镇子上。他们都是被提前释放的。伊十从监狱出来的那天正好是他三十岁生日。

伊十回来那阵子，镇里的大喇叭成天反复播放那曲流行的新歌：“十月里响春雷，八亿神州举金杯，舒心的酒啊浓又美，千杯万盏也不醉。”

大儿子回家后，老伊怪物整日醉醺醺的，他冲着喇叭嚷：“净吹牛，还千杯万盏也不醉。要我看，你还喝不过我呢，有五杯就能把你放倒，还千杯万杯，净瞎吹！”

38

万瘫子老婆守寡六年，没有改嫁。伊十在监狱里关了十年，但她的内心从未安宁过。人们背后的指责和她的自我谴责常常让她在镇子上抬不起头来。

伊十的重新出现给万瘫子老婆带来了极度的恐慌和巨大的压力。她怕伊十和伊家的其他兄弟找她算总账。她同情伊十，却又不愿意跟一个地地道道的傻子生活在一起。但万人疼是伊十的“种”，这是人人皆知的“秘密”。她绝不能让伊家把儿子从自己身边夺走，他是她生存的唯一精神支柱。

万人疼不仅爱讲一些稀奇古怪滑稽的故事，还善于讲一些令人捧腹的笑话。他虽然只有十岁，但口齿伶俐，反应机智。他把伊十小时候做的许多傻事和说的许多傻话都编成了笑话，其中包括最广为人知的伊十算兄弟，把父亲伊怪物也算在其中的事儿。

伊十回家后不再四处跑了，他每天一大早就起来和泥脱坯。扣去吃饭、睡觉和下雨天，他时刻不停地干着同样的活。

伊百自从经历了与白卫红那段似是而非的感情纠葛后，除了闷头看书，再也没有心思去琢磨别的姑娘。他变得孤僻和清高了，对于镇子上发生的一切大大小小的事情，他都充耳不闻，视而不见，对别人的兴奋激动和狂热他常报以鄙视的态度。镇上不少人把伊百也叫成伊怪物，说他比他爹更怪。

万瘫子的老婆无法忍受良心的折磨，终于领着儿子万人疼到了伊家。她要嫁给伊十，以报答和补偿傻子为她蒙受的耻辱和不幸。

伊十没有停下手里的活儿，他要把晒干了的土坯子摞起来。万瘫子老婆的行为感动了伊家老小，他们让伊十接受她母子俩的好意。大傻子伊十说："她是谁，我不认识她怎么能结婚？"

万人疼哭着说："爸，我是你的儿子呀！"

伊十用手轻轻地摸了摸孩子的脑袋，说："你这个鳖羔操的，我没老婆哪来的儿子？"

39

伊百、伊千、伊万三兄弟同时考上了大学，这在葫芦镇成了爆炸性新闻。这条消息可不是从河套里洗衣裳的老娘儿们嘴里传出的，而是镇上的大喇叭里广播的，市里的记者还专程来葫芦镇采访过伊怪物和伊家三兄弟并给他们照了相。那照相机也很新奇，镜头老长老长的，伊十站在边上看着相机那长长的镜头，若有所悟，他跟记者说，这东西还是个“公”的呢！

伊家是国家高考制度恢复后葫芦镇上第一也是唯一的受益者。当时的葫芦镇人还未意识到这个事件所产生的深远影响。

伊百、伊千、伊万分别选择了哲学、海运和兽医专业，老子伊怪物对三个儿子没有一个愿意学会计而稍有遗憾。他对三儿子和四儿子填报海运和兽医专业没有太大的异议，但二儿子伊百选择的哲学专业却让他大惑不解。

伊百上大学那年二十八岁。伊千、伊万也都是结了婚后才上的学。

孙支书（“蛋壳”）不知通过什么关系进了公安局。

开始，当县公安局开车来接他时，葫芦镇上的人还以为他带头组织“打派”活活地把丛老师（“丛大下巴”）打成了“畏罪自杀”的事情败露了呢！河套里的女人们都说，活该！恶有恶报！这回“蛋壳”十有八九要挨枪子儿，因为他手里有人命。

没曾想，过了没几天，孙支书坐着警车又回到了葫芦镇，身上还穿着制服——白上衣，蓝裤子，大盖帽。镇上的人说，孙蛋壳又走了鳖运了。他穿的警服比当年做邮差的牛做官的那身制服神气多了。

40

牛运旺陪着伊百一同进了京城。伊百上的那所大学在北京。伊千、伊万分别去了省城和武汉。

牛运旺说是陪伊百，其实是回到自己原先读的大学里办理相关手续。

牛运旺从学校里领回了肄业证书。凭着这张纸，牛运旺被重新安置到了县城中学里教书，阿尔巴尼亚和那对“双棒儿”随后也都变为了城里户口，成了真正的“城里人”。

万瘫子的老婆一直没能再嫁，她时不时地往伊家跑，帮助伊十干点儿洗洗缝缝的活儿。儿子万人疼中学毕业后参了军，也穿上了制服。他后来学起了说相声，在部队的文工团里混得像模像样。伊十却说他是“卖笑的”。

队长王立正的红皮鞋奇迹般地保留了下来，并传给了他的儿子。他儿子如今在过年时又把它穿在脚上挨门挨户地拜年。这双鞋在葫芦镇人看来就是“印把子”，是权力和地位的象征，相当于皇袍和玉玺，谁要是穿上它，谁就是当然的掌权者。所以，他们把村长的选票投给了王立正的儿子。

葫芦镇的人往外走了不少。有当兵的、上学的、打工的，还有长期出外做生意的。

镇上的标志性建筑——俱乐部仍然存在，但基本上废弃不用了，已成了危改建筑。

镇子上新建了几家卡拉 OK 歌厅，吹拉弹唱的人却少了。活动了差不多有半个世纪的业余剧团（文艺宣传队）早就销声匿迹了。

被视为女人河的那条大河套因长年干涸而堆满了生活垃圾。葫芦镇的女人们失去了聚会的天堂。

镇子上新生的一代放弃了父辈们的政治热情，三五个人聚在一起共谋国家大事的爱好和传统未能继承下来。

没有人围坐在一起听老人讲“瞎话”——鬼怪故事了，至于以“放香屁”为标志的葫芦镇的民间文学早已无人问津了。

伊千现在在一家远洋运输公司工作，他大学未毕业就与老婆离了婚，并随即组成了新的家庭，新夫人是大学时的同学。

伊万住在城里，老婆借他的光也成了城里人，生活过得不错。

老五伊亿继承父业，当了镇上的会计，实现了老伊怪物的崇高理想。他虽然胳肢窝下不夹算盘了，头发却是油光光的，但肯定抹的不是菜籽油。

老伊头儿活得还很硬朗，跟伊大傻子伊十住在一起。

伊家二儿子伊百，一直读到了博士学位，也一直没结婚。他毕业后留校教书，没几年就当上了教授。伊百自从上大学离开葫芦镇后就再也没回来过。

他说，在他看来，葫芦镇只是一个“在”，而且“在在者的在中存在着”。

他的话，除了伊十谁也不懂。

伯婆魔佛

伊亿说到做到，两年前他们搬回了镇子，如鱼得水地生活在那里。他的小女儿上学读书了，正在学习汉语拼音，有事没事，嘴里不停地叨咕着：“伯、婆、魔、佛……”

·伯婆魔佛·

1

葫芦镇没有历史。或者准确地说，没有文字记载的历史。

这并不意味着葫芦镇的过去完全是一片空白。除了西山沟帮子上那一片没名没姓的坟茔和镇中心马路两旁那连成排的破旧简陋的民宅外，葫芦镇的历史还存在于老年人的记忆和青年人的想象当中。

失去历史的葫芦镇人活得很轻松。他们只专注于眼前的光景，用不着背着过去沉重的包袱而气喘吁吁地过日子。镇里的人没有刨根问底的习惯和爱好，对于发生在遥远过去的事情也毫无兴趣。

在葫芦镇居住的百姓一般通过两个主要渠道获取周围及外界的重要信息。一个是架在镇文化馆（曾经叫俱乐部）屋顶上的四个东西南北朝向的大喇叭，一个是那条把镇子一分为二的河套，那是镇里女人们非正式的聚会场所。文化馆房顶的高音喇叭是官方媒体的象征，每天定时播放的各类新闻覆盖了镇里镇外和国内国外，葫芦镇的居民们不仅通过喇叭了解到镇子里（一度被称为公社）发生的大事小情，还可以知道许多国内外重大新闻。不少人，特别是男人们能熟悉地叫出一些他们从不认识的外国人的名字，比如说李承晚、杜鲁门、恩维尔·霍查、赫鲁晓夫等，至于西哈努克亲王、宾努首相，不仅妇孺皆知，就连伊十之类的傻子都时常挂在嘴上，如同喊狗剩、臭蛋、丛大下巴一样自然。

从喇叭里，葫芦镇人坚定了“赶英超美用不了二十年”的信心，明白了在地球上我们所生活的这块土地“风景独好”，“形势一片大好”，而不是“小好”和“中好”。他们为“美帝”、“苏修”等敌人一天天烂下去、我们一天天好起来而欢欣鼓舞，他们尽管还搞不清世界上受苦受难的三分之二人口居住在葫芦镇的哪个方向，但依然对处于水深火热中的苦命人抱有万分同情。

为了不“重吃二遍苦，再遭二茬罪”，为了“反修防修”、“永保江山万年红”，为了誓死捍卫“毛主席的革命路线”，为了“备战备荒”……为了实现大喇叭里发出的所有号召，葫芦镇人民付出了满腔热忱和全部心血。他们参加了无数场批判会、誓师会、动员会，揪出了披着中学老师外衣的丛大下巴，新中国成立前穿过邮递员制服的牛做官（绰号牛制服），当过镇里会计、头上抹着菜籽油的伊怪物，还有每到春节便换上耀眼夺目的红皮鞋去四处拜年的生产队长王立正等一批“地、富、反、坏、右”，清理了无产阶级的队伍。他们自发组织了毛泽东思想文艺宣传队，常年活跃在文化馆和田间地头，甚至饿着肚子走门串户到居民家里演出。不论是革命歌曲，还是“样板戏”，都未曾遗忘过这个在中国地图上永远也找不到的农村乡镇。歌声、笑声、哭声、锣鼓声、口号声此起彼伏，始终伴随着葫芦镇百姓的日常生活。

葫芦镇人不仅“抓革命”，还要“促生产”。他们围海造田，开山引水，把仅有的几块粮田里的熟土毫不保留地扔到了海里，又把果园的果树统统砍掉，改修大寨式的梯田。他们还遵照“深挖洞，广积粮，不称霸”的“最高指示”，日夜不停地挖防空地道，以抵御帝国主义的突然侵略……所有的一切行动，几乎都与文化馆房顶上那四个大喇叭发出的声音分不开。

至于来自河套里的消息，都是女人们洗衣裳时“秘密”传播的，属于典型的“花边新闻”，内容仅限于房前屋后鸡毛蒜皮之类的琐事。不是张家长，就是李家短。谁的孩子闹肚子啦，谁的男人扒窗户啦，谁的女人搞“破鞋”啦，哪个姑娘的胸部扁了，哪个媳妇的肚子鼓了，哪个小伙子裤裆硬了，等等，凡是涉及个人最私密的事情均在这里得到最公开的讨论和传扬。河套里每天都有女人扎堆儿，成了妇女们背后嚼舌头的专用角落。

从大喇叭和河套女人堆里发布出来的各类信息相互交织，形成了葫芦镇人几十年来赖以生存的舆论环境。不论这些消息是真是假，人们在多数情况下都采取了听之任之的态度。个别人企图开辟第三条信息渠道，结果酿成了大错，宣传队里拉手风琴的安国民就是实例。他因“偷听敌台”被判了刑，蹲了监狱。这是葫芦镇当年的一大政治事件。

2

镇子上老会计伊怪物的五个儿子分别叫做伊十、伊百、伊千、伊万、伊亿。其中，伊百、伊千、伊万同一年考上了大学。老二伊百读的是哲学专业，学校在北京。老三伊千选择了海运学院，而老四伊万则去了武汉的一所建筑学院。

伊百读大学时一度对葫芦镇的过去产生了无法自拔的兴趣。他查阅了许多历史文献，试图追根溯源，为葫芦镇寻找到一个令人景仰和骄傲的辉煌历史。他还做过一个奇怪的梦，梦里有高人摸着他的头，告诉他是某朝某代某位名人的后裔。这个梦让伊百恍惚了两年多。他不再相信自己的爷爷是在赶马车运粪时翻到沟里摔死的这个事实，他脑海里的祖父至少是穿着战袍跨在大枣红马上挥着长枪驰骋疆场的。大学同学里个别人的目光总带有某种蔑视的成分，这使得伊百的心里时时感到痛楚。葫芦镇不可能没有历史，有历史就一定有伟人，而伟人后裔则拥有遗传上的优势、交往中的自信和发展上的后劲。

伊百的努力一无所获。从司马迁的《史记》到民国期间编的《清史稿》，没有一处提到过生他养他的故乡——葫芦镇。他很失望。他感觉自己的家乡像是一个在路边捡来的孤儿，没根没据，不知从何处来，更不知往哪里去。

伊百回忆起小时候爸爸伊怪物在猪圈里起粪时曾挖出过一把日本军刀，那是日本人入侵中国留下的罪证。除此之外，镇子上好像没出土过其他有价值的文物，旧石器、陶片、青铜器之类的东西都是伊百上大学后在博物馆里看到的，没一样来自葫芦镇。

据伊百的父亲伊怪物说，葫芦镇曾出过做官的人，那是清末时县城里的巡捕长。伊百想起爸爸谈起巡捕长时那肃然起敬的神态，差一点儿笑出了眼泪。

大约在 5 000 万年前，干旱、严寒或者是天外来客——陨石的坠落，使得葫芦镇附近为数不多的可怜土著一命呜呼，他们几乎没留下一丝的生存遗迹。伊百后来断定，葫芦镇的先民绝大多数属于外来的移民。这些移民从海上逃荒漂到了葫芦镇上。

伊百放弃了对葫芦镇的历史探究。他记得上中学时丛老师（丛大下巴）曾经说过："我爷爷生活在黑暗的旧社会。我爷爷的爷爷的爷爷的爷爷依次生活在更黑暗的原始社会、奴隶社会和封建社会。"这就够了，还是丛大下巴有水平。虽然他死了，被他的学生们像闹着玩似的活活打死了。

直到今天，考古学家和历史学家还未能替伊百的推测和丛大下巴的结论提供令人信服的佐证来。

在伊百模糊的童年记忆中，离镇子三十里外的大和尚山中有一座宫殿般堂皇的庙宇，五六岁时，奶奶曾领着他去那里偷偷地磕过头。他当时害怕得尿了裤子，回来后一连几天做噩梦。庙里的泥胎神像让幼小的伊百失魂落魄。奶奶跪在佛像前，嘴里不停地叨叨咕咕，像是有难事相求。伊百当时害怕极了，小手死死地扯着奶奶的衣襟，两条腿不停地打战，任凭尿水顺着裤管哗哗地淌到地上，又沿着凹凸不平的地面一直流到了供桌底下。奶奶起来时，还使劲地朝他的屁股上拍了两下，慌慌张张地冲着佛祖赔不是："佛祖菩萨保佑！老天爷见笑了。这个小鬼儿不懂规矩，您大人不见小人怪，宰相肚里能撑船。等俺回去非得好好收拾这个小野鬼儿不可。"奶奶一边道歉谢罪，一边拎起孙子匆匆跨出了大殿的高门槛。没等到走出寺庙的院子，伊百的屁股上就让奶奶三寸金莲的小脚踢了十几次。"你这个没出息的小野鬼儿，尿泡子破了，跑到神仙住的地场放肆啊！你哪来的那么多尿，都淌成河了。该有尿时你没尿，尿尿也不挑个地方、选个时辰……"奶奶好像是为伊百的傻大哥伊十来求佛的，后来伊十傻得更厉害。奶奶觉得求佛不灵的主要原因是伊百不争气，愣是在佛祖面前尿了很大的一泡尿。

伊百离开葫芦镇上大学时，曾一个人又去了趟大和尚山。寺庙早已无影无踪了，连废墟遗迹都没了。听山上的人说，这庙是被人扒掉的，先是点上了火，等烧成了灰烬后，又把砖瓦石块运走，给生产队砌猪圈用了。烧庙时，里面还住着一个看庙的小和尚。他死活不肯出来，最后也与那佛像神胎同归于尽了。

伊百读大学后，一直为那座化为乌有的寺庙感到遗憾。尽管那座庙离葫芦镇还有三十多里的距离，但它毕竟是葫芦镇仅存的历史见证。伊百说那座庙十有八九始建于晋代，这可能比镇上人追溯的历史要悠久多了。现在存留于葫芦镇人脑海里的记忆仅限于三代之内，即使是记忆力最好的年长者，也只记得爷爷活着时的情景。

伊百源于虚荣心的考古冲动不得不告一段落。当同学们问及葫芦镇的文化、历史和地方特产时，伊百常故作幽默地答道："我家乡的历史是清白的。那里盛产傻子和关于傻子的笑话。"

其实，伊百并不全是开玩笑，至少他的后一句话是真实的。葫芦镇几乎家家户户至少有一个傻子——就是那些连下雨都不知道往屋里跑的人。

3

葫芦镇的人曾经陷入了巨大的悲痛之中，那是伊百三兄弟考大学的头两年。

一个夏末秋初的季节，十年九旱的葫芦镇竟遇上了连雨天，整个镇子都是湿漉漉、黏糊糊的。街上泥泞不堪，家家户户的草垛被水泡得发了霉，连做饭用的引火草都点不着了。有的人家实在饿得受不了，干脆把门板窗扇卸下来劈成柴火煮一顿熟饭。

长年生活在晴朗天空下的葫芦镇人无法忍受长时间的阴雨天气，一个个变得忧郁烦躁起来。下雨天打孩子，闲着也是闲着。镇子上失去了往日的“莺歌燕舞”，取而代之的是“鬼哭狼嚎”。两口子打架，婆媳之间吵闹简直成了家常便饭，哭喊叫骂声充斥了镇子里的每个角落。

突然有一天，文化馆楼上的大喇叭里传出了低沉而又悲切的哀乐声，那声音揪心扯肺，叫人憋得喘不过气来。

天塌啦！葫芦镇人惊呆了，吓傻了。

最红最红的红太阳再也不能从东方升起来了。整个镇子在一瞬间变得死一样的寂静，然后便是惊天动地的哭号。

泪水伴着雨水，葫芦镇从未遭遇过如此巨大的创伤和悲痛。他们认为一切都彻底地破灭了。他们刀山敢上，火海敢闯，“可上九天揽月，可下五洋捉鳖”，但，他们不能没有太阳。失去了太阳，就失去了方向，失去了温暖，失去了光明，天呐！在寒冷的黑暗中迷失方向，那是一种怎样的恐惧！

葫芦镇人的情绪低落到了极点，悲伤和恐慌一起向他们袭来。全镇上下男女老少不分昼夜地跑到镇文化馆广场搭设的灵堂前，哭一阵，喊一阵，祈求救星再显神灵。

镇子里的基干民兵和群众代表被精心挑选出来日夜守灵。大喇叭里不停地播放哀乐和《告全党、全军、全国各族人民书》。群山肃立，江河呜咽，人民哀号，葫芦镇人从喇叭里得知不光是这里的天要塌了，别处的天也要塌了。

伊怪物、牛做官、王立正（外号红皮鞋）之类的“坏分子”不准公开地哭，因为他们不配，他们没有资格分享革命人民的伤感。那些日子，伊怪物、牛做官、王立正，还有白寡妇等“牛鬼蛇神”各自心惊肉跳地躲在阴暗的角落里，偷偷地抹眼泪。唯恐稍有不慎，就落个“背后下毒手，谋害红太阳”的滔天大罪。尤其是伊怪物，他担心自己的一举一动被儿子们看见而遭到揭发，只好忍着悲痛咬着拳头，不敢尽情地大哭一场。

追悼会的会场设在镇南的中学大操场上。文化馆门前的广场显然太局促了，容纳不下全镇的居民。人们胸前戴着白花，胳膊上扎着黑箍，淋着毛毛细雨，神情庄重步履迟缓地向镇南中学移动。

大操场上挤站着黑压压的人群，除了哭泣和咳嗽，听不到别的声音。就连妇女怀里抱着的孩子也一脸的肃穆，不像往常那样放肆地叽哇乱叫。

哀乐停了。大喇叭里传出一个男人低沉的嗓音，乡下人听不清那口音浓重的人到底说了什么，只是低着头跟着站在最前排的公社干部们一鞠躬、二鞠躬、三鞠躬。礼毕时，一些人借着惯性，仍在继续撅动着屁股，多鞠了几个躬，惹得周围的人哭笑不得。

“妈妈，我要拉屎!”一个四五岁的小孩子急促地向妈妈提出要求，那声音本来不大，却几乎传遍了全场。妈妈吓得脸色煞白，赶紧用手死死地捂着孩子的小嘴。这女人就是“万瘫子”的老婆，而那个看到大人们撅屁股就想要拉屎的小男孩就是万瘫子名义上的儿子万人疼（绰号万人恨）。他实际上是伊家大傻子伊十的骨血。当年万瘫子新婚之夜用冰水洗澡落了下半身瘫痪的毛病，丧失了生育能力。他求子心切，硬逼着老婆去勾引身强力壮的傻子伊十，终于怀上了孩子。这就是前些年闹得沸沸扬扬的那场“借种”事件，这场风波的最大受益者是万瘫子，他没撒种却得了儿子。而最大的受害者是傻子伊十，他被动犯下的生活作风错误，却因为主动联想到伟大领袖也有类似问题而转化为不可饶恕的政治罪行。他被判处了十年的有期徒刑。

万瘫子的老婆挟着儿子从人群中钻了出来，万人疼差一点儿给憋死。他的脸都发紫了。他后来说，那不是让屎憋的，而是被妈妈那只粗糙的大手把嘴给死死地捂上了，根本喘不上气。“你这个野崽子，早不拉屎，晚不拉屎，偏偏这个时候拉。怎么不一下子憋死你！真是万人恨！”万人疼蹲在操场边的树根底下，一边听着妈妈数落，一边委屈地自我辩解：“向毛主席保证，我真想拉屎！”

提裤子的时候，万人疼又问了个他刚刚想到的问题：“妈妈，毛主席死了，以后我们向谁保证啊？”

4

小毛孩子万人疼拉屎时想到的问题对于全葫芦镇乃至全国人民可能都是必须面对的重大问题。

葫芦镇依山傍海，属于丘陵地貌。文化馆前一条东西走向的大道把镇子分为前后两街，又一条南北流向的大河（实际上是一条不起眼的小河）把镇子划成了东西两个自然村落。

文化馆是葫芦镇的标志性建筑，是镇上老一辈能工巧匠自行设计、自己施工建造的，因而成了两代人的骄傲。这座建成于 20 世纪 50 年代的公共场所，体积和高度与低矮的民宅相比显得格外宏伟。文化馆建成之初被称为俱乐部，主要用于演出、开会和播放电影。

与俱乐部并排的东西两侧，分别是镇子上最大的供销社(后称为百货商店)、理发馆、烧饼铺、照相馆和饭馆。紧挨着饭馆西头的就是公社大院，前后两排宽敞的大瓦房。文化馆对面的街上，中间是公社粮库，东西两边分别是农机站和一家破破烂烂的修鞋铺。鞋铺里的闫师傅是一个差不多囊括了所有残疾的老头，眼斜嘴歪且身子佝偻着，还患有严重的哮喘病，喘气跟拉风箱似的，呼呼作响。

一座大石桥连接了河的东西两岸。镇子里的医院就建在河西大道南边，道北与医院对着的是兽医站。生产队里的牲口病了，就有人牵着到兽医站救治，如果赶牲口的人同时也觉得有些头疼脑热不舒服了，可以把牛马驴骡先交给兽医，然后穿过马路就能找大夫给自己开点儿药，两下都不耽误。后来镇里的人发现，兽医站的医生有不少调到了医院给人看病，他们便建议干脆把两家医院并到一块儿算了，省得过条马路，但这个建议一直未被政府采纳。只是有一段时间兽医站的站长兼任了镇医院的院长。

文化馆及其门前的广场一直是葫芦镇的政治、文化中心。二十多年来，馆里馆外经常上演着各种人间的悲喜剧。既有镇子业余剧团（文艺宣传队）献上的歌舞、曲艺、吕剧、样板戏，又有忆苦、批斗、讲用、誓师等大会。在那个舞台上曾表彰过许多先进、骨干、劳模、标兵、积极分子，也曾批斗过不少地主、富农、右派、反革命和坏分子。前者佩戴红花、手捧奖状站在舞台上一脸灿烂的笑容。后者跪在那里，头顶高帽，前挂木牌，反绑双手，面若死灰。还有的人既戴过红花，又顶过高帽，两种滋味都感受过。演戏时常有人装死，而批斗时又有人真的被打死。

佝偻着身子蜷缩在文化馆斜对面的那间修鞋铺里的闫老头，是广场演出最忠实的观众。他常常费劲地从歪嘴里蹦出几个字："他奶奶的，折腾个什么劲儿，还不如把自个儿的破鞋给补补呢！"

5

文化馆前的灵堂拆了。葫芦镇人逐渐从悲痛欲绝的心情里走了出来。

阴雨天持续了四十多个日夜，很多家的房根和被褥都长了绿毛。

天放晴了，秋风送来了干爽。家家户户忙着把潮湿的被褥、衣服、鞋子以及其他各类杂七杂八的东西都拿出来晾晒。整个葫芦镇变得不堪入目。大道两旁电线杆子、树和树之间，都扯上了绳子，五颜六色的被套、褥垫、尿裤、花裤衩子、破门帘，随风飘扬。院墙、鸡圈棚子、猪圈围栏上摆满了破鞋烂袜子、尿罐子、菜坛子和变了质的咸鱼。大街上弥漫着刺鼻的霉味、腥味和臭味，人们捂着鼻子跑到外边享受久违了的温暖阳光。

那一年的收成并不很好。庄稼都烂到了地里。在女人们忙着晾晒衣物的同时，男人们冲到山上，仔细地抢收那些发了霉、长了芽的每一颗粮食。他们把苞米、高粱、大豆、地瓜、萝卜、白菜等凡是能充饥果腹的东西统统运了回来，吆喝叫骂着让女人们赶快把破棉烂布收拾了，好腾出地方晾晒粮食和烧火取暖做饭用的柴草。

一天早晨，伊百和伊千慌慌张张地跑到家里，气喘吁吁地冲着老爹伊怪物大声嚷嚷："不好啦！医院门前的大墙上有反动标语！字有这么大……"伊千急着用手比划，"上面写着'打倒王洪文、张春桥、江青、姚文元反党……'""啪"的一声，未等伊千把话说完，伊怪物便狠狠地扇了儿子一记响亮的耳光："浑蛋，不许胡说！"老头子紧张得浑身哆嗦。他赶紧关上房门，把两个儿子死死地锁在了里屋。

伊百、伊千没有撒谎。他俩头天晚上在生产队的场院里翻晒粮食，早晨回家吃饭经过医院门前时看到了那一排触目惊心的大标语。伊怪物警告两个儿子，对谁也不许说标语的事，就当作啥也没看见。

纸里包不住火。那排刺眼的大字是事先写在大红纸上，再粘贴到墙上去的。标语很快被撕了下来。紧接着县里开来了警车。伊怪物、王立正，还有河西的"白寡妇"、镇南中学的一位叫王达丰的美术教师等若干人被带走了。伊百、伊千不相信是父亲干的，但又无法解救老爹。当天夜里，镇子变得很静，连狗叫声都听不到了。

过了一天，镇里文化馆上的大喇叭格外响，公开喊出了头一天被视为反动标语的相同内容。镇里的人开始都不敢出门，更不敢相信自己的耳朵。到了快天黑的时候，镇里和队里的一些党员干部开始逐门逐户地传达动员，要求全体镇民吃过晚饭后到文化馆门前的广场上集合，要开庆祝大会，并扬言谁要是不去就扣谁的工分。

伊怪物从县城里回来了，那是在庆祝大会结束后的第二天晌午。那张标语显然不是他写的，中学美术教师王达丰承认了自己的所作所为。原来他与当年被判刑的安国民一样，也有通过收音机"偷听敌台"的恶习。这个消息就是他从外国的一家广播电台里听到的，而且他对此确信不疑，兴奋不已。王老师按捺不住内心的喜悦，深更半夜爬起来，冒着生命危险，通过标语的形式把消息迅速地传递给蒙在鼓里的葫芦镇人。不曾想，他的这一冲动连累了伊怪物、"白寡妇"、王立正等十来个屁股上曾经沾过屎的人。好在镇里的大喇叭及时地响了，否则这十几个人就不是只受一两天的皮肉之苦了。尽管只关了一天多，但"白寡妇"却因此受了惊吓，疯疯癫癫地足足折腾了两年多才缓过神来。

王达丰并未因为"敢"字当头而受到表扬和奖励，当然上面也没有因他"偷听敌台"而治他的罪。反正他有功也有过，两者相抵，算是扯平了。他回到了学校，继续发挥他善写美术大字的特长。镇子上还把他借调到了宣传组，专门让他"拿起笔来做刀枪，彻底批判‘四人帮’”。于是，王达丰有了用武之地，加班加点地刷标语、画宣传画。他用了三个多月的功夫，把全镇子所有能写大字的墙上都写上了黑红两种颜色的标语和口号。镇里的人背后不管他叫王老师，而都戏称他为“大疯子”，或者尊称为“大疯子老师”。“大疯”与达丰谐音，他由此而得名。

6

葫芦镇人从未想到过伟大领袖会死，更无法想象伟大领袖的老婆会被“打倒”和“粉碎”。他们再一次陷入了莫名的惊悸之中。

大伙儿刚把胸前的白花和胳膊上的黑纱摘下来，又举着红旗、敲锣打鼓地欢庆胜利。情绪上的大悲大喜，一落一起，让不少人觉得头晕。好在这些年这种突然发生的事情多了，葫芦镇的农民们也有了一定的心理调适能力，头晕腿不软，只要大喇叭里说了，那就是党的声音，听党的话跟党走保准不会出错。镇革委会葛主任就曾经在群众大会上讲过：“我们一定要听党的话，要与党中央保持一致。党中央离我们太远了，你们不能事事向党中央汇报请示。那就听我的，就要不折不扣地把我当成党。我肯定听党中央的，我说的话就是党中央说的话，听我的话，就是听党中央的指示。拥护我就是拥护党中央……”很多群众觉得葛主任讲得很有道理，纷纷表示一定要拥护葛主任，按革委会领导的指示办事。

三年前，在安国民因“偷听敌台”被抓走后，葫芦镇原先那几个与安国民有同样爱好的“地下政治家”们一下子变得沉默了。他们不像以往那样偷偷摸摸地在夜里聚会，交换各类涉及政治敏感问题的“小道消息”了。特别是半年前一场追查反革命谣言的大规模揭发行动，让这几个人整日提心吊胆、心惊肉跳。这个圈子里的核心人物有宣传队拉二胡的关大腚（大名关正德）、河西“青年点”的胡三炮（大名胡学勇）、看果园的于宝柱及小学教师丁长志（外号腚长痣），另外还有镇拖拉机站的几个小伙子。

关正德与安国民同在宣传队，两人交往密切。安国民出事时，关正德差一点儿跟着一块儿进去。幸亏安国民口紧，才没把“关大腚”扯出来，否则他的腚再大也经不住折腾。关正德善于分析形势，能把看似不相关的一些鸡毛蒜皮的小事上升到一般人无法企及的高度来认识。他曾预测过第三次世界大战爆发的准确时间是某年某月某日凌晨一点半，还把苏联、日本联合侵略中国的具体登陆地点确定为葫芦镇南海头的河嘴子。他说话极其夸张，能把落在苞米叶子上的大蜻蜓愣说成是“苏修”新研发的小型侦察直升机。虽然他分析、推测和预言的政治、军事、灾难之类的事情从未发生过，但在他那个小圈子里还是很有威信的，大伙儿对他十分钦佩。

随着哀乐声和欢呼声的逐渐消退，关正德等人的“政治评论瘾”又发作了。他们在沉寂了几年之后又开始聚在了一起，隔三差五地凑在于宝柱看果园子搭的窝棚里，分析国内外大事。他们除了探讨伟大领袖到底死没死，以及如果死了，那么真正的死因是什么之外，还重点研究了“伟大领袖”与“英明领袖”之间的微妙区别。经过多次激烈的争论，大伙儿一致相信关正德的说法——伟大领袖肯定死了，因为9月9日那天，他亲眼看到一颗巨大的火球拖着长长的尾巴从西而降，这无疑是伟人逝去的最有力的证明。其他人也附和着补充了各自所“亲眼目睹”的种种怪异的现象，因此，大家的意见统一了。至于为何而死，却各有各的理解，关正德最终也没拿出令众人信服的说法来。但有一点关正德说得很明确：“镇革委会的葛主任不能等同于党中央。代表党中央的至少得是县一级干部!”大伙儿对此点头称是。

7

镇里的毛泽东思想文艺宣传队在“停止一切娱乐活动”期间闲了一阵子，现在又派上了用场。

为深入揭批“四人帮”，宣传队开始加班加点地排演各类群众喜闻乐见的小节目。

关正德的二胡一时派不上用场，队里就让他戴上纸糊的面具充当张春桥，这使他既沮丧又兴奋。葫芦镇人对“四人帮”

从心里愤恨，戴着面具的这“三男一女”走上街头演出时，总会遭到一些群众的唾骂，甚至殴打。他们的衣服和面具上时常挂满了唾沫。有一次一个挑大粪的老汉看着看着，冷不丁地拎起粪桶朝他们泼去，弄得关正德恶心了好几天。

唯一让关正德感到欣慰的是，装扮成江青的那位女演员，原先曾演过《沙家浜》“智斗”片段里的阿庆嫂。她人长得俊俏，嗓子又清脆甜润，是不少男人梦里想搂一把的那种女人。她姓吕，叫吕晓云，是随父亲从县城下放到葫芦镇的。她当过一阵子镇广播站的播音员，据说镇革委会的葛主任曾对她很有好感，但被葛主任的老婆给粗暴地搅黄了，最后只好把她调到了宣传队。关正德平常总千方百计地找借口试图接近吕晓云，但吕晓云眼眶子挺高，几乎没拿正眼瞅过关正德。这回一块儿充当“四人帮”，算是给了关正德一个天赐的良机。

可惜的是，吕晓云穿着妖里妖气的衣服，套着狰狞丑陋的面具，被观众唾骂和撕打的次数最多。她终于无法忍受这种“虐待”，哭着闹着不干了。队里的领导只好另选了一个搬道具的小伙子把她替了下来。关正德的兴奋劲儿一下子全没了，情绪十分低落。他也向领导提出换人的要求，队长严肃地警告他：“这是政治任务！你想找死啊！”一句话把关正德吓得再也没敢把纸帽子摘下来。

吕晓云不演“江青”了，整天只唱一首歌：

大快人心事，
揪出“四人帮”，

政治流氓文痞，

狗头军师张，

还有精生白骨，

自比则天武后，

铁帚扫而光……

随着吕晓云那义愤填膺的河南腔，王洪文、张春桥、江青、姚文元一个个连滚带爬地向人民求饶。张春桥的“替罪鬼”关正德每当听到“狗头军师张”从吕晓云的嘴里唱出来时，心里就像洒了蜜似的，甜得他骨头都酥了。在他那里，早已把“政治任务”演化成了情感幻觉。

关正德内心世界发生了这些变化，没有人能感觉到，包括吕晓云。似乎只有伊百透过面具上露出的两个眼孔，发现了关正德的眼神里有一种异样的东西。他在文化馆前的广场上看过两次他们的演出，他那时的心情总是怪怪的。伊百从关正德的目光里看到了自己，他不觉得又想起了一年前热恋下乡女知青白卫红的那种卡嗓子似的感觉。

伊百那些日子正在读《班主任》，一篇让他心潮难平的小说。一年前，他从白卫红那里借到了手抄本《一只绣花鞋》和《第二次握手》，他偷偷地看，偷偷地哭，偷偷地幻想着用手去轻轻抚摸白卫红那张白嫩的脸。

8

伊百在父亲伊怪物的眼里一直是伊家兴旺的希望所在。

伊怪物一生中最风光的时期就是在公社（镇）里当会计的那些日子。只可惜好景不长，他背着老婆偷偷为自己置办的那身卡其布中山装才穿了没几天，就被解除了会计的职务，从此以后厄运老是如影随形地跟着他。

大儿子伊十是个地地道道的傻子，傻得又不安分。如果不是万瘫子的老婆煞费苦心地勾引他，伊十绝不会被关进监狱。

从傻子到流氓，最后又成了政治犯，这使伊怪物一家在镇子里的生存环境变得越来越恶劣。

万瘫子的老婆是导致伊十牢狱之灾的罪魁祸首。伊家对她恨之入骨。她身上有喜但心里有愧，因此在伊十被抓时，她腆着个大肚子挺身而出，向专案组交代了自己与丈夫如何精心策划了这场“借种”阴谋。在办案人员厚颜无耻的追问下，万瘫子老婆红着脸把勾引伊十的每一个细节都和盘托出，包括每一次干事的姿势、动作及其发出的声音都细细地重述了一遍，甚至两遍、三遍，听得那几位专案组的男同志直吧嗒嘴。然而万瘫子老婆主动细致的交代并没有起到为伊十开脱罪责的作用，反而给自己戴上了“破鞋”的帽子。因为伊十是犯了反革命罪，已经不是生活作风问题了。

万瘫子老婆与伊十的这段性交易的故事成为葫芦镇历史上男人们在茶余饭后讲述最多的，也是内容情节最“黄”的谈资。人们似乎并没有质疑一个傻子变成政治犯的合理性，却津津乐道于他与万瘫子老婆在炕头上翻来滚去的生动情景，犹如身临其境。显然，在某些时候，性比政治更能使人产生联想和激情。老二伊百也受到了哥哥伊十风流政治事件的牵连。他从读小学起，就表现出善于写作的天分，他的作文一直是班里的范文。每次作文课上，老师都会站在前面，当众朗读他的作文。从初中开始，伊百经常被生产队借用，去写一些领导讲话、大批判稿以及某些先进人物的事迹报道。乡亲们甚至夸他是文曲星下凡。一个十几岁的小毛孩竟然能把一些持重老成的大人话和流行政治术语以及伟大领袖的“最高指示”运用得得心应手，这不得不让人刮目相看。伊百采写的一篇题为《宁肯死在地头上，也不死在炕头上》的人物通讯还被县广播站播发了，他把一个懒得连裤子都不愿意提到腰上的落后农民王瘸子塑造成了一位披星戴月昼夜苦战在农田水利建设工地上的“拼命三郎”。一个平时连路都走不稳的瘸子由于耳边想起了毛主席的教导而浑身充满了使不完的劲儿，竟奇迹般地挑起了几百斤重的担子，在工地上“健步如飞”。他还把初稿里描写的主人公脸上“豆粒大的汗珠”，最终改成了“鸡蛋大的汗珠”，令人惊讶不已。

伊百还为公社宣传队写了不少节目，如对口词、快板书、群口词、天津快板、山东快书、相声以及诗歌联唱的串词。他创作的最著名的一段天津快板，用合辙押韵的地方土话，把已被打倒的国家领导人骂得无微不至，体无完肤。这个节目成功地参加了县里的文艺汇演，为葫芦镇挣了脸面。

伊怪物为二儿子的杰出才能折服得晕头转向，他坚信一个会耍笔杆子的人要比一个会握锄把子的人更有出息。他把伊百看成是伊家的“小救星”。

老大伊十彻底地毁灭了伊怪物对伊百的殷切期望。伊十出事后，镇革委会和宣传队就再也没让伊百写过东西。

伊百灰溜溜地躲在家里看《金光大道》和《艳阳天》，只是偶尔跑到文化馆去凑凑热闹。

这些日子，葫芦镇遇上了“大快人心事”，处处都喜气洋洋的。伊百觉得自己的心情似乎也敞亮了，喘气也匀乎了。他渴望着能在一个“艳阳天”里，阔步走上“金光大道”。

9

葫芦镇上上下下差不多花了两年多的时间忙活着深入揭批“四人帮”并竭力肃清其流毒，采取的方式除了沿用开会、游行、贴标语、喊口号、踩高跷、扭秧歌、演剧跳舞、敲锣打鼓等传统套路外，没有更新奇的做法。

运动当然取得了丰硕的成果。省里、市里、县里均有“四人帮”的爪牙被揪出，镇子里的葛主任也做了检讨。

葫芦镇的老老少少们折腾累了，他们唉声叹气愁眉苦脸扯着嗓子高喊拥护英明领袖的口号，与当年高呼伟大领袖万岁时相比，不论从音量、音调，还是从真诚和热情度上衡量，都大大地打了折扣。农业学大寨的冬季大会战的工地上只见红旗飘扬，不见人头攒动。那位口出狂言，发誓要死在地头上的王瘸子旧病复发，躺在炕头上连身子都懒得翻一下。

一项最得人心的变革是“哈尔套大集”被撤销了。葫芦镇人再也用不着把勒紧腰带从牙缝里抠出的“富余”物品送到大集上“卖”给国家了。过年时，有的家里舍得成串地放鞭炮了。葫芦镇越来越多的农户开始明目张胆地杀猪过年了。就在那年的正月里，一场罕见的大雪把葫芦镇遮盖得严严实实。

雪是腊月二十八开始下的，整整下了三天。大年初一的早晨，葫芦镇上很多家的房门都推不开了。憋在屋里的人急得团团转，他们不得不跳窗户。家家户户顾不上清理门前的积雪，便兴冲冲地四处拜年去了。老老少少男男女女们从一个窗户走到另一个窗户，再直接跳进人家的炕上。小孩子们成群结队东家跑西家窜，在一个个窗户前跪下来嘻嘻哈哈地向坐在炕上的老人们磕头，讨几颗花花绿绿的糖豆吃。

大雪使葫芦镇的陆地一下子升高了许多，房子却变矮了，一半在雪线以下。一些淘气的野小子们跑到房子上打雪仗，差一点儿把房子踩塌了。过年是个喜庆的日子，大人们只是呵斥几声，为了图个喜庆不好尽情地打骂，这无疑让这帮小崽子更加肆无忌惮。他们把一个个足球大小的雪球塞进伊怪物家房顶的烟囱里，把伊家灶里的火熄灭了，灶里流出了黑乎乎的脏水。伊怪物的老婆以为是煮饭的大铁锅漏了，结果好端端的饺子变成了一锅粥。

孩子们的恶作剧也是区别对象的，正像大人们看人下菜一样。伊家过年时门窗紧闭，既没主动出去给邻居拜年，也没把窗户敞开让邻居进来。因为伊怪物对于自己多年来受到的委屈和欺负一直耿耿于怀，再加上老大伊十还在监狱里蹲着，至今没个说法，他哪有心思瞎乐呵。除了这些，还有一个重要原因，就是伊百、伊千、伊万这三个儿子在家里偷偷地学习，准备考大学。

恢复高考的消息也是从文化馆楼上的大喇叭里传来的。绝大多数葫芦镇人觉得这个新闻与己无关，因此没有引起足够的注意。伊家的三个儿子却不同，他们听了这个消息，兴奋得一连几天都睡不踏实。先是老二伊百提出要去试一试，老三伊千、老四伊万也吵着要考。“大学是那么好考的?”伊怪物向三个处于亢奋状态的儿子泼冷水，“你们都荒废了！嗨，连个算盘都不会打，还想考大学?”

“考大学又不考打算盘，我们试试呗。”伊百坚持着。“那也不能三个一块儿去，考上了我也没钱供。”伊怪物倔倔地说。

“我们哥仨能考上一个就不错了，哪有那好事儿，还想一下都考上。再说，现在念大学有助学金，国家全包了，用不着自己掏多少钱。”老三伊千跟着补充。

伊怪物不吭声了。他其实对孩子上大学并不反对，只是怕三个儿子一块儿考又都没考中，这会给葫芦镇人留下笑柄。再说，他觉得大学考试不考打算盘是一个很大的不足。在伊怪物看来，世界上最难学又最有用的技能就是打算盘了。会打算盘就可以当上会计，这是伊怪物的最高追求。

10

转眼到了正月十五。

大雪尚未融化，漫山遍野白茫茫的。镇子里大道上的雪被清除了，家家户户铲出一条通向外面的甬道。

按照葫芦镇的风俗，正月十五除了吃元宵，还要上坟。这个风俗被迫中断了十多年。从“破四旧”时开始，祭祖被定性为封建迷信，葫芦镇的活人们便与西山沟帮子坟地里的那些死人们彻底地断绝了“来往”。有些胆子大的农民，像做贼似的偷偷地在家里摆一下供桌，上面放点儿饭菜，就算是祭祀祖先了。胆子再大一点儿的，还会在深更半夜里跑到十字路口，慌慌张张地烧几张纸，权当给生活在另一个世界的亲人们寄点儿零用钱。

这年的正月十五显然有了新的气象。全镇的人，几乎不约而同地张罗着去西山沟帮子的坟地里看望黄泉下的祖先父母或兄弟姐妹。

冬雪遮盖了所有的坟茔。本来就荒弃失修的小土坟被包在厚厚的雪层里。人们一下子无法准确地找到自家的祖坟，只能按照记忆中的模糊方位去猜。成百的人在坟地里转悠，有两三家争一个坟的，也有烧了一半又觉得不对劲儿而挪到另一个坟前接着烧的。刚上山时，人们还哭哭啼啼的，等找了半头晌还烧香无门时，大伙儿便开始嘻嘻哈哈起来了。有把张三媳妇的坟当成李四奶奶的，还有把仇人家父亲当成自己亲爹老子的。反正是上错了香、烧错了纸、磕错了头的不在少数，结果搞得大家哭笑不得。神圣悲戚的祭典，最终变成了欢快热闹的聚会。误会导致了亲近和理解。曾经给生产队长王立正带来厄运的那双象征着权力和地位的红皮鞋再一次出现在村民的眼里，王立正在众目睽睽之下又把它套在了脚上。看着混乱热闹、相互争执的场面，王立正拿出了当年当队长时的威风，他站在一个土堆上（后来人们发现那是牛制服的新坟），冲着上坟的人群大声嚷嚷："咱们就别再一个一个地瞎找了。要我说，咱们祖先辈辈都住在葫芦镇，家家户户都连着亲。要我说，咱们干脆一齐找块平坦宽敞的地方，把供品和香、纸凑在一堆，一起烧了，也一块儿磕头，谁也不落下，统统都祭奠了，过去的恩恩怨怨也一下子勾了算了。"这个主意被普遍接受了。于是好几百号的人，齐刷刷地跪在坟场南边的空地上，冲着北边山坡方向，连磕了三个头。带着鞭炮上坟的孩子们，又在一些大人的呵护下，放了一通鞭炮。十多年不说话的冤家对头，面对着此情此景也都开始点头示意相互问候了。从这个正月十五开始，葫芦镇人变得大度宽容了。这其中也包括伊家老小对万瘫子老婆的态度。

11

伊十初三回到了葫芦镇。

他是大年三十被提前释放的。他先坐火车，初一下午到了县城。由于天下大雪，汽车停了，他就背了个小蓝布包，朝着葫芦镇的方向狂跑。一路上风雪交加，又饿又冷，老天爷差一点儿替法院把伊十就地正法了。还好，路边的住家发现了大年赶路的傻子，给他弄了点儿吃的，他这才在初三一大早赶回了葫芦镇。

伊十没有先回家，他不由自主地奔到了镇东头。他发现万瘫子那三间小矮房差不多让大雪给埋没了，就顺手找了把铁锹，玩命地挖了起来，直到把房门撬开。

伊十没吃万瘫子老婆煮的饺子，只唱了一句“大刀向鬼子们的头上砍去”，就把万瘫子老婆震晕了。在万人疼掐他妈“人中”的时候，伊十拍拍身上的雪，转头回了家。

伊怪物事先并不知道大儿子伊十能在过年时被放回来。他见到了儿子，悲喜交加，老泪纵横。

他和老婆赶快把儿子拉到屋里让他到炕上暖和暖和，伊十却一直傻愣愣地立正站在地上。妈妈赶紧端了碗热腾腾的饺子递给儿子。伊十立即接了过去，连声说：“谢谢政府!”

伊十蹲了六年监狱，没有什么太大的长进，依然傻乎乎的。只是对父母的称呼有了改变，他管父母不再叫爸妈了，而是喊他们为“政府”。不管怎么纠正，伊十总也改不了口，左一声“政府”，右一声“政府”，叫得让人心碎。

伊十回来的第二天，万瘫子老婆就领着儿子万人疼到伊家拜年了。她还特意备了四样礼：一包核桃酥，一包糖果，还有两瓶水果罐头。她怯生生地来到伊家，却被伊怪物拒之门外。她领着儿子在雪地里站了好半天，伊家就是不开门。没法子，她只好把东西留在门口，牵着儿子的手往回走。不曾想刚一转身没走几步，就听到身后“啪”的一声，伊十妈把她拎的那四样礼扔了过来：“臭不要脸的，你还没把我儿子祸害够啊！有本事到窑子里养汉去，少在家里卖!”伊怪物赶忙冲出来把老婆拉回屋里，堵住了她更多脏话的倾泻。万瘫子老婆一手拽着儿子，一手捂着嘴，连跑带爬地回到了东山根下的那座低矮的破房子里，嗷嗷地哭到了天黑。万人疼吓得一声不吭，蹲在外屋地的墙角迷迷糊糊地睡着了。

正月十五那天，万瘫子老婆硬着头皮领着儿子给万瘫子上坟。在西山沟帮子的坟地里，又碰上了伊怪物一家。大概是“红皮鞋”王立正站在牛做官（牛制服）坟头上讲的那一番话打动了伊怪物，他头一次主动向万瘫子老婆点了点头，还摸了摸万人疼的脑袋，并从兜里掏出一块钱塞到了小孩的棉袄口袋里。老头儿什么也没说，只是叹了口气。万人疼虽然姓万，却是货真价实的伊家骨肉。伊怪物的这一举动，被一块儿上坟的伊百、伊千、伊万和伊亿看在了眼里。他们没有任何表示，但他们心里明白，老头儿是把万人疼这个“小杂种”看成自己的孙子啦!

12

过了二月二，葫芦镇变了颜色。雪化了，天气暖和了。被白雪包裹了整整一个冬天的农村小镇子像是睡醒了的孩子，从白被单子里钻了出来。

河套有了哗哗的流水声。女人们三三两两地端着脸盆往河边凑，她们以洗衣服做幌子，开始了新一年的信息交流。捂了一冬天的夫妻隐私可以公开地与他人分享了。葫芦镇的半大老娘儿们和年轻的小媳妇们在某些特定的情境下是极其开放的。她们能当着旁人的面，用最直白的语言把被窝里的痉挛和骚动和盘托出，讲得绘声绘色，亢奋不已。这是葫芦镇女人们聚集在河边时的永恒话题之一。她们争先恐后地显摆、炫耀自己使丈夫精疲力竭的种种技法和能耐，彼此传授着在炕上制服男人的绝活和妙招。春天来了，人人都想大干一场。

文化馆楼顶上的大喇叭一直没有消停过。只是播放的歌曲音乐变得柔软了些。人们听烦了急促紧绷的吼叫，开始着迷于舒缓柔软的曲调。人人都不自觉地跟着大喇叭里的音乐，哼起了优美的旋律。在葫芦镇最早家喻户晓的一首歌是：

美酒飘香啊歌声飞
朋友啊请你干一杯

请你干一杯，
胜利的十月永难忘
杯中洒满幸福泪
来来来来来来来来
来来来来来来来来来来
十月里响春雷
八亿神州举金杯
舒心的酒啊浓又美
千杯万盏也不醉
…………

葫芦镇的男男女女们几乎没有不会唱的，就连“小杂种”万人疼也能像模像样地完整唱下来。

这首歌除了让葫芦镇人觉得心里舒坦，好像明天有了奔头之外，还勾起了许多男人们的“酒瘾”，镇子供销社里低劣的混合酒销量明显增加。只有伊大傻子伊十不以为然，他说：“哼，净吹牛，千杯万盏也不醉？那不是酒，是水！”

在《祝酒歌》的鼓舞下，葫芦镇头一户摆上美酒的是伊怪物家。因为伊家有了喜事。

伊家的老二伊百、老三伊千、老四伊万同时考上了大学，这在葫芦镇方圆几十里地的范围内引起了小小的轰动，也是葫芦镇老人们记忆中破天荒的事情。

大学的录取通知书是在三天内陆续寄到伊家的。

大学和大学生在葫芦镇人的脑海里还是一个模糊、遥远、陌生的概念，很难跟具体的人以及人的未来对上号。

十几年前葫芦镇曾经出过大学生，那就是牛做官（牛制服）的儿子牛运旺。但他在轰轰烈烈的年代里从大学偷跑回家了。大学停课了，他不敢在校园里参与“武斗”，只好灰溜溜地当了“逃兵”，跑回老家葫芦镇躲了起来。“大学生”三个字曾经有过的光环在葫芦镇乡亲们的眼里转瞬即逝了。牛运旺大学未毕业就回到镇里，百无一用。他读大学时学的是西班牙语，回家后不出一个月，就完完全全地恢复了一口地方土话。在京城费劲校正过的口音，早就不留一丝痕迹了。他想帮父亲干点儿农活，又没有庄稼汉的那身力气，只好扬长避短，帮队里抄抄写写，挣几个可怜的工分。他看中了镇子里有名的“丑”女——那个有着俄罗斯血统的葛秀秀，人称“阿尔巴尼亚”——并结了婚，闹得镇里的老娘儿们议论纷纷。因为“二毛子”葛秀秀那金色的头发、鼓胀的胸脯、比别人高出半个头的身材以及凸凹显著的鼻子和眼睛让许多人看不惯。按照镇子上女人们的审美标准，这种“丑”女人注定要守一辈子的寡。她们当面喊她为“阿尔巴尼亚”，背后则称她为“骚货”、“两和水”。牛运旺虽说大学未毕业，但毕竟在京城读了快三年的书，他竟然美丑不分地娶了这么个“骚货”，实在让镇子的人特别是那些女人们瞧不起。所以，“大学生”在葫芦镇人的心目中没有多少分量。

伊家当然十分高兴。老伊怪物两口子实际上也搞不清儿子上大学以后会怎样，只是觉得三个儿子一块儿考上了是一件挺解气的事。伊家这些年来一直不走运，老伊怪物没当几天会计，却不明不白地戴上了坏分子的帽子；大儿子傻，还被关进了监狱。接下去的四个儿子如果长期窝在农村连媳妇都难娶，光给他们准备房子就能把伊怪物愁死。三个儿子一块儿上大学，虽说要花钱为他们准备被褥行李，但与盖房子相比，这点儿钱还是很容易凑的。再说，走一步看一步吧，儿子们也许像镇里不少人判定的那样——“将来还得回来扎牛腚”，但眼下至少可以出去闯一闯，说不定能在大城市找一个轻快活儿干。“考上了，就是赢了。别听那些咬舌头的老娘儿们瞎吵吵，”伊怪物安慰老婆说，“咱杀只鸡，做一顿好饭，给儿子们送一送。”于是，老伊家自己摆了桌酒，除了家里人，邻居们谁也没请。

13

初秋的葫芦镇是一张以绿色为基调的巨幅油画。

树是绿的，草是绿的，庄稼也是绿的。而人们的脸色如同挂在树上的苹果、桃子和接近成熟的高粱、苞米穗子，黄里透红，黑中流金。

虽然离开镰收割的节气还差些日子，但丰收的景象已一览无遗。一个十几年未遇的好年景实实在在地呈现在葫芦镇男女老少的眼前。

夏收一过，镇上家家户户就蒸上了馒头。傍晚时分，走在镇子的大街上，连瞎鼻子都能闻到弥漫在空气中新麦面的诱人香味儿。白面馒头——葫芦镇人睡梦里和传说中的高级奢侈品终于摆上了饭桌。饥肠辘辘的乡亲们狼吞虎咽地享受着这久违了的香甜。

伊家后院的四癞毛子，头一顿竟吃下了一扁担馒头。他把烫手的馒头一个挤一个地摆在一根挑粪用的扁担上，再从这头吃到那头，一个不剩。四癞毛子二十年后还引以为傲，他曾无数次地自我夸耀："一共十三个，摆了一串，有扁担那么长，我一口气吃光，连个渣渣儿都没掉。……就菜？真是笑话！吃馒头还用就菜？那不把馒头糟蹋了吗？那个香味啊，大。现在不行，麦子也他妈的变味了，就菜都咽不下。那年的馒头就像抹了油，灌了蜜似的，又香又甜！"

麦收之后的夏种不像往年那么累了。吃上了白面馒头的葫芦镇人身上有了力气，脸上有了光泽和笑意。到了处暑，天气开始凉爽起来，在浓绿的背景衬托下，涂染在男男女女脸上十几年之久的菜色开始消退了，取而代之的是红润和油亮。

伊家三兄弟就是在葫芦镇人准备打饱嗝的时候悄悄地离开了家乡。他们走得很知趣，也很轻松。没有人为他们送行，他们也不想惊动那些沉浸在丰收的喜悦之中的乡里乡亲。平时能吃上饱饭，过年能吃上饺子，这对于葫芦镇人来讲简直是过上了神仙般的生活了。读大学究竟是个啥事情，他们既搞不懂，也没有兴趣去琢磨。况且，大学生出在伊怪物家里，他们并不觉得是件好事。葫芦镇人认识事物有一个执着而简单的评价标准：凡是与好人有关的事情就一定是好事；相反，凡是与坏人相关联的事情必然是坏事。好人生了病，那也是好病；坏人救了人，也没什么可以表彰的，那是他应该做的，坏人必然永远做好事以弥补他的罪过。

伊怪物一家在一般的葫芦镇人眼里，属于污点鲜明的家庭。老伊怪物曾经被视为经济上有问题的贪污分子，尽管他在短短几十天的会计生涯中从未真正摸过钱，但正因为当年他头上抹着菜籽油，腋下夹着红算盘，在大街上昂首挺胸地走路的姿势，给镇上的人留下了显摆得意的不良印象，才有了“貌似贪污”的猜测。其实，他除了用十、百、千、万、亿给五个儿子取了名字之外，“会计”这个工作岗位没给他带来一丁点儿好处。

伊十原本就是个傻子，偏偏生理上的成熟速度远远地超过了智力的发展。他替万瘫子留下了根苗，自己却从一时无法名状的性快感中卷入了莫名其妙的政治风波里。傻子成了政治罪犯，在铁窗下度过了十来年。痛苦对于一个智力发育严重不足的人是个什么滋味，没有人能说清楚。伊家一老一少的表现，经过岁月的特殊处理，便成了人们心目中坏与恶的典型。所以，伊百、伊千、伊万三个人同时考上大学这件事情，并没有唤起葫芦镇人的赞赏和羡慕。他们只是觉得这是个新鲜事，是可以在无话可说的时候充当谈资的一块补丁。

当然，并不是所有的人都持这种态度。镇上的革委会主任（当时仍是这个称呼，后改称镇长）葛兴东则一反常态地表现了对伊家的亲切关怀。那是伊家三兄弟要去学校报到的头天夜里，葛主任领着老婆和两个女儿，专门去了伊怪物家里，用他的话说是登门道喜。伊家破烂不堪、摇摇欲坠的，哪有条件接待这等大人物，急得老怪物两口子腿肚子都转了筋。葛主任盛气凌人地对伊百、伊千、伊万说了些鼓励的话，教育他们要好好学习马列主义毛泽东思想，掌握科学知识，将来为“四个现代化”做出贡献。他的勉励不仅在口头上，而且付诸行动。葛主任的老婆从口袋里掏出了六张十元钞票，给伊家三兄弟每人分了两张。这个举动差一点儿让伊家老少跪到了地上。他们岂敢接受主任如此厚重的馈赠，纷纷表示情谊领了，但钱是万万不能接受的。经过了长时间的拉扯推拽，葛主任只好把钱收了回来。葛家的两位女儿呆若木鸡地低着头，捂着嘴，因为她们实在闻不惯伊家泔水缸里发出的恶臭。

直到一年多后，伊怪物才搞明白葛主任一家的真实意图：他们是为两个女儿来相亲的。可惜的是，父母的远见卓识和良苦用心并未被两个宝贝女儿接受，她们回家后除了抱怨伊家穷以外，还嫌伊家臭。

伊百、伊千、伊万三兄弟在度过了那个忐忑不安的夜晚后，第二天一大早就背上行李，踏上了远去的路。他们为了省钱，决定一起步行到县城，从那里再换乘火车，奔赴远方的大学。他们启程时，天刚刚亮，整个葫芦镇处于梦醒前夕，除了几声狗叫，没有人跟他们说再见。

14

比考大学更能引起葫芦镇人普遍关注的是一年一度的征兵

工作。

穿上军装，戴上红领章，这几乎是农家子弟人人皆有的梦想。

每到冬季来临的时候，总有一群适龄青年应征入伍，胸佩大红花，在锣鼓声中集体坐上解放牌大卡车离开葫芦镇，去圆一个绿色的希望之梦。参军当兵不仅仅意味着体面与光荣，还深藏着希望与悬念。根据葫芦镇人的历史经验和现实理解，他们认为农村青年参军是一条成就人生的光明大道。以往的经验表明，参军当兵的葫芦镇人有提干留用的，也有转业或复员安排到城里当工人的，即使三年或四年从部队回到了老家，也会被优先安置到镇里的粮库、供销社、农机站、兽医站、中心小学，甚至是大队部或公社机关里工作。这是一种诱人的出路，通过它可以改变身份并干上轻快活，说不定还可以从此吃上商品粮。凡是葫芦镇人向往的幸福生活，都能或多或少地通过参军的方式来实现。因此，参军入伍成了镇里的青年，特别是小伙子们梦寐以求的大事。当然，葫芦镇的姑娘们每到这个季节也同样地兴奋。她们睁大眼睛，竖起耳朵，四处打听那些幸运者姓啥名谁，以便托人把自己介绍给对方。所以每到征兵的季节，也是女孩子们征婚的旺季。她们愿意把自己的命运托付给这些未来充满希望的男青年。于是，葫芦镇多年来一直流传着这样一句名言："葫芦镇的马路宽，大姑娘撅着屁股找军官。"人们总喜欢把虚幻的预期，当成眼前的现实，不说"当兵"而直奔"当官"，这种期望无疑是对即将踏入军营的那些小伙子的一种激励。河西村闫大头家的二儿子"二驴蛋"临走前就把胸脯拍得“咚咚”响，他口出狂言：“我要是不穿上四个兜儿的军装，我就不回来见你们啦!”“四个口袋”的上衣，那是军官的服装，当兵的只有两个口袋。

伊家最小的儿子伊亿急得火烧火燎，三九天嘴上起了一圈火泡。他想参军的念头比一般人更为强烈。三个哥哥半年前同时上了大学，这使他既羡慕又嫉妒。他决定走出一条与他们不同的成功之路。“当兵去！参军去!”伊亿像中了魔怔似的在梦里反反复复地咕哝着。

伊亿报名时挺顺利，没有人提出异议。体检的结果也非常满意。伊亿要入伍的部队是海军，海军体检的标准比陆军严格，他的身体素质显然很不错。就在伊亿满怀信心并着手描绘自己色彩绚丽的未来时，征兵办通知他不符合入伍的条件，原因是政审不合格。

伊亿像被捂上了嘴又被套上麻袋一样，半天喘不上气来，憋得他脸色发紫。由于父亲伊怪物那莫须有的“历史问题”和大哥傻子伊十荒唐的“政治”表现，他的参军资格被取消了。伊亿绝望地号了大半天，然后就水米不进了。他躺在炕上，两眼直勾勾地盯着房梁，双唇紧闭。伊怪物和老婆一个苦口相劝，一个破口大骂，但丝毫不起作用。老伊头急了，操起扁担要揍儿子，他连躲闪的意思都没有。他像硬了尸似的仰面朝天，泪水顺着眼角缓缓地往下淌。

老伊怪物跟老婆商量着，不知如何是好。最后，老伊头一咬牙，一跺脚：“咱就豁出去这张老脸，走，去给葛主任磕头去。”

伊怪物抓了两只大公鸡，背了一口袋花生米，趁着天黑，直接去了镇革委会主任葛兴东的家。

葛主任老婆蔡红花在外屋接待了伊怪物。她听了老伊带着哭腔的哀求后，深表同情。她说："咱乡里乡亲的，用不着送东西，只要能帮忙，我家老葛一定会帮忙的。问题是有些事情不是他一个人说了算，怕是说了不管用。政策呀，原则呀，都在那儿摆着呢，不好办。葛主任这两天到县里开会去了，等他回来我一准儿跟他说。"

伊怪物把公鸡和花生米留到了葛家，心里揣着蔡红花的一番模棱两可的安慰话回到了家里。"等着吧，人家留下了活话儿。成不成，全看你小子的造化了。"他拍拍炕上装死的小儿子，又长长地叹了口气。

过了十来天，应征入伍的名单以光荣榜的形式用大红纸贴到了镇文化馆前边的布告栏里。全镇一共四十个人，没有伊亿。后来听人议论，说伊亿的名额让葛主任的小儿子葛小刚给顶了。葛小刚从小就长了一双平足，体检不合格。他仗着父亲的特殊职位，硬是疏通关系参了军，但不是海军，而是陆军，部队驻广西。

伊亿在炕上躺了足有半个多月，才逐渐缓过神来。

又过了半年，葛主任家来了几个穿军装的军人，他们给葛主任家送来了光荣匾并向葛主任两口子表示了崇高的敬意和亲切的慰问。作为一名刚入伍的新兵，葛小刚不辱使命，在对越自卫反击战的最前沿，为祖国捐出了两条腿。他踩上了地雷。

伊怪物把听来的葛小刚的英勇事迹告诉了伊亿，并总结成一句话："人得认命啊！"

15

发生在遥远边境的局部战争并未影响葫芦镇人对富裕生活的向往和渴望。随着各种传说的流入，葫芦镇上一些消息灵通人士表现出了异常的活跃和躁动。他们似乎在期待和企盼着某种传言的发生。

公社文艺宣传队在断断续续地勉强维持了两年后终于彻底解散了。往年冬天必搞的全县文艺汇演也停了下来。热火朝天的冬天农田基本建设大会战销声匿迹了。村民们再也不必顶着凛冽的寒风，起早贪黑地到红旗飘扬、喇叭刺耳的荒山上装模作样地战天斗地了。人们的注意力和兴奋点转移了。

当年因"偷听敌台"而被逮捕的安国民也被放回来一年多了。宣传队不存在了，他只好暂时被安排到镇文化馆看大门。拉二胡的关正德（关大腚）和其他几个宣传队的骨干闲着没事，经常聚在一起继续探讨国家大事并搜集分析新一轮的小道消息。

文化馆的利用率比以前少多了。安国民是宣传队里唯一的留守人员，负责看护文化馆这座名存实亡的空房子。镇里每月给他发三十块钱的工资，算是对他七年牢狱之灾的变相补偿。他平时值班的小耳屋，就成了关正德和其他几位已回家务农的原宣传队骨干分子聚谈的场所。

“南方的农村已经分田单干了！”关正德发布了令人既兴奋又惶惑的秘密传言。

“我看不会，那不是倒退吗？这种事情可不能瞎传，弄不好要掉脑袋的。”没等其他人表态，安国民先提出了质疑。

“怎么不会？我看行！田地要是能分给农民自己种，那是什么劲头儿！国家收租、收税就行了呗！”有人表示赞同。

“要是真把地包给了咱自个儿，你还在这儿看大门吗？”关正德故意挤兑安国民。

“嘁，老虎拉车——谁赶（敢）呀？我可没那个胆子。没干几天又把你划成地主成分了，满街游斗。不敢想，要我说，你们也别痴心妄想，白日做梦，哪有那种好事儿。还要把集体的变成自个儿的，别做梦了！没事儿回家睡觉吧！”安国民想到前些年发生的事情，不自觉地心惊肉跳。

“老安，你这个人真是个熊包。害怕啦？你是一朝被蛇咬，十年怕井绳。现在不是头些年，世道变了。别像个耗子似的，战战兢兢、哆哆嗦嗦的，得有个老爷们儿样儿。嘁，咱一个土农民没想干别的，就想着老老实实地种自己的地，能吃上饱饭，别再好坏往一个大锅里胡搅了！”关正德不乐意地反驳安国民。

“操，什么世道变了？就凭这句话，就能把你关进去。你信不信？世道不管怎么变，也是共产党的天下，咱们也得走社会主义道路！说我战战兢兢、哆哆嗦嗦、胆小如鼠，我看你是站着说话不腰疼。我遭的罪，讲出来就能把你吓得拉裤子。你信不信？嘁，别在这儿瞎磨牙了，都回家睡觉去！有老婆的搂老婆，没老婆的搓自个儿。营养不足睡眠补，犯不上跑这儿浪费唾沫，又没人给记工分、发工资！”安国民急了，站起来往外轰人，哥儿几个不欢而散。

隔了没多少日子，关正德的小道消息变成了中央文件。一眨眼的工夫生产队的建制就不复存在了。村里的耕地、果园、猪场和荒山被一家一户承包了。那些原先担任村队干部的家庭，近水楼台先得月，他们优先获得了较多的生产资料。队长王立正的儿子把生产队仅有的一辆拖拉机开回了家，搞起运输，帮那些要盖新房的农民运送石头、沙子和红砖。

关正德疏通了葛镇长（公社改镇后，葛主任改任镇长了）的关系，承包了河西后山上最大的一片果园，从春到秋，都住在山上破窝棚里。他衣衫不整、蓬头垢面地整天在果树林子里出没，前些年在宣传队拉二胡时穿着白衬衫，梳着大分头，说话喜欢用个新鲜词儿的形象已完全改变了。葫芦镇上不少人既不当面喊他大名关正德，也不背后叫他的外号“关大腚”了，取而代之的新名字是“野人”。

“看，野人下山了！”那就是指关正德又到镇里买农药或化肥了。

延续多年的少数政治爱好者们私下的聚会也自然中断了，他们好像一下子失去了这方面的热情。更多的人又培养了新的兴趣，那就是搓麻将、打牌和赌博。一到冬季，关正德就来到山下，靠打扑克和搓麻将消磨时光，寻求刺激。据说他的手气一直不错，输得少，赢得多。

刚分到地时，村子上的农民似乎整天都蹲在自家的田里。没过两年，地里的人少了。小伙子、大姑娘、小姑娘又琢磨着从农田的劳累中挣脱出来。镇子里又冒出了越来越多新开张的小旅馆、小饭馆、理发店、服装店、水果摊、海鲜摊、录像厅、台球厅……

安国民始终没有动心，他仍然守护着当年葫芦镇的标志性建筑——文化馆，尽管那里早就失去了往日的喧哗，像一副年代久远、残败不堪的恐龙骨架，摆在那里无人凭吊。

16

一晃四年。伊家三兄弟大学毕业了。

伊百是在北京上的大学，学的是哲学专业。他本科毕业后又考取了研究生，开始跟德国古典哲学较劲。

他刚迈进大学校门时，曾因为自己的出身而自卑过，并试图考证和编选自己家乡和家庭的“辉煌历史”。这个念头折磨了他近一年，最终一无所获，无功而返。后来他援引了一位哲学家的著名命题来描述和理解自己的家乡。他认为葫芦镇仅仅是一个“在”，一个“在在者的在中存在着的在”。葫芦镇的乡亲们肯定无法弄明白这句缠舌头的晦涩呓语。他想也许大哥伊十能搞懂，因为他是个标准的傻子。小时候，伊百经常能从傻哥哥嘴里听到类似的话。

伊百在学业上没有任何障碍，不知是源于天赋，还是得益于名师指点，反正他对哲学话语似乎有着本能的偏好。凡是抽象的玄思总能令他亢奋，相反，只要一涉及具体事物，他便显出了非同寻常的呆滞甚至是弱智。爱情方面便是最好的明证。

伊百在葫芦镇时曾对一位下乡女知青白卫红产生过情感幻想，那是他头一次感觉到冲动，他认为那种冲动既是一种生理反应，也是一种心理渴望。上大学后，他那点儿可怜的性本能似乎化为乌有。异性的生动和妩媚无法燃起他的欲望之火。

河西“青年点”大槐树下闯出的那个黑影一直挥之不去。一位军人，魁梧而恐怖，那是白卫红的未婚夫。就在伊百很冲动地想拉起白卫红那双诱人的小手时，那个铁塔般高大的军人出现了。他吓得一哆嗦，手缩了回来，心脏和身体的其他部位都收缩了。在大学的图书馆里，伊百曾如饥似渴地叩问过弗洛伊德，他觉得大师的书里并没给出明确的答案。

也许是大哥伊十的悲惨经历遏制了自己情感上的正常发育。伊百也曾经朝这个方向思考过。一个傻子的本能需求被诱引激发出来并荒唐地演化成政治犯罪。当年葫芦镇的“借种事件”，令伊百百思不解。“婚姻就是生殖器的相互利用”，一位哲学家赤裸裸的断言再一次使他对爱情与婚姻丧失了努力的兴趣。他远离女性，甚至连正常的异性交往都放弃了。伊百大学期间的生活是灰蒙蒙的一片，缺乏起码的色彩。

然而，他的政治热情却一度异常高涨。他参与了第一次基层人民代表的选举活动并扮演了自由竞选人的角色。凭借自己出身于葫芦镇这个鲜为人知的鬼地方的神秘性和自己从孩提到青少年时代扭曲的成长经历，以及自己正沉迷其中的哲学妄想，他编造了一个个离奇的感人故事并赋予其许多深奥的哲学意义。刚开始时，他在宿舍和班级的教室里试着给同学们演讲，不厌其烦地陈述自己的参选动机和竞选纲领。他那结结巴巴而又夹杂着刺耳口音的演讲换来了同学们的冷嘲热讽。伊百并没有因此而退缩，他觉得自己有话要说也有事要做。他把班里的一部分同学争取过来，组织了一个小的竞选班子，狂热地策划修改自己的竞选演说。他甚至一个人深更半夜跑到学校的人礼堂里面对着两千多个空座位发表他的竞选宣言。没有掌声，却从礼堂楼上值班室里传来了几声咆哮："滚出去！都几点了？精神病！你小子别跑，我非得把你送到保卫处不可！"礼堂看门老头愤怒地吼道。

伊百的执着收到了积极的效果。他在大庭广众面前讲话时不再紧张得面红耳赤手脚发凉了。他轻度的口吃症状已完全消失，虽达不到口若悬河，倒也十分自然流畅，没有"这个"、"那个"之类的磕磕绊绊了。

在竞选班子和其他同学的鼓励下，伊百终于站到了学校大礼堂的讲台上，他要和其他的竞选者一道接受选民们的挑选。他的演讲基本上算是发挥正常，但在参选者中并不突出。特别是在回答台下师生提出的问题时，伊百含糊了，因为少数提问者表现出了明显的恶意，他们的某些观点已经超出了对伊百演讲的评价，而是言及其他，指向了更高层次和更深层面。伊百的知识、胆量和感情无法适应少数人偏激的看法，他被大伙儿轰下了台，垂头丧气地回到了宿舍。

他心里明白，有一个底线他不能突破。他宁肯不当人民代表，也不能喊出那种吓人的口号。不行，绝对不行！他一遍又一遍地想这个问题。后来，辅导员找他谈话时，他依然亮明了自己的政治态度，他绝对不同意其他几位竞选者的政治主张。这次民主选举活动让伊百变得更加孤僻了。他此后的大学生活严格地按照宿舍、教室（或图书馆）和食堂三点一线的精确轨迹运行。

伊百后来自嘲道："我的政治能力和性能力没有本质的区别，都是瞬间的事情。"

17

葫芦镇人并不知道伊百在忙乎什么，他们甚至已经记不得当年的伊家三兄弟了。

与伊百灰暗枯燥的大学生涯相比，葫芦镇人的生活却呈现出一派色彩斑斓的绚烂景象。

葫芦镇人的全部注意力都转向了一个目标——赚钱！葫芦镇人的一切想法和行为全部围绕着一个"钱"字而改变。这里发生的任何事故或故事都是由钱而引发的。

伊亿参军未遂，先帮父亲老怪物种了四五年地。伊家分到的耕地面积高于其他农户的人均标准，原因是村里本着尊重人才、尊重知识的原则，在分配时没有把伊家考上大学的三个兄弟除掉，他们享有葫芦镇农民的耕地承包权。这一点让伊家很感动，却引起了不少邻居的嫉妒和不满。

伊怪物带着大傻儿子伊十和小儿子伊亿安分守己地终日劳作在自家的几亩地里，一年收获的小麦、玉米、大豆和其他杂粮足够全家人吃上两三年。他把剩余的粮食卖掉，换成现金供养三个上大学的儿子并着手为小儿子娶媳妇盖一处新房子。三个儿子在外读书的费用基本由国家全包下来了，他只需要提供一笔数额不大的零用钱而已。大儿子伊十一直是压在老人心底的一块巨石，他为傻子的将来忧心忡忡，曾多次想替伊十娶一个与儿子情况相当的女人。只要女的不傻，腿瘸眼瞎也无所谓。但伊十妈坚决反对，她说，一个累赘还不够啊，你还想再添一个？老伊怪物觉得老婆说的也有道理，只好等等看了。

伊亿跟父亲种了三年庄稼，变得越来越不耐烦了。他三天两头地跟老头儿吵架，嚷着要出去干点儿别的营生。老怪物看不惯小儿子的非分之想，常用“勤劳致富”的说法来教训伊亿。伊亿不服，冲着老父亲犯浑：“哼，勤劳致富个屁，这年头哪个勤劳致富了，勤劳致死！活活累死！死也挣不到钱。”

“那你小兔崽子就等着天上掉馅饼，掉钱包吧。不出力，不干活，不受罪，你还想挣钱？你撒泡尿照照自个儿，你能干什么？”老伊头也来气了，指着儿子的鼻子开骂。

“你就是不讲理，跟你说了也没用。就咱葫芦镇前街后院这几年的那些个万元户，有几个是种地种出来的？王立正一下子买了两辆大卡车，出门跑运输，地里的活儿早就雇人干了。葛小刚从部队里回来，是个残疾人，不也开了家饭馆嘛，那钱赚得海了去了。镇里干部请客都到他那儿去吃。就连万瘫子的老婆，一个寡妇，都能自己开个小店，成天倒腾服装买卖，那也比咱种地强。我就不信，我不能干?!”伊亿觉得父亲处处压着他，耽误了自己的前程。

“你净说些没用的。你能跟王立正比吗？人家当了这么多年的生产队长，攒的家底比咱们厚实多了。葛小刚靠的是他爹葛镇长，你开饭馆谁来吃饭？人家是公款吃喝，那是定着点的。万瘫子的老婆开个小店容易呀，跑货进货，着急上火，就你那副好吃懒做的德性能干什么买卖？你不想种地，就考学校去，像你三个哥哥一样，考上大学就用不着干农活了，你去念啊！你有那个脑瓜还是有那口志气？光想着挣大钱，不想出大力，天底下哪有那好事儿？哼，我看你那个熊样，连狗屎都抢不到热的。”老头子恶言恶语地尽情数落着。

“你就别提我那三个宝贝哥哥啦，他们倒是好啦，跟我有啥关系？爹，你就等着瞧吧，这些读书人个个都是白眼狼，你指望不上他们。他们不都毕业了吗，我怎么没看见哪个往家里寄过钱？哼，咱们成天在乡下撅着屁股干，他们呢，怎么不把工资省下来给家里寄点儿？狗屁，我没本事上大学，也不稀罕去读那些没用的玩意儿。你用不着烦我，我明个儿就离开这个家，干点儿啥不混口饭吃，非得刨土坷垃!”伊亿丝毫不服软。

“要滚就快滚，不用等明天。”

“滚就滚，多一天我也不想在这个家里待了。”伊亿见老父亲把话说到了这个分儿上，一赌气抓起几件衣服，踢开房门，一溜烟地跑了。

伊怪物做梦也没想到，小儿子伊亿这一跑竟然八年没回家。

18

伊亿对三个哥哥的抱怨并非没有道理。

伊家三兄弟大学毕业后，除了伊百留校继续深造，从硕士一直读到博士学位外，老三伊千、老四伊万均参加工作了。

伊千读的是海运学院，毕业后在一家大型的远洋运输公司工作，不仅专业对口，而且收入可观。他长期漂洋过海，一走就是大半年，从国外回来时能捎上许多二手电器，包括电视机、收音机、洗衣机等大件物品。据他的小姨子透露，这些看似洋气的电器多数是从国外的垃圾堆里捡来的，根本就没花钱。伊千的小姨子对姐夫挺鄙视，常在人前人后贬损这个“乡巴佬”。

伊千一年集中休假一个多月，曾回葫芦镇看过父母，并给家里捎了一台单缸洗衣机。由于农村经常停电，而且葫芦镇的女人们有到河里洗衣服的习惯和风俗，所以那台洗衣机从未洗过衣服，变成了伊家放大米的米缸了。伊千从未给过父母现钱，对于这一点伊亿总有意见。这其实并不完全怪伊千，他的老婆掌握着家里的财政大权，伊千连买卷手纸都得事先做出预算。她与伊千是大学时代的同学，虽嫁给了伊千却一直觉得委屈。因此婚后经常采取一些令人不解的苛刻措施对伊千进行防范和约束，以换得某种心理平衡。

伊千的太太还持有一种老掉牙的时髦理论：乡下人过苦日子过惯了，不能也不用享受，农民能吃上八分饱就已经很幸福，若吃饱了就会撑着。乡下人用不着花钱，钱多了会腰疼。他们坐车头晕，吃肉拉稀，穿上新衣服身上就会长癞子……总而言之一句话，不允许伊千给家里留一分钱。

她只陪丈夫回过一趟葫芦镇，住了一宿就自我诊断得了疾病，叽叽歪歪地发誓一辈子再也不到这种令人作呕的鬼地方了！临走时还背上了大半袋子绿豆。

伊千后来又回了趟葫芦镇，偷偷地塞给母亲五十块钱。看着儿子掏钱时东张西望的样子，她想起了电影里特务们送情报的场面。她可怜儿子，生怕儿子背着媳妇的秘密举动让他以后承担更为严重的恶果。做母亲的，怎能忍心看着儿子受到虐待，她死活不肯接受伊千的孝心，愣是把那五十块钱又塞到了儿子的口袋里。

伊千在船上干到了二副的位子，媳妇留在公司总部担任技术翻译。由于伊千长年在外，媳妇在家里耐不住寂寞，很自然地发生了出轨的事情。与她相好的那位是公司的吊车司机，也是成了家的人。两人眉来眼去了一阵子，就黏糊到了一块儿。伊千跑远洋时，他的家就成了另外两个人约会的理想之所。时间久了，宿舍楼和公司里的许多人都背后议论，只有伊千还被蒙在鼓里。

每次休假一个月，伊千两口子至少要吵二十天。伊千对老婆古怪的性情早有了解，总认为是性格所致，没有往坏处想。两口子大半年无法见面，凑到一块儿又合不来，这让伊千很苦恼。老婆跟伊千除了谈钱以外，没有别的话题。她总是说东家的男人能赚钱，西家的男人有出息，说来说去只为证明一个结论：自己的丈夫没本事，自己瞎了眼，自己的命真苦。

儿子都两岁了，伊千不想再另做打算，只想图个安稳。所以，从心里讲，伊千宁愿在大洋里漂着，过着那种海阔天空、无忧无虑的枯燥生活，也不愿意在假期里与自己曾经热恋过的妻子吵闹度日。正是出于这种心理，伊千才几次把留在公司总部的工作机会让给了别人。其实，公司在做调动决策时，已经把他老婆背着他制造桃色绯闻的因素考虑在内了，只是无法对伊千明说而已。伊千的高姿态，使公司的人事部门哭笑不得，要求回到陆地工作的人太多了，谁愿意一年四季过着舍家撇业的漂泊生活呢?

纸的确包不住火。透露这个秘密的竟然是他的儿子。儿子在过八岁生日那天，突然问伊千："爸爸，我是你的亲生儿子吗?"

伊千笑着答："傻儿子，你不是我的儿子难道还是别人的?"

"我的同学都说我是你们公司开大吊车的郭叔叔的儿子。"

"净瞎说，小毛孩子不许胡说!"伊千挺不高兴的。

"我没胡说，我经常看见我妈跟郭叔叔在一起。"儿子觉得爸爸不信任他。

"你看见你妈跟那个姓郭的在一起干什么?"伊千开始重

视了。

“我不知道。反正郭叔叔一来准给我买好吃的。然后妈妈就允许我去找小朋友玩儿。”儿子说起来很高兴。

伊千想起了八年前儿子出生时自己心里曾经有过的疑问。若按日子推算，这孩子不该是那次休假时怀上的。他曾策略地问过妻子，但结果是差一点儿让老婆给撕成碎片。她由号啕大哭，发展成破口大骂，又演化到寻死觅活的程度。为此，伊千还内疚了好一阵子。

这一次，伊千不再含糊，他郑重地向妻子提出了给儿子做亲子鉴定的要求。

“哈哈哈!”妻子听了伊千的建议后笑得前仰后合。

“傻瓜，你真是个大傻瓜。这还用做什么亲子鉴定？是个人一打眼都能看出来，这孩子哪有一点儿像你的地方？他简直和开吊车的郭大个子是一个模子倒出来的。哈哈哈！你是个大傻瓜!”老婆肆无忌惮地嘲笑他。

伊千狠狠地抽了她一个大嘴巴：“呸，你这个不要脸的东西！我跟你离婚!”伊千的嘴唇在不停地哆嗦。

“哈哈哈！离婚？没门儿！你就认了吧！你大哥是个傻子，你也是个傻子。你大哥的儿子由别人养着。你也替别人养个儿子吧，这不就扯平了吗？有本事你打呀。”老婆捂着脸，歇斯底里地放声大笑。

伊千又一次抡起了巴掌，“你打呀，你打呀，不打你是王八蛋!”老婆把脑袋紧着往前伸。

“叭！叭!”伊千扇了自己两个响亮的耳光。

19

伊亿跟父亲伊怪物吵了一架后，一赌气离开葫芦镇直接奔了县城。他在城里转了两天，找到了两位高中时代的同学，并与这两个同学合伙买了个台球案子，摆在了其中一个同学的哥哥开设的歌舞厅门前，做起了台球生意。

台球案子按小时出租，每个钟头收五块钱。伊亿的工作就是每天呆坐在台球桌后面不远处的一个水泥台阶上，招呼着过往的中小学生和其他在街上闲逛的小青年。一天下来收入四五十块钱。按照哥三个的事先约定，每人各得三分之一，伊亿能落下十五六块钱。由于做台球生意的人很多，满大街的各个角落几乎摆的都是打台球的案子，所以竞争的激烈程度可想而知。伊亿采取了免费赠送雪糕的做法，吸引了很多人，即每人每小时送一至两根五毛钱的雪糕。这种方法很容易被竞争对手效仿，于是别处的台球摊上不仅发雪糕，还提供瓜子、茶水、糖豆和香烟等多项免费服务，本来租费就不高，还要返回一部分，其结果是真正剩下的利润日益减少。伊亿又想出了一个歪点子，开始用台球赌博。这一招果然奏效，围拢在台球案前的人急剧增多。可惜的是没搞几天，有人举报，把工商、公安和城管的人都招呼来了，没收了案子还罚了款。钱没赚多少，却把本钱赔了进去。伊亿一气之下，约了几个哥们儿，把他们猜测的告密者骗到了一个小胡同里，狠扁了一顿。伊亿出手最狠，他操起台球杆子朝对方的下身使劲一捅，那家伙“哎哟”一声，仰面倒地，双手捂着裤裆，两腿痉挛。虽然没有弄出人命，但警察还是立了案。伊亿一看事情闹大了，就剩下了一个念头：跑！跑得越远越好！于是，出事的第二天他就买了张船票，直接到了上海。

伊千的公司在上海，他的家离公司不远。伊亿选择去上海，就是投奔三哥伊千，想在那里躲些日子。

伊千当时的状态很差，正与老婆闹得不可开交。伊亿的出现无异于忙中添乱。他哪有兴趣和精力顾及小弟伊亿，好不容易耐着性子皱着眉头听完了伊亿前言不搭后语的叙述，领他到外滩找了家小馆子吃了顿饭，又给了他六百块钱，让弟弟到深圳找个活儿干，并警告他不要再惹麻烦了。

伊亿心绪烦乱地离开了上海，继续南下。他觉得自己很窝囊，又觉得三哥更窝囊。连自己的老婆都管不住，还算个什么老爷们儿！大学毕业顶个球，该受气还是受气！

到了深圳，伊亿很兴奋，那儿的人什么地方来的都有，说的是南腔北调的普通话，很容易听懂。不像前几天在上海时的感觉，连问个路都费劲。往深圳走的路上，伊亿最担心的就是语言问题，他怕听到广东话，“贡嘎贡嘎”的，满头冒汗。

深圳的工作很好找，一下汽车就有一群人往他的手里塞招工广告。他先到一家可以提供住宿的大排档，替老板蹬三轮车运送海鲜。这个活儿虽然挺受罪，但眼下的吃住不成问题。

在大排档里干了四个月，伊亿的口袋里有了超过两千块的积蓄，这是他平生攒的最大的一笔款子了。这两千多块钱把伊亿乐得夜里都睡不踏实，激活了他许多关于发财的梦想。在同伴们的撺掇下，他决定豁出去冒一次大风险。

伊亿头一次走进股票交易大厅，那里并不像想象中的人声鼎沸、人头攒动。他犹豫了好一阵子，生怕掉入陷阱。陪他一块儿来的几个打工仔开始取笑他，这让伊亿很尴尬。他为了赢得面子，也为了赌一次运气，终于把两千块钱换成了股票。走出大厅他既后悔自己的冲动，又觉得自己很高大。

“操，不就两千块钱嘛，全当让贼给偷了。”他豪迈地跟同伴们说。

运气来了，谁也挡不住。两个月后，伊亿的两千块钱变成了一万。他又咬牙坚持了两个月，竟又变成了两万。伊亿决定不再继续咬牙了，他要把钱取出来，不看到钞票，他不相信那是真的。于是，伊亿平生的第一次投资，便大获全胜。他说，我的第一桶金是白捡的，是财神爷送了个大红包。

其实，财神爷不光送了红包，还送了个更贵重的礼物——女人。

20

葫芦镇变得让人认不出来了。这是伊家老四伊万回到家乡时的感叹。

葫芦镇像一条死狗，早就不喘气了。这是万瘫子的宝贝儿子万人疼闹着要离开家乡时的抱怨。

葫芦镇上的人按照自己的节奏，过着日复一日的平静生活。有人死了，有人生了，有人富了，有人穷了，有人结婚了，有人出嫁了，有人哭了，有人笑了……最终都遗忘了。

万人疼嫌日子过得慢，嫌葫芦镇变化小，他幻想着外面的世界像电视上的过山车似的，快速地旋转着，耳边有呼啸的风声，而身处其中的游客则享受惊心动魄的刺激而发出刺耳的惊叫。

然而对于离开家乡十多年的伊万来说，葫芦镇早已变得面目皆非了。

最触目惊心的变化就是万人疼这一代人了。当万人疼走到伊万面前很不情愿地喊了声叔叔时，伊万好半天才想起这个当年在最庄严肃穆的场合闹着要拉屎的小家伙儿。万人疼已经十八岁了，完全一副成人的模样。

伊万大学学的是兽医专业，毕业后进了省畜牧局的机关。他从未给猪、马、牛、羊看过病，而直接与人打起了交道。那时的大学生很稀少，很多人都被分配到了政府部门工作，伊万便是其中之一。他从普通办事员干起，一直升到了副处长的职位，这次又被安排到葫芦镇所在的那个县任副县长了。

伊家出了个副县长这可是葫芦镇的头号新闻，比前两年伊怪物说自己的二儿子当了教授所引起的反响要大得多。

葛兴东葛镇长虽然已经从镇领导的岗位上退了下来，还是亲自前往伊家拜访。伊家的房子是五年前新盖的，比伊万走时要宽敞气派许多，但跟镇子里的富裕人家相比就显得很普通了。

葛镇长算是第二次光临伊家，第一次是十几年前的事了。他一口一个“伊县长”，叫得伊万心里挺舒服。伊万对葛镇长一直很惧怕，这大概是儿时形成的心理阴影。葛兴东在葫芦镇的政治舞台上活跃了二十多年，是葫芦镇人心目中的大人物。伊万和葛镇长客客气气地聊了一阵子，葛镇长就起身告辞了。他还给伊家老爷子带了些营养补品并从兜里掏出个信封塞到了伊怪物怀里，他说：“不知您老需要什么，就留点儿钱自己买吧!”老怪物万般推辞，死活不肯接受。这个场面，让伊万想起了自己和两个哥哥上大学的头一天晚上葛主任给每个人发二十块钱的情景。他笑着走过去，大声跟他的父亲说：“收下吧，这是葛镇长的一片心意啊!”他替老父亲接下了信封，把葛镇长一直送到了院墙外。

“可不敢收人家的钱呢!”老伊头儿反复地跟儿子伊万说，“这个葛兴东可不是什么好干粮！我听镇里的人说，这些年光卖地他就得了不少好处。人家一捆捆地给他送钱，说是贪了几百万。他那个儿子葛小刚，对，就是那个没有腿的残废，前年又结了次婚，二婚，去赶人情的可多了。咱后街原来的生产队长王立正你记得吧，他的大小子现在当村长了，他去葛家送人情掏了一千块钱，连口茶水都没让喝，别说喝喜酒啦！太不像话了，这要是在过去，早给撸下来了，哪能让他当这些年的镇长？嗨，伊万啊，你当官可不能像他那样，老百姓背后会骂死的。”伊老头觉得做父亲的职责就是要教育好儿子。

“您老放心吧！我不会的。”伊万笑着向老爷子保证。

伊万在家里停了不到两个钟头，就在镇、村干部的陪同下，到镇上四处转了转。

“变了，变化太大了。”伊万感慨万千。

镇上的标志性建筑——文化馆正在拆除。镇长告诉伊万，这里要建一个洗浴中心，由台商投资，一年后正式营业。

“洗浴中心?”伊万皱了皱眉头。

“对，洗浴中心。多功能的，集桑拿、按摩、温泉、健身等于一体，高档次的。”镇长兴奋地汇报。

“立项了吗？上级批了吗?”伊万问。

“立项了！批件早就下来了！县里金书记亲自过问过。”镇长回答。

“噢，时间不早啦！别处就不看了，回县里!”伊万看了看表。

“不是说好了吗，吃了晚饭再走嘛!”镇长劝伊万留下。

“以后吧，以后我会常下来的。”伊万往车边去。

“这不是伊家四小子吗？真有尿，听说当副县长啦!”一个老头佝偻着身子，凑到前面。

“你是闫师傅吧?”伊万惊讶地看着衣不遮体的闫老头，他是当年的修鞋匠，还奇迹般地活着。

“给两块钱吧，让俺也吃个馒头!”老头儿呼呼地喘着，颤抖着伸出了手。

“去，去，去!”陪同的干部出面阻挡。

“走！给他五十块钱!”伊万一边上车一边吩咐司机拿下一

张钞票。

车开了，伊万从后视镜里看到闫老头跪在后面冲着车屁股不停地磕头。

“嗨，真是变了。葫芦镇已经不是原来的样子啦!”伊万坐在车里跟司机说。

21

葫芦镇的变化远远不止伊万走马观花所看到的那些。他在此后七年里，从副县长升到县委书记，又从县委书记的岗位上交流到省内的另一个地级市担任副市长。

至少在伊万担任县长到县委书记这几年间，他对葫芦镇的情况是了解的。当然，更多的是通过文字材料、数字统计以及镇里主要负责人的汇报等形式，从经济、社会、文化、教育、治安等方面来看待葫芦镇的变迁和发展的。他的父母因年事已高而搬进了城里。哥哥伊十没有进城，他与万瘫子的老婆结了婚。这无疑了却了伊家的一块心病，同时也甩下了一个沉重的包袱。

伊十刚出狱那阵子，万瘫子老婆曾不止一次地向伊家表示过要终身陪伴照顾伊十的意愿，但一直未被伊家接受。

伊怪物的小儿子伊亿离家出走后，伊家的承包地便由伊老头领着傻子伊十来侍弄。农忙时节，常雇些临时的帮工来一块儿忙乎。伊十随着年纪的增长，傻劲儿开始往正道上使了，除了干活，别的啥也不知道。不抽烟，不喝酒，不扒女厕所，也不再唱那句“大刀向鬼子们的头上砍去”了。吃饭、干活、睡觉，是他的全部生活内容。只要不喊他回来吃饭，他就一直在田里忙活。他妈跟老怪物说，这孩子，自从那年从监狱里放回来就一下子变成劳模了。光知道干活，也没有累的时候。

不提伊十则已，每次一提起傻儿子，老两口一个叹气，一个流泪。“嗨，真是个愁啊！”老伊头长叹了一声。

“等咱俩死了，大傻子可怎么活呀，哪个弟弟肯照顾他？”当妈的还是老话重提。

“嗨，听天由命吧！咱俩死了连眼睛都闭不上喽！”老伊头儿更悲观。

“咱还是给他找个活路吧，我这个心天天都在这儿揪着，难受啊！”老太太又抹把眼泪。

“谁说不是呢，可哪有好法子啊，前些年人家万瘫子老婆赶着要跟伊十一块儿过日子，人家提一回你骂一回，现在傻了吧，伊十今年五十多了，万瘫子老婆也五十了吧，还怎么往一块儿凑呀？嗨！”老头儿开始抱怨了。

“怎么不行，我儿子就是让她害的！”一听万瘫子老婆，伊十妈气就不打一处来。

“算了吧，那都是命啊！你也别赖人家啦，说话不能没良心。”老伊头不同意老太太的观点。

“那怪谁？怪我？你这个老不死的，说话更没良心。”老太太一肚子的委屈要发泄了。

"谁怪你啦？净扯这没用的。命，我是说人人都有个命。命有八尺，难求一丈。命里是个傻子，你就别指望他能变成聪明人。伊十一生下就痴痴呆呆的，你怪不得人家万瘫子老婆。再说了，如果不是万瘫子老婆，咱伊十能留下种吗？不管她儿子姓啥，都是咱伊家的骨血。万人疼是我的大孙子，这就是命，是命中注定的，你跟着瞎叨叨啥？"老伊头激动了起来。

说到万人疼，这孩子长得越来越出落。浓眉大眼，虎头虎脑，真有伊十的模样，而能说会道、精明机灵这一点又像他妈妈。

伊怪物的老婆觉得老头子讲得有道理，就开始琢磨着打万瘫子老婆的主意了。她托人给万瘫子老婆捎了件羊毛衫，说是四儿伊亿从城里带回来的，以此来试探万家的态度。

万瘫子的老婆在镇上租了个小铺面卖服装已经七八年了，生活上并不拮据。她接受了伊家送来的羊毛衫，又从摊上挑了件棉坎肩让来人转送给伊老太太，说是伊十穿上能合身。伊老太太一看有了回礼，心里就宽敞了一大半，赶紧把事情的原委跟老头子叨咕了一遍。老伊头一听也觉得有门儿，两人一合计，干脆去万家走一趟，把话说白了算了，省着整日犯嘀咕。再说了，不行就不行，咱来个痛快的，她要是不同意，咱也就不再惦记了。老两口说做就做，第二天就一块儿去了万家。

万瘫子的老婆是个利索人，平时干农活也穿着整齐，不像有些乡下妇女蓬头垢面的。加上这几年开服装摊，更注意穿戴打扮了，所以在伊家老两口看来，她还显得挺年轻的。伊老太太寒暄了几句后，便开门见山地说明了来意，伊老怪物坐在旁边不吭气。万瘫子老婆低着头一边听着，一边不时地擦着眼泪，最后还抽搭起来了。

老怪物觉得情况不妙，只好安慰几句：“我说，孩子他妈，你也别为难。这事是有点儿勉强你啦，你要是不愿意，就权当我们没说，用不着委屈自个儿。伊十就这么个状况，你也知道。你们俩一块儿过，就是因为有个孩子。要不是，我们也不敢往这上头想。伊十傻是傻，但不狂不躁，也不是生活完全不能自理。人不透亮，但心眼儿挺好。光干活，不想别的。我们寻思着，你的儿子也大了，总有出去的那一天。伊十给你做个伴儿，比养条狗强。你要是愿意，我就把我们养老的四间房子给你们住。那房子地段好，临马路，开个服装店比你现在的这个铺面宽敞。我们老两口不会给你们添麻烦的，老四伊万早就让我们搬到城里住了，我俩老了，干不动农活了，在城里享享清福就等死了。嗨，人哪，就是个命啊！”老伊头儿把话说得挺明白。

“大爷大娘，我不嫌弃伊十。我这些年不就是一个人拉扯着孩子过日子嘛，什么苦没受过？伊十总得有人照顾，除了爹妈，就我合适了。我不能让他老了没人管，谁让我们有一个儿子呢！我没意见，就是得跟孩子商量商量。他现在整天闹着要走，要去当兵，明年要是能去参军，出去闯一闯也好，回来在城里找个工作就由他自个儿折腾吧，我陪着伊十过日子。”万瘫子老婆很爽快地同意了。

“孩子当兵的事肯定没问题。我让他四叔伊万给说说，保准能当上。在部队里锻炼几年回来，再让伊万帮助在城里安排份好差事也不费劲。这孩子有出息，将来准能干出个名堂来。”老头子搓着手，把儿媳妇的要求都答应了。

转过年的春天，万人疼如愿以偿地穿上了军装，当上了伊亿当年梦寐以求的海军舰艇兵。

伊家老两口在城里买了处两室一厅的楼房，离开了生活了快一辈子的葫芦镇。

万瘫子老婆把儿子送走后第三天就搬到了伊家，与伊十合伙过日子。

镇上有人逗伊十：“娶上媳妇了高兴不高兴?”

伊十想了想说：“又不是娶了你媳妇，有啥高兴的?”

22

文化馆拆了以后，安国民像丢了魂儿似的，四处乱转。这些年他如同一个守墓人，寸步不离地看护着这幢早已名存实亡的文化“遗址”。文化馆变成了一堆瓦砾，推土机的轰鸣声取代了当年的吹拉弹唱。安国民在废墟前点了几张黄纸，算作最后的祭奠。他背起手风琴，打算寻找新的生计。

关正德试图说服安国民跟他到后山的果园里一起干。安国民婉言谢绝了他的好意。

“老关啊，我知道你的一片用心。你是看我山穷水尽，走投无路了。没你想得那么严重。我有我的活法。侍弄果树我是外行，没有技术。再说那活也太苦太累了，风吹雨淋日头晒，蛇咬虫啃蚊子叮，我遭不了那个罪。这一点我比不了你，真的，老关，我挺佩服你的。这十多年你挣的都是血汗钱，不易啊！我都想好了，准备干我的老本行，靠拉琴挣口饭吃。凭我这两下子，撑不着也饿不死。我打算在镇子上办一个手风琴培训班，招几个孩子教教。”

“什么？哪有人学那玩意儿？”关正德觉得安国民异想天开。

“没问题，我刚一放出风，就有六七个小学生和家长找我来了，打算报名。老关啊，人这辈子怎么都能过去。靠教手风琴挣碗饭吃，我觉得挺适合我的，既是爱好，又很轻松。如果我这条路子踏出来了，我劝你也把二胡再捡起来，别把你的看家本领给丢了。承包果园太遭罪了，咱俩的年岁都不小了，没有年轻时的体力了。再说了，头些年都是靠出大力挣俩钱儿，现在我端量着，光靠卖力气不行了。你说咱们葫芦镇有钱儿的那些人，有几个是靠种庄稼栽果树发的财？我都看明白了，眼珠子光盯在山上田里没多大油水，还得想点儿活泛的路子。”安国民的一席话，把关正德说得无言以对，只好打消了劝他一起经营果树园子的念头。

不到两年光景，安国民的手风琴培训班就办得挺红火了，不仅葫芦镇上不少人跟他学琴，就连周围其他乡镇的孩子们也慕名而来。安国民先是买了辆摩托车，时常背着手风琴骑着摩托车在镇子的大街上呼啸而过，日子过得潇洒自在。

关正德不得不佩服安国民当初独到的选择，更羡慕他的生活方式。于是，关正德也把果园盘给了别人，从山上搬回了镇中心。凭着这些年卖水果的积蓄，他买了辆二手桑塔纳轿车，也模仿安国民办了个二胡培训班。

葫芦镇最早跑运输的是老队长王立正一家，现在已经不止几十家了。王立正先是靠一台拖拉机起步的，最火的时候大卡车就置办了十辆，也赚了不少钱。后来他的三儿小亮子出了车祸。事故定性为司机疲劳驾驶，先撞死了桥上骑车的行人，又冲过护栏掉到了河里，车毁人亡，损失惨重。小亮子死后，他的媳妇闹着分财产，家里的其他成员都要单独干，你争我吵，打打闹闹。结果兄弟间动了刀子，老二把老大给捅了。老大死了，老二被判了无期。三个儿媳妇几乎同时成了寡妇。

小亮子的媳妇颇有几分姿色，丈夫活着的时候她就不大规矩。丈夫死后，她越发变得无所顾忌了，今天跟这家男人睡在一起，明天又跟那家男人抱在一块儿，成了镇上有名的“狐狸精”和“公共汽车”。关正德从后山的果树园里搬到镇上住以后，她又成了关正德家里的常客。由于关正德是她的姐夫，人们的闲言碎语更加难听。她倒不以为然，常在大庭广众面前炫耀：“这有什么新鲜的？好汉娶九女，这才两个你们就受不了啦！呸，我姐都不在乎，你们跟着急什么？少说那些没用的！怎么睡？你晚上过去看看呗！想学啊？那就交学费，老娘教教你。对，上边一个，下边一个！”

安国民后来把摩托车卖了，也换了辆小轿车，日本产的，比关正德的桑塔纳贵不少钱。他把手风琴培训班办到了县城里，在少年宫里租的场子，挂上了“艺术学校”的牌子，把关正德的二胡培训班远远地甩到了后面。

23

葫芦镇拆除的不光是文化馆，几乎是老街的全部。三十年前的临街建筑全都化为乌有，只留存在一部分人的记忆里，尤其是印刻在离开葫芦镇的那些人的脑海里，这其中就包括伊百。

伊百多年来不肯回葫芦镇的原因之一就是担心家乡的变化完全破坏了他脑海里固有的形象。离家越久，人越容易美化故乡。伊百经过二十多年的描摹涂抹，已把记忆中的葫芦镇定格为一位“朴素羞涩的少女”，他不忍心回来时面对着的是一位“妖娆放荡的妖女”。

伊百习惯了“整体把握”，这是一种哲学态度，也是一种无力的做作。

伊百完全沉溺于某种不可思议的玄想状态，对于任何问题他都无法遏制地做一番哲学思考，把活生生的东西彻底地抽象化。其实，他对政府治理、经济运行、社会转型、法律构建以及企业改革、“三农”问题等均有远距离观望的浓厚兴趣，而缺乏直接参与的冲动和本领。他曾从形而上的角度对上述重大问题进行过一揽子的系统思考，得出的结论则是黑格尔的那句充满了歧义并被滥用的名言：“存在的都是合理的。”当然，伊百故意曲解其哲学原义而使用了这句话想必有他的道理。

伊百在大学里的日子是乏味而充实的。他取得博士学位后便留校任教，过着一日三餐、按部就班、秩序井然、逻辑清晰的生活。

他对于婚姻始终没信心，因此常为自己至今尚未因婚姻而连累另外一位女性感到安慰。他觉得一个人生活的优越性是毋庸置疑的。他说，自己想从被窝哪头钻进去都行。而且，一个人吃饱了，连狗都不用喂了。

对于葫芦镇，伊百有自己独到的看法。自从考上大学后，他从未回家乡看一看。他自我辩解说："我把故乡葫芦镇视为情人，而且是梦中情人。看景不如听景，相见不如思念。梦中和心中的家乡是最美丽的、最真实的，而眼睛看到的则失去了本体论的意义和形而上的美感。"

当得知四弟伊万荣任家乡所在县的最高领导人时，伊百从心底升腾起一股强烈的冲动。他辗转反侧，夜不能眠，欣然提笔，花了十天时间，给伊万写了封洋洋洒洒五万言的长信。在这封长信里，他把近年来针对某些社会现象和民生问题所进行的哲学思考一一归纳梳理，条分缕析，阐发得头头是道。他显然看好了弟弟的远大前程和施政能力，试图通过弟弟来实现自己的哲学主张，并鼓励他不畏艰难，知难而进，发扬"死马当活马医"的职业精神，这句话无疑暗示了伊万过去所学的兽医专业。他把这封凝聚了他的心血和希望的建言书以特快专递的方式寄给了伊万。

伊万用手掂了掂二哥的来信，十分感动，读了一半便感慨万千。他对妻子说："教授就是教授，二哥有水平啊。这才叫站着说话不知腰疼呢！好像是他把好话说尽，我把坏事做绝了。难啊！"

伊万让秘书给伊百回了封公函，除了表示衷心感谢之外，还说了"深受启发"之类的官话。伊百收到回信顿觉蒙羞，他自嘲道："兄弟之间只有手足之情，而无公私之理。看来公事还要公办，我乃天下第一大白痴也。"

24

与哥哥伊百的处世态度形成强烈反差的伊亿，对于葫芦镇一直耿耿于怀，念念不忘。

在深圳凭运气掘出的"第一桶金"，使伊亿对生活充满了感激并对未来寄予了期望。他没有再把钱投入股市，他相信"见好就收"的忠告，尽量克制自己再赌一把的冲动，不管诱惑有多大，怂恿的人有多少，他都咬紧牙关，不再向前迈出一步。伊亿认为，有一得必有一失，而且运气不会总偏爱某一个人。

他把两万元钱存进银行，继续替大排档的老板蹬三轮车，兜里装着两万块钱，伊亿有了几年前葫芦镇头一批"万元户"的自豪感，他越发觉得当初离开葫芦镇的决定是正确的。他晚上偶尔出来坐在露天烧烤摊上喝杯扎啤，体验一种葫芦镇人从未有过的异样的感觉。

那年春节，当思乡的情绪向伊亿持续袭来的时候，他结识了一位与自己怀有同样乡愁的女子，她叫阿灿。

阿灿是比伊亿早两年只身来深圳闯荡的重庆女孩。她先是在一个老乡开的饭店后厨打工，后来自己租了间小门市，做起了化妆品零售生意，收益不错。阿灿人长得小巧秀气，蛮讨人喜欢，只是腿有点儿瘸，走路一颠一颠的，虽然不严重，但还是能看出来，她因此很自卑。加上做化妆品生意，专门同女人打交道，很少同男人接触，平时除了跟打工的老乡聊天之外，她几乎不同他人来往。

伊亿是在大年三十的晚上认识她的，她正坐在伊亿常去的那家烧烤摊上吃烤肉串。伊亿无聊地主动与她搭话，你一句我一句说得挺开心。过了午夜十二点，俩人都没有要走的意思。伊亿最终提出要送她回家，她慌忙拒绝了，说是还要等个朋友，让伊亿先走。伊亿醋溜溜地问："是男朋友吧？"她笑而不答。

初二晚上，伊亿又去了那个小摊，远远地就看见她端坐在前天的那个位子上。

她腼腆地问了句："昨天你没来喝啤酒？"

伊亿说："前天喝多了，昨天呼呼睡了一天。你要不说，我还以为今天是初一呢！"

阿灿格格地笑着，她觉得伊亿很有意思。

他俩又天南海北地聊到了很晚。伊亿临走时又提出要送她回家，她还是说要等一个朋友。

整个过年期间，伊亿每天都去那个摊子喝一瓶啤酒，每次去时都能看见她早早地坐在那儿，而每次聊完了天，她总是说要等一个朋友并催促伊亿先走。

伊亿有一次跟她开玩笑说，你要等的人如果不是你的情人，就一定是秘密接头的特务。她回答说，光靠卖化妆品是养活不了自己的，我不得不兼职做一些倒卖情报的工作。

直到有一天，伊亿大胆地跑到她开的那家化妆品店里约她出来时，才发现她"等人"的秘密——她的腿有点儿瘸，伊亿明白了她的心思，男子汉的责任感油然而生，他毫不掩饰地向她表达了爱意，并当着店里顾客们的面把她抱起来，很夸张地在她的脸上狠狠地亲了一口，故意发出了夸张的响声。

阿灿与伊亿住在了一起，并共同经营着小化妆品店，他们还给小店注册了新的名字："伊灿化妆品店"。两年后，他们生了个女儿并扩大了店面。

伊亿经常给阿灿讲述葫芦镇的故事，还不时地提出抽空带她回婆家看看的设想。由于生意忙，孩子又小，所以回家的日子一拖再拖，一直拖到伊家两个老人搬到城里的那年冬天才成行。

25

对于呈现在伊亿眼前的葫芦镇，伊亿报以欣喜若狂、赞不绝口的态度，他不具备二哥伊百的煞有介事的深刻，不想做透过现象看本质式的深入剖析和终极追问。他觉得葫芦镇的变化超出了他的想象。

老态龙钟的文化馆不见了，取而代之的是座富丽堂皇的洗浴中心。正襟危坐的新政府大楼官气十足，咄咄逼人。昔日狭窄的马路拓宽了，街道两旁破旧低矮的平房变成了楼房。百货公司、超市、洗脚屋、桑拿室、歌舞厅、美容院、茶室、酒吧、游戏厅……应有尽有。伊亿兴奋地领着阿灿把葫芦镇反反复复，来来回回地转了好几遍。他说，要知如今，何必当初。看来这儿照样能发财！阿灿听了有些不是滋味，就问他，你是不是后悔啦？伊亿故意气她，生米都煮成熟饭了，后悔有什么用？

伊亿还带着老婆孩子到街坊邻居和同学朋友家去串门。他端出一副衣锦还乡的架子，给他们送上口红、香水、擦手油之类的小礼物。虽然这些都是伊灿化妆品店的滞销库存货，值不了几个钱，但父老乡亲们很领情，一个个直夸伊家的儿子有出息：出了个大县长。伊亿后来跟阿灿发牢骚："葫芦镇的人就是眼窝子浅，光知道敬畏当官的。咱们去送礼，他们却夸咱四哥伊万，这叫什么事？呸，早知道这样，就不该去看他们。"

伊亿一家三口在大哥伊十家住了一晚上。万瘫子老婆如今成了他大嫂，热情地招呼头一次过门的弟媳妇。阿灿参观了大嫂的小服装店，并动员她也开家化妆品店，由伊亿负责供货。大嫂觉得有利可赚，与伊亿两口子就开店的细节问题商量了大半夜。

伊十好像不认识小弟伊亿了，一直不肯搭话。第二天伊亿和老婆孩子要回县城父母家了，临走时伊十也跟着老婆出来送。他用眼睛直愣愣地端量着阿灿的走路姿势，突然冒出一句："咱家的院子没铺好，不平！"阿灿听了，脸都红到了脖子。

大嫂马上接过话头说："妹子，他是个傻子，净说傻话，你别在意。"

"你才傻呢！地本来就不平嘛，你看她走路，一颠一颠的。"伊十认真地坚持着。

伊亿走后，葫芦镇上的不少人都说阿灿肯定很有钱，道理明摆着，她兜里没钱，伊亿能娶个瘸子？

葫芦镇人的逻辑判断很有特点。

26

伊怪物一家在葫芦镇日益繁荣的场景下离开了那里，他们只给葫芦镇留下了伊十——一个著名的傻子。

葫芦镇人后来每当提起伊家时，对于他们仅把傻子留给家乡做纪念的这种做法颇有微词。

"世上哪有这种人，拉了屎不收拾，提上裤子就跑了。连猫狗都不如。"这是王立正的评价，他在失去了三个儿子和全部家产之后，情绪变得异常偏激，常以当地产的劣质烧酒打发日子。

葫芦镇上不少人把伊家的搬离视为一种不可饶恕的背叛。个别人甚至不愿意接受伊家后代们在外面生活得很滋润的事实，而编排了多种关于他们遭遇诸多不幸的传言，就像对伊亿娶了个瘸媳妇的判断一样："这小子纯粹是为了贪图人家的钱财。"或者认为："她那条瘸腿是让伊亿那小子活活给打断的。她在外面偷了男人，让伊亿给逮了个正着。"

对于伊百、伊千、伊万以及伊老怪物老两口的生活状态，目前在葫芦镇有多种说法，其中有一个"版本"虽然离事实最远，却是大多数人最欢迎、最确信的，这似乎最能反映部分葫芦镇人的真实心态和未来预期。

他们说："伊百在大学里出事了，前些年参加了那场动乱，烧了军车，后来被关进了监狱。惨透了！"然而，事实是伊百现仍在大学里以知名教授的身份从事教学和学术活动。那一年他的确在北京，但其政治热情已降到了冰点，看到校园里一度出现过的狂热场面，他冷冷地说："这是一场消耗体力的运动。"

他们说："伊千出海跑远洋时，在万吨巨轮上钓鱼，结果脚下一滑，掉到了大海里，被鲨鱼囫囵个儿地吞了下去，连个帽子都没留下。"其实，伊千与老婆离婚未成，便一气之下调到了一家驻外公司工作去了，他住在南非，多年不肯回国。

他们说："伊万压根就不是去当什么市长啦，他被双规了。在咱们县这几年，他贪污受贿还包'二奶'，谁不知道啊！他离开咱们县的时候，城里不少老百姓放鞭放炮，跟过年了似的，说是送瘟神呐！不信，你们去问问城里人，谁不恨他啊！"其实，只要打开电视，葫芦镇人还是经常可以在某个频道看到伊万那熟悉的面孔。他们又说："那个人不是咱们的伊万。世上长得像双胞胎的人有的是，重名的人更多。"

至于老伊怪物两口子，普遍认同的结局是，被儿媳妇撵到了大街上，老头扶着老婆颤颤巍巍地沿街讨饭呢！

伊百曾经说过这样一句话：人们对待历史的态度只有两种:一是遗忘，二是篡改。葫芦镇没有文字记载的悠久历史，而近距离看历史，总容易冲动。

没有历史包袱的葫芦镇人生活得很轻松，很自在，也很得意。

伊百未上大学前曾质疑过葫芦镇人的信念和信仰。伊万的一句话打消了伊百继续追问的努力，他说："你不能以党员的标准来要求葫芦镇的男女老少吧?"

近三十年过去了，葫芦镇人的信仰好像又萌生了。他们在镇中学南边的山坡上集资建了一座规模不大却很讲究的财神庙，吸引了镇里镇外众多民众前来烧香叩头，祈求发财、升官、赚钱等非分之想的实现和桃花运的降临。

在伊百的意象里，葫芦镇是一位"羞涩的少女"，少女如今似乎正成为"泼辣的少妇"。他在一首晦涩的诗里还用"抹布"一词来暗示自己的故乡。这是一种隐喻。抹布擦掉了肮脏，也擦掉了已有。它在擦抹的过程中变黑、变馊，成了那个时代的写照。

然而，"我们的生活离不开抹布，"伊亿说，"我喜欢葫芦镇，离不开葫芦镇，正像二哥需要哲学那样，我要把老婆孩子领回葫芦镇。"

伊亿说到做到，两年前他们搬回了镇子，如鱼得水地生活在那里。他的小女儿上学读书了，正在学习汉语拼音，有事没事，嘴里不停地叨咕着："伯、婆、魔、佛……"

傻笑

笑的穿透性和感染力极强，一个人的独笑很容易演变成一群人的哄堂大笑。其实谁都知道，反复重复的“一个年轻的老头儿，在一个漆黑的白天”这种老掉牙的破故事并不具有持续的可笑性，只是讲述者的极端投入和讲述者本人的过度反应才引起了旁观者的不自觉参与。

·傻笑·

引　子

我敢负责任地讲，东方优是个跨世纪的大傻瓜。

对于他，我不但恨，而且恨（这是东方优从小就养成的说话习惯，我一想起他，语法、修辞就乱了）。因为他曾经差一点儿让我丢了小命，所以我既忘不了他，又忘不了他。

据说回忆往事是人走向衰老的表现，我并不服老，而且完全有信心在领导岗位上再干一届，到六十岁下来正好。自从我年过半百之后，肾虚、气虚、心虚和其他的空虚感觉常常扑面而来。眼前的事情转身就忘，而过去的人和事却不依不饶地在我眼前晃动，出现频率最多的就是傻瓜东方优——我幼年的同伴，少年的同学。他那与生俱来的笑脸经常出现在我的梦里。

一代更比一代强

东方优本来叫东方亮，出生在中国人民站起来的那一年。

东方优的父亲叫东方良。“良”与“亮”音韵相同，发音时得格外小心才能作出区别，否则容易混淆。

尽管东方亮这个名字热情地讴歌了社会的进步并忠实地记录了时代的变迁，具有鲜明的政治意义，但与父亲的名字阴差阳错地纠缠到了一起，这使得父子两人经常处于同时应答他人呼叫的尴尬状态。

改名字是解决麻烦的唯一出路。“改谁的名字?”东方亮问。

“小兔崽子，当然是你的名字啦，哪有儿子让老子改名字的规矩?”东方良呵斥着儿子。

改叫什么呢?与原名意思最接近的就是东方白了。“不行，白不好!”刚七岁的小傻瓜不接受爸爸的旨意。

“有什么不好的?白就是亮，一唱雄鸡天下白，东方大白，就是天亮了，多好啊！就叫东方白!”父亲很横。

“不叫，不叫！要叫你叫，我才不叫呢！白匪、白军、白痴、白旗、白眼狼，跟白沾边的没什么好东西。你要是乐意，你就叫东方白，我叫东方良。咱俩换换。”儿子更倔。

“那你想叫个啥?”父亲让步了。

“就叫东方红吧!”儿子眨巴了几下眼睛。

“你好大的胆子，东方红是你叫的吗?东方红就是毛主席，你敢跟伟大领袖叫一个名字，你想翻天呀!”父亲急了。

“那叫东方绿行吗?”儿子认真地想了想说。

“不行!我看你这个臭小子是活腻味了，你要是再抬杠，小心我揍你的屁股。”东方良挥了挥巴掌。

“什么叫抬杠?”儿子问。

“抬杠就是不听我的话，我说东，你说西；我说打狗，你非要骂鸡!”父亲不耐烦了。

“那叫东方优怎么样?”东方亮一脸纯真。

“好小子，真有你的，我是良，你是优!好啊，一代更比一代强，就叫东方优吧!”东方良拍了拍儿子的大脑袋。

从此东方亮变成了东方优。

东方优由父亲的一句“一代更比一代强”，想起了另外一句时髦话，叫做“长江后浪推前浪”。

按照爸爸东方良的逻辑，东方优倒推出了爷爷和祖爷爷的名字，即十有八九叫“东方中”和“东方差”。

“优”、“良”、“中”、“差”是东方优上小学时费了吃奶的劲儿才搞明白的一种等级标准，他的名字叫“优”，便自认为永远是最好的。

优和傻只有一步之遥

东方优傻气十足，却不流鼻涕。要论长相，他五官都全，一个也不少。只是眉目鼻口和耳朵的摆放有些错位，放在一起比例略显失调。

他脑袋大，额头突出，乡下人称之为“奔儿头”。很多人说，脑袋大脑门宽的人聪明，其实这是个误会。科学家认为额头突出是小时候缺钙的结果。

东方优有“四大一小”：头大、眼大、嘴巴大、耳朵大，鼻子小。邻居老葛说，头大不稳，眼大无神，嘴大贪吃，耳大招风。他没有谈论鼻子。若干年后东方优说：“耳朵大了欠揪，屁股大了欠揍。”前者指的是自己常被老师揪着耳朵拽出教室，后者则说的是老葛（外号叫葛大腚）一度让村里的造反派按在台上把屁股打成了肉馅儿，还取了道菜名叫“木棍炖肉”。

东方优上小学的第一天就被老师揪了耳朵并授予了“傻子”的非光荣称号。原因是东方优在语文老师讲解第一篇课文《中国人民站起来了》的时候竟然举起了手。老师示意他提问，他笑嘻嘻地问了句：“中国人民站起来之前是什么姿势，是躺着、趴着、蹲着，还是坐着的?”

同学们大笑，他自己不好意思地跟着乐。老师火了，他觉得这个孩子是在嘲笑自己并且暗含着恶毒的政治指向。他不由分说地冲过来，一把揪住东方优那对显摆招摇的大耳朵中的一只，慢慢把他从座位上拖到了讲台前，让他低头认错。东方优疼得龇牙咧嘴，发出痛苦的笑声。老师确信那笑声里饱含着蔑视、挑衅和嘲弄的意味，于是便怒不可遏地抬起一只穿着解放牌黄胶鞋的臭脚狠狠地踹向东方优的后腿弯处。

东方优“扑通”一下跪在了小同学们面前，脸上的笑容仍顽强地定格在那里。

“哈哈哈，你这个彻头彻尾的小傻瓜，知道了吧，中国人民站起来之前就像你现在这个姿势——跪着!”老师爆发出一阵狂笑。

教室里的孩子们也一下子笑了起来，还拍着巴掌，有节奏地喊：“傻瓜！傻瓜！傻瓜！傻瓜!”

东方优似乎并没有多少惊慌，他那张永远无法把笑容删除干净的大脸，客气地笑纳了老师和同学们送给他的一份厚礼——“傻瓜”的封号。

直到今天，东方优还把入学第一天老师“揪耳朵”、“踢后腿”的一系列举动视为“示范式”和“启发式”教育的成功案例，因为从那以后，他再也没有忘记“中国人民站起来”之前的姿势——“跪着”。

东方傻的绰号也从此正式启用，逐渐而又迅速地取代了父子二人煞费苦心、绞尽脑汁共同确定的寄托着希望、期许和抱负的大名——东方优。

一个年轻的老头儿

虽说人的名字只是一个符号，但又是一个有意味的符号。名字与命运是否有某种关联性，自古至今众说纷纭，有争论而无定论。正因为没有形成统一的看法，这才为算命者、预言家和千千万万个普通人留下了想象、编排、杜撰和捏造的广阔空间。名字有寓意，表达期盼、梦想和祝福；名字有暗示，起着激励或诱导的作用。

自从东方优被老师一气之下喊成了东方傻，这个原本就不大机灵的孩子便越发痴呆了。

东方优与嘲笑者们一起笑，笑得认认真真。他那夸张的大脸上挂着四季不变的笑意，以笑报恨，以笑报骂，甚至以笑报打。

他不会背课文，嘴里却不时地叨咕着一段莫名其妙的故事：“一个年轻的老头儿，在一个漆黑的白天，拿着一把崭新的破菜刀，杀死了一个没有气儿的人，让瞎子看见了，叫哑巴去喊人，让瘫子追上了……”

东方优对于这个傻里傻气的说法情有独钟，津津乐道，不厌其烦，一遍又一遍地讲给周围的小伙伴们听，而且讲一遍笑一遍，笑得极其投入。有几次他在教室里竟然笑得满地打滚，严重干扰了课堂秩序。校长不得不指派两位体育教师把他抬到操场上，让他一个人独自在更宽广的空间里翻滚，而不至于影响别人。

多数情况下同学们会跟他一块儿笑，特别是当大伙儿看到他一个人笑得无法自我控制时，便会跟着他一起陷入不可抑制的狂笑状态，甚至还会冒出几个小同学跟他一样笑倒在地，抽搐痉挛。笑的穿透性和感染力极强，一个人的独笑很容易演变成一群人的哄堂大笑。其实谁都知道，反复重复的“一个年轻的老头儿，在一个漆黑的白天”这种老掉牙的破故事并不具有持续的可笑性，只是讲述者的极端投入和讲述者本人的过度反应才引起了旁观者的不自觉参与。

当然，对东方优乐此不疲的怪异表现并不是所有人都报以一笑了之的态度。在一年级快结束的期末考试时，班上的几个同学在放学路上堵住了他，不由分说把他暴打了一顿，还把稀牛粪抹在他那张始终挂着傻笑的大脸上，然后一哄而散，边跑边笑，齐声高喊：“一个年轻的老头儿，脸上抹着香喷喷的牛屎!”

一个人包围了一个营

比东方优挂在嘴边的“一个年轻的老头儿”更吸引人的是关于英雄的故事。

一场战争的结束，便是英雄涌现的开始。一场革命的过程，也是战斗频发的过程。革命与战争是培育英雄成长的肥沃土壤，东方优读小学的那几年正是英雄人物层出不穷、英雄事迹家喻户晓的时代。

英雄的事迹被编入语文、政治、历史的课本当中，就连算术题中也含有英雄人物杀敌数量的加、减、乘、除计算。

教室四周的墙上张贴着各类著名的战斗英雄的宣传画，有手举炸药包的，有手握爆破筒的，有挺胸堵枪眼的，有挥舞大刀片的……“两眼熊熊烈火烧，天塌下来只手撑”的英雄气概震撼着每一颗幼小的心灵。

学校里讲英雄、唱英雄、学英雄、当英雄的热潮一浪高过一浪。

对于英雄的事迹，不仅老师们讲得绘声绘色，许多小学生们也能倒背如流。

各个班级的孩子们自发组织了故事会，他们轮流讲述着自己最熟悉、最崇拜的英雄人物的感人事迹。东方优虽说是个“傻子”，但英雄崇拜的冲动丝毫不减，他在故事会上几次跃跃欲试，但都被老师制止了。他脸上笑着，心里却很苦恼，他一定要把自己心里的感情当众表达出来。于是，在一次班会上他不顾老师的呵斥和同学们的哄闹，冲到了讲台前，憋足了浑身的力气，大喊一声：“一个年轻的老头儿，不，不，不是，是一个年轻的士兵，在一个漆黑的……不对，在一个漆黑的夜晚，拿着一把崭新的……大刀片，冲向了敌人……”他突然卡壳了，脑袋里一片空白，他紧张得嗓子冒火，大脸被烧红了但笑容未被烧退，依然顽强地留在那里。同学们开始起哄了。他定了定神，又大声地讲了下去："他冲向了敌人，一个人……一个人包围了一个营!"然后便大步走回了座位。

同学们笑了，老师恼了。

"净瞎编，一个人怎么能包围一个营?"有同学质问。

"净胡扯，那个年轻的士兵是谁?"老师让东方优站起来回答。

"是我爸!"他腼腆地答道。

"你爸?你爸谁不认识，不就是赶牛车的东方良吗?他也成了英雄啦?你这个傻瓜，要不是看在你傻的分上，我非把你小子扔到山里喂狼去!"老师气得直哆嗦。

"我爸本来就是英雄嘛，不信你去问他!我三舅当年还打了个喷嚏扑灭了一场火呢!"东方优觉得很委屈。

"好，好，好!去把你爹和你三舅叫来，让我们都见识见识这两位大英雄!"老师要动真格的了。

东方优赶紧回去找父亲，说学校邀请他去做英雄事迹的报告。东方良半信半疑地到了学校，被学校校长狠狠地训了一顿。好在东方良的确参过军，打过仗，也算曾经是革命战士，校长和老师没好意思继续追究。但他三舅没有去，因为东方优的母亲是个独生女，他压根儿就没有所谓的"三舅"。

想当孤胆英雄

东方优后来挺后悔，他觉得当时不该说"一个人包围了一个营”，而应该说成包围了一个团、一个师或一个军，因为大家反正都不信。

这是东方优一生中讲过的唯一一个英雄故事。从此以后，学校绝对禁止他参与类似的活动，但允许他与同学们一起观看革命题材的影片。

东方优不准讲，但可以看和听。这是他接受英雄主义教育的有效形式。每到看电影时，他都表现出极度的兴奋，比其他同学的反应更为强烈。

像许许多多的同龄人一样，东方优也渴望成为一名英雄，而且想做一名潜入敌人内部的“孤胆英雄”。与他有同样抱负的人不止一个，他们班上有十来个男生都有相似的想法和冲动，只是动机不尽一致。

别人的理想背后可能是个人英雄主义在作怪，试图独立完成特殊使命，无须他人介入，也不想让别人分享其立功受奖的喜悦，而是一鸣惊人，一枝独秀。东方优打算深入虎穴的直接诱因是因为影片中的匪巢里总有一个迷人的女特务。她们的装束打扮、声调语气、容貌体态和动作姿势让他神魂颠倒，兴奋不已。他每次看完电影，脑子里总反反复复地播放那女特务或女坏蛋出现的片段，心里常常涌起异样的感觉，身子也随之发热。他知道，只有将来打入敌人内部，才有可能与那种女特务有亲密接触，所以，东方优立下了志愿，长大了一定要先装成坏蛋，潜入敌后，经历一番巧妙奇特的体验。至于成了英雄后的奖章、鲜花和掌声他并不十分看重，对他而言，过程远比结果更有吸引力。无名英雄也是英雄，关键是那种不可名状的奇妙感觉。

东方优直截了当地把自己的英雄梦想告诉了同学们，结果引起了一片哄笑和嫉妒。傻子也想当英雄，而且是孤胆英雄，简直是天大的笑话，更是对英雄的侮辱。对此，有好几个男生挽起了袖子，想痛痛快快地揍他一顿。出人意料的是，这一次东方优竟然先动了手，他差一点儿结果了一个男生的小命儿。

那是一天中午，一位比东方优高半个头的大个子男同学，在嘲弄了东方优一番后，当着东方优和其他同学的面，模仿起了某部影片中的著名美女特务。他手里夹了根粉笔当香烟，另一只手叉在腰间，在教室的过道里来回扭动着屁股，大伙儿笑成了一团，谁也没在意东方优的反应。突然间，东方优举起一条凳子朝着那位得意洋洋的模仿者的后背砸去，凳子腿正好砸到那个男生的后脑勺上，他"扑通"一声倒下了。

"呸！真恶心！"东方优愤愤不平。他不允许别人破坏他心中的偶像。

那个同学被救过来了，脑袋上鼓出了个大包。东方优被学校记了个大过。"值，真值！用大过换一个大包。"东方优乐了。

直到四十多年后的今天，如果你问他天底下哪个女人最漂亮，他都会不假思索地说："女特务！"

花生壳里睡大觉

东方优在小学阶段并不是总遭到批评和处分，他也有受到表扬的时候，尽管这种机会很少，也许只有过一两次，但他至今记忆犹新。

那是“大跃进”的年代，人们的生活沸腾了，到处都是一片欣欣向荣、突飞猛进、日新月异、热火朝天的景象。

东方优在那种激动人心的热烈气氛感召之下，似乎神智上有了些许的恢复。他除了积极地把家里的门铫子、窗户钩子、抽屉把手之类的东西撬下来交给学校统一烧成铁渣滓之外，还跟其他同学一道，拿起笔来宣传和讴歌跃进的巨变。

这个本来只会讲“一个年轻的老头儿”这种低级笑话的不满十岁的小傻子，竟在如火如荼的跃进大潮冲击下诗兴大发。他写了首儿歌，赞美生产队的丰收景象，以抒发他的豪迈情怀。这首曾流行一时的诗歌是这样写的：

庄稼长得真是好，
小麦秆子两人抱。
粮食多得吃不了，
花生壳里睡大觉。

看了东方优用歪歪扭扭的笔迹在皱巴巴的作文纸上写下的这首儿歌，老师简直不敢相信自己的眼睛。

“天哪，千年的铁树开了花，百年的哑巴说了话，傻子能写诗，我的妈呀，真是活见鬼了。”老师一边自言自语，一边用手抽了自己两个嘴巴，以确认自己是否在做梦。

这种奇迹当然具有轰动效应和典型意义了。于是，学校的墙报上登出一首署名“东方优”的杰作。小麦的秆子粗得要两个人才能抱过来，而花生壳大得可以躺在里面睡上一觉，这是多么浪漫而富有想象力的境界啊！没有这么粗壮的麦秆儿、巨大的花生，哪有超百斤的麦穗和花生米呢？哪有亩产万斤的良田呢？

东方优受到了老师的表扬，并在学校的一次大会上登台亮相，还佩戴了一朵大红花。他一脸笑容，灿烂夺目。

然而，这种荣誉对于东方优来说只是瞬间的，他的傻气没过几天又冒了出来。

一天早晨，有几个同学说村里有个老头儿上吊死了。老师好奇地问：“那个老头儿在哪里上的吊？”

同学们都说不知道。这时候，东方优突然冒了一句：“肯定是在小麦地里。”

“胡说，小麦地里有树吗？”老师回敬了一句。

“没树！”东方优想了想说。

“那他往什么地方吊？”老师恶狠狠地问。

“吊在麦秸上呗！”东方优很肯定。

“屁话！小麦秆上能上吊啊？我看你是傻到底啦！”老师不想听他瞎扯。

“‘麦秆粗得两人抱’，那还吊不死人？”东方优把自己的著名诗句引用上了。

“那你干吗不去上吊?”老师没好气地甩了一句，“你要再敢胡说，我就让你戴上顶帽子游街去，你这是诬蔑‘大跃进’，你这个傻子!”

东方优端端正正坐在那里，眨巴了两下眼睛没敢再吱声，他不怕游街，他怕老师冲过来揪耳朵。

想要一条裤腰带

事隔一年多，东方优再一次赢得了老师的表扬。

那一年村里死了不少人。丰收之后出现了饥荒，这就像“一个漆黑的白天”那样不合逻辑。许多人担心“前所未有”的丰收之后会被撑死，结果却给饿死了。

草根、树皮全部吃光了，不是牲口吃的，是人，是男女老少啃光了世上的一切。

学校里坚持上课的老师和学生数量少了，但东方优还在。

他的大脸开始变小变黑，后来又变亮，那是水肿的症状，像一个充水的猪尿泡。笑意没有消失，依然弥漫在变了形的面部。

上课的老师嗓门明显降低了，学生们肚子里不时发出咕咕噜噜的怪叫声，这种声音似乎很有传染性，开始是一两声，接下去又互相交织，此起彼伏，连成一片，形成轰鸣，往往会盖过老师那有气无力的嗓音。

这是饥饿的声音，是肚子在呐喊和起哄。

东方优的肚子在叫，脸上在笑。那笑容唤起了老师的好感，他在课堂上再一次表扬了东方优，并号召大家向他学习。

老师说："东方优同学给我们树立了榜样。他虽然跟我们一样吃不饱，却保持着旺盛的革命乐观主义精神。你们看，他的脸上总挂着微笑，一副心满意足的神态，那是对苦难的蔑视，对前途的信心。瞧瞧吧，有些同学一直唉声叹气、愁眉苦脸的，那样就不饿了吗？我们要像东方傻，不，要像东方优那样，虽饿犹饱，冻死迎风站，饿死不弯腰。对，就是这样子，笑对困难，笑到最后！"

东方优可能是被老师的表扬冲昏了头脑，就在老师号召全班同学向他学习，说到"笑对困难，笑到最后"的那一刻突然倒下，从座位上摔了下来。他被饿晕了。他微笑着躺在地上，像吃了顿饱饭那样惬意。

老师和同学们吃力地把他唤醒，问他有什么感觉，他笑嘻嘻地说："像吃撑了一样。"

老师掉泪了。他教给大家一个抵抗饥饿的妙方："请同学们勒紧腰带！"

东方优向老师提出了要求："老师，能给我发一条腰带吗？"因为就在按照老师的要求进一步勒紧裤带时，他那根拴在腰间的破布条又一次断掉了。

老师觉得东方优不珍惜刚才的表扬，想再一次揪他的耳朵。他挪到了东方优的身边，把伸出的手又缩了回来。因为他发现东方优那对招摇的大耳朵已经变得很小了。

“你这个傻小子真是饿得不轻，连耳朵都快瘪没了。”老师用手摸了摸他的脑袋。

“哈哈，太好了。耳朵饿掉了，你就没的可揪了。”东方优又快活了起来，脸上笑得更充分了。

先擦屁股后拉屎

东方优的小学生涯一共持续了六年，转眼就要毕业了。那一年他大概是十四岁。

毕业前的最后一个科目是“学军”活动。按照学校的规定，学生要用一个月的时间，过军事化的生活。同学们要严格遵守军营式的作息时间和动作要求，连平时对老师的称呼也要改变，即见到老师要喊“首长”并敬军礼。

东方优认认真真地跟着完成各项规定动作，经过近一个月的训练和矫正，除了他的面部表情无法改变而显得有些不严肃之外，其他如稍息、立正、敬礼、前后左右转以及走正步等均已基本过关。

开始时，东方优简直是全班的累赘，谁也不愿意与他一起走队列。这个家伙四肢不协调到了极点，走路不仅顺拐而且洋相百出，只要他一迈腿，整个队伍就都得乱。他训练得越认真，在别人看来就越像是故意捣乱。负责军训的教官为了矫正他的站姿和步伐，踢烂了一双新胶鞋——踢他的屁股。东方优为此很内疚，也暗自感到庆幸。因为这个教官没注意他的那对招人烦的大招风耳朵，他宁肯让教官踢屁股，也不愿意让他揪耳朵。

东方优始终搞不懂的是，教官们不停地改变主意，一会儿让向左转，一会儿又向右转。但主动权不在自己手里，他只能听天由命，别人转他也转，只是方向与旁边的人时时搞反。教官为他专门开了“小灶”，他原以为开“小灶”能吃点儿好的，没想到是让他一个人单独训练，挨了不少体罚。

军训的效果非常明显，东方优能跟他人迈出同样的步子了，而且多数情况下，他对于前、后、左、右的转向判断正确。

“学军”活动结束前的最后一个科目是紧急集合，这个项目让大伙儿感到兴奋、刺激、紧张。练了几次之后，同学们积累了不少经验，也找到了一些窍门。根据教官的要求，最后一次紧急集合在整个学军活动结束的当天早晨进行，然后要进行评比，颁发奖旗。

这事关集体的荣誉，班里的干部决定连夜开会，让所有同学都打起精神，做好充分准备，勇夺全校第一的锦旗。东方优迷迷糊糊地坐在角落里，听一个个同学情绪激昂地发言，有人建议：“今天晚上我们要穿着衣服、扎着腰带、戴上帽子睡觉，明早哨声一响，便夺门而出。”有人反对：“这怎么行，教官规定必须脱衣服，不准违反纪律。”

有一女生站起来说：“你们男生多简单，我们女生还要洗脸梳头，这肯定会耽误时间。”另一女生马上献计献策：“我们可以今晚把脸洗了，把头先梳好，明天早晨就不用再洗脸梳头了。”大家一起鼓掌赞同。

听到这里，东方优立即从角落里站起身子往外走。

“东方傻，会还没开完呢，你要去哪儿?”班长大喝一声。

“我先去擦擦屁股，明天早晨拉屎就不用擦了。”东方优骄傲地说。

“哈哈哈……”全场突然爆发了一阵大笑。

多领了一份证明

小学毕业时，东方优除获得了毕业证书之外，还多领了一份证明。

这份证明是他跟校长和老师磨来的。东方优非常真诚地问老师：“你说我傻吗?”

老师怜悯地安慰他：“傻小子，你不傻!”

“那就是说，我跟你一样，对吧?”东方优信以为真。

“去，去，去！你怎么能跟我比呢？咱俩不能相提并论，懂吗?”老师很不耐烦。

“不懂。什么叫相提并论?”东方优很想搞明白。

“相提并论，就是放在一起比的意思。懂吗？看来你还是个傻子!”老师摇了摇头。

“我跟你不能比，那跟别的同学能比吗?”东方优继续向老师讨教。

“能比！你比他们头脑简单！懂吗?”老师启发道。

“不懂。什么是头脑简单?”东方优穷追不舍。

“头脑简单嘛，说白了就是傻!”老师很抱歉地笑了笑。

“谢谢老师，我知道了。我是个傻子。你能给我写份证明吗?”东方优恳求道。

“什么证明?”老师不解地问。

“傻子证明。就是写上我头脑简单，与别人不能比之类的话。”东方优十分认真。

“那怎么能写呢？再说，这对你将来不好，懂吗？你手里拿着这么个证明，连工作和对象都找不着。”老师劝道。

“嘿嘿，找对象还早呢！再说，我回家就跟俺爹下地干活了，不找工作了。”东方优笑得挺腼腆。

“那也不能开证明。这是学校，不是医院，我也不是大夫，怎么能开证明呢?”老师觉得很为难。

“你不是大夫，怎么知道我是傻子呢?”东方优也提出了质疑。

“你不傻，行了吧?”老师很无奈。

“那你傻，你是傻子，对吧？你说你和我不一样，如果我不傻，那就是你傻!”东方优开始了逻辑推理。

“你怎么能这么说话呢?”老师生气了。

“那你说，我到底傻不傻?”东方优一定要弄清楚。

“好，好，好！我领你去见校长，看看校长同不同意给你写个证明，真是个缺心眼儿的。”老师没好气地挖苦他。

“嘿嘿，缺心眼总比缺德好，你说呢，老师?”东方优跟在老师屁股后面去见校长。

校长对东方优的情况了如指掌。“既然本人有强烈要求，学校就如实地给他写个鉴定吧，看看怎么措辞，反正就是那个意思。咳，怎么遇到这么个主儿，非要证明自己是傻子，真是傻到家了。”校长让教导处的一位工作人员起草了一份鉴定材料，他又改了改，誊清后还加盖了公章，然后递给了东方优。东方优如获至宝，爱不释手。他回家后的头一件事儿，就是把小学毕业证书和这份“傻子证明”并排镶装在同一个镜框里，然后端端正正地挂在屋里的墙上。

他跟妈妈说：“怎么样，别人读六年书只拿回一张证书，我拿回了两张，厉害吧?”

一张嘴就露出个 “破腚”

东方优小学一毕业就开始“跟车”——跟他父亲赶牛车。

这算是生产队对他的照顾。跟车活儿不算差，冬天运粪，秋天运粮，平时拉些石头、沙子、木材、饲料等杂七杂八的东西。

东方优既有高小文凭，又有傻子证明，这两张纸都对他能干上这份“美差”起了作用。

一个十四五岁的孩子在当时村里人的眼里也差不多是个大人了。东方优每天早晨天不亮就起来，跟在老爸的后头，先到生产队的牲口圈里把牛牵出来套在车上，然后该拉什么就拉什么，忙乎到晌午回家吃口饭，要是运的东西远，早晨就带上干粮，中午就不回来了。

父子俩装车卸车、赶车坐车，配合得挺好。闲着没事，东方优还能跟老爸你一句我一句地唱两曲小调，逗得旁人乐乐呵呵。

东方优虽然傻，但毕竟念了几年书，识了一些字，看报纸没有问题，所以生产队里搞政治学习时，经常让他读一段报上的文章。每到这时，生产队长总先吼一嗓子，让大家静下来，然后说："现在让傻子读，我们听！"于是傻子开始有板有眼地念起了报纸上的中央精神。久而久之，村里的社员们都把生产队长那句"傻子念，我们听"的口头禅改成了"傻子说，我们听"的双关语。

东方优最愿意参加政治学习。他对读报这件事很上心，读报时的神情挺得意。偶尔也有认不出来的字，他很实在，不会连蒙带猜地瞎念一通。凡是遇到生僻字不认识时，他都会说一句："他妈的，不认识，过去！"然后再接着念。要是赶上哪一篇文章不认识的字多了，你就会不时地听到一句"他妈的，不认识，过去"之类的插入语，让人大笑不已。

至于文章内容有什么不懂的地方，大伙儿都不会难为他，因为他有"傻子证书"。生产队长讲话时常念别字，这一点东方优很瞧不起，曾当面指出他的错误，让生产队长下不来台，并笑话队长讲话破绽（东方优读作“腚”，不知是故意出洋相，还是也念错了）百出，是“一张嘴就露出破腚来”！对此，生产队长一笑了之，谁会跟一个傻子较真儿呢！

据说那个时代有人把官方大报头版头条的通栏标题“西哈努克亲王八日到京　外交部长姬鹏飞到机场欢迎”读成了“西哈努克亲，王八日到京，外交部长姬鹏，飞到机场欢迎”。这种情况在东方优身上没有发生过。他最多把阿沛·阿旺晋美当成了两个人，犯过“阿沛，还有阿旺晋美同志也出席了会议”之类的小错误。

现在如了

东方优关心政治，这也与他识字读报有关。

这位好歹也是高小毕业的傻子对于政治有着与众不同的观察视角和灵敏的嗅觉。

在一场更为激烈的政治风暴到来之前，他说他的腰腿病又犯了，要请假在家里躺上些日子。问题是，他以前没得过什么腰腿病，怎么会“又犯了”呢？他父亲东方良似乎比外人更了解儿子，他说：“净装病，我看你是懒病犯了，挣不着工分，分不着口粮，我让你喝西北风去！”

东方优根本不在乎父亲的脾气，他在家里闲待着，又把镜框里的“傻子证明”拿下来看了又看，再小心翼翼地挂回墙上，像反复把玩一件艺术珍品似的爱不释手，意犹未尽。现在回想起来，这张“傻子证明”的确起到了某种护身符的作用。因为东方优常常一不留神就冒出一两句不合时宜的怪话来，若不是有一份文字材料证明他的特殊“身份”，他的那些怪话就可以上纲上线定为政治反话，相反，现在他的那些怪话则可以被视为蠢话傻话而免于追究政治或刑事责任。

比如，东方优在佩戴伟大领袖像章时就神气活现地跟别人比阔气，他指着队里一位社员胸前的主席像说：“你戴的是什么破玩意儿，是次品，跟我的比差远了，像个狗牌子一样！”这句话要是换个人说，那就性命难保了，而谁会跟他计较呢！

再比如，在生产队召开的忆苦思甜大会上，东方优嬉皮笑脸地走上台，把新旧社会的甜和苦做了最简短的比喻，说：“旧社会我们贫下中农过着牛马不如的生活，现在我们如了！”

还有，当人们高喊“谁反对毛主席我们就砸烂他的狗头”时，他却天真地纠正这句口号的不周全，他问上级领导：“砸烂他的猪头也行么！你要知道并不是所有反对毛主席的坏蛋家里都养狗，如果他家里没有狗的话，我们是不是就没什么可砸了呢？这不是便宜了那些反革命坏分子了吗？所以，我建议没有狗头可砸的，要砸他的猪头，没有猪头的也可以砸他的羊头，反正要砸烂一种牲畜的头。”后来东方优觉得自己的建议有一些逻辑关系理不大清楚，又向领导反映：“我觉得有些不大对劲，反对毛主席跟狗、猪、羊的头有啥关系？”领导大怒，挥手给了他一嘴巴：“你要是再说傻话，我先砸烂你的头！”

傻子变成了结巴

对于领导扇来的耳光，东方优还是笑脸相迎。这丝毫没有挫伤他的政治热情，他把那莫须有的“腰腿病”早就忘到了脑后。

东方优最热衷的一件事情就是在“最最最敬爱的毛主席”面前，以及在“毛主席万万岁”的时髦口号的后面加上数个、数十个甚至是成千上万个“最”和“万”字。他像背圆周率似的，一个人摇头晃脑没完没了地“最最最最最……”或“万万万万万……”说下去，直到被人强行打断时才会出现“最最敬爱的”或“万万岁”的结语。

不知他是自觉有趣，还是表明自己无限忠诚，反正在一年左右的时间里，东方优一闲着就“最最最……”地叨咕，跟念经似的，一念就是三四里地的长度。

功夫不负有心人。一年下来，东方优成了个地地道道的结巴，一张嘴，头一个字至少要重复十几遍，跟打机枪、放鞭炮的效果差不多。遇见熟人一打招呼就成了“大、大、大、大……大叔，上、上、上、上……上哪儿去”或者“队、队、队、队……队长，我、我、我、我……干啥活儿”。

“干啥活儿？你能干啥活儿？是活儿你就干不了，你就喝、喝、喝、喝……西北风吧！”队长打趣他。

“那、那、那、那……那好，我、我、我、我……我听队长的。”东方优的脸上挂着灿烂的笑容。

结巴是那场革命运动留给东方优的纪念，也是他无限忠诚的记录。为了治好他口吃的毛病，父亲东方良想了许多土办法，包括趁儿子不注意，抽他一耳光或踹他一脚等，均不奏效。后来，一个偶然的机会，他去一个姓汪的家里喊人，走进人家的院子里“汪、汪、汪、汪”地喊了半天，结果冲出来一条狗，把东方优的小腿肚子撕开了一条大口子，那条狗可能是误会，以为这个傻子在模仿它。从此，他的结巴毛病基本治好了，但没有完全去根儿。现在如果遇到“最”和“万”字，他还会重复几遍。

结巴当上了广播员

高小文凭、“傻子证明”和狗是东方优的幸运符和吉祥物。

狗咬了他的腿，却治好了他口吃的毛病。他感谢那条狗。

东方优不再结巴了，他要求队长给自己安排点儿事情做。队长还是那句话：“你能做啥呢？重活你不愿意干，轻活你又干不了。哎，对了，你报纸念得不错，干脆去队里当个广播员得了。我可说好了，只能照着念，不准脱稿讲，明白吗？明天跟我一块儿去试试。”

就这样，傻子当上了广播员。

东方优每天要做的工作分为早、中、晚三个时间段，每段四十分钟，念一些指定的社论、评论员文章以及会议通知、本地要闻等，中间插播一些歌曲、快板书、三句半、对口词之类的文艺节目。

东方优最拿手的是每个时段开始时的几句导语诗，这是一男一女每人一句的朗诵：

男：文化大革命响春雷

女：春雷滚滚凯歌飞

男：文化大革命旌旗奋

女：旌旗飘飘映朝晖

男：文化大革命战鼓擂

女：战鼓隆隆壮声威

东方优每次朗诵时都精神振奋，斗志昂扬，声音浑厚而响亮。

东方优的音质、音色很喜庆，与他那四季不变的表情一样，他的嗓音中总会有某种笑意。他最擅长播喜讯，念喜报，过于庄重和严肃的东西他读起来就不是很到位，甚至会引人发笑。他在声音上天生的局限，使他在广播站只干了三个月时间，因为三个月后他遇到了麻烦，他无法胜任大量朗读悼念性文字的工作，而不得不又回到了家里。那是在中央《告全党、全军、全国各族人民书》播发的第三天。

三个月的广播员工作，让东方优有了很大的自信和很高的心气。他结巴的毛病进一步得到了纠正，尽管偶尔也出过小错。

如果毛主席能多活几年，东方优会继续发挥他那天生的喜乐嗓音和无邪笑容，让广大群众更多地相信祖国形势一片大好，而且敌人在一天天地烂下去，我们在一天天地好起来。

毛泽东走了，一个时代结束了。迎着红太阳的千万张脸泪如雨下，东方优笑吟吟的大脸上也前所未有地笼罩了几丝忧伤。

终于娶了个“女特务”

有那么几年光景，东方优像丢了魂似的，恍恍惚惚。

他把墙上镶着小学毕业证书和“傻子证明”的镜框收了起来。他心里空荡荡的，总像缺了点儿什么，坐卧不安。除了帮父亲干点儿农活，大量的剩余时间，他觉得不好打发，有时抓起一张报纸从头读到尾，从早读到晚，嗓子都读哑了。

夜里躺在炕上，东方优翻来覆去睡不着觉，眼前总有个迷人的“女特务”在搔首弄姿。他病了，茶饭不思。

儿子转眼到了二十八九岁的年龄，父亲东方良和母亲整日张罗替东方优娶个媳妇。论儿子的条件，想讨一个四肢健全、五官端正、能说会道的大姑娘看来是难了。他们把视线锁定在远近知名的跛子、麻子、缺胳膊少腿的残疾女人身上，但有智障者不予考虑，这一标准老两口很明确。好心人帮忙介绍了不少，都没成功。每次见面不是女方看不上，就是东方优瞧不起。他虽说有些傻，审美眼光却不低。只有一次，他对一位左腿有点儿毛病的姑娘产生了好感，俩人坐在炕沿上聊得挺热乎。东方优觉得女方好像也看上了自己，便越坐越近，不自觉地把手放在了姑娘的手背上，想摸一摸，没承想那姑娘噌地一下站了起来，狠狠地抽了他一个耳光，尖叫着："耍流氓啦!"弄得东方优脸都红透了。那姑娘哭着向介绍人提出要求，让东方优赔她一百块钱，东方优不肯，那女的寻死觅活，说见不得人了。最后东方良老两口掏了五十块钱给了那姑娘，算是把事情压了下去。

东方优年过三十岁，在农村算是年轻的老光棍了。他不想再摸女人的手了，他认为女人的手是电门，一摸就是祸。他打算一辈子自己过，心里只装着电影里的"女特务"。

离东方优家不出一里地，便是公社政府的所在地了，那里的"自由市场"越办越红火。东方优待在家里寂寞，就央求他爸出了点儿钱，自己蹲在市场上做起了小买卖——卖一些蔬菜和海产品。他天生的笑模样，让过往行人感到放心，来买东西的人挺多，这大概就叫"和气生财"吧！东方优赚的钱越多，脸上堆的笑容也越多，谁见了都不由自主地跟着笑。

一天，不远处走来了一位领着个五六岁男孩的小媳妇，打扮得挺俏，穿着一套紧身的深灰色猎装（那时不少年轻人，特别是小伙子喜欢穿这种衣服），戴着一副宽边墨镜。东方优两眼直勾勾地盯着突然出现的这位"女特务"，把手上秤盘里的黄花鱼洒了一地，惹得买鱼的中年汉子冲着他直嚷："傻子，你他妈的不想做生意啦!"

东方优不顾一切地尾随着那个女人走了十多里路，弄清楚了她住的地方。从第二天开始，东方优每天都跑到她家门口，连生意都给撂下了。

后经人打听，才知道那个女人的丈夫两年前被拖拉机给撞死了，她悲痛欲绝，急火攻心，害了眼病，未及时救治，终于双目失明。东方优托人说媒，与女人见了两次面，竟然成了。于是抓紧时间，置办婚事，两人过在了一起。

东方优终于娶上了自己心仪二十多年的“女特务”，心里乐开了花。新婚不久的一个晚上，“女特务”用手认认真真、仔仔细细地抚摸着东方优的脸，说：“累死我了，你这张大脸怎么老也摸不到头呢?”

万元户的光荣

结了婚的东方优成天美滋滋的，浑身有使不完的劲儿。他每天起早贪黑，挑水、扫地、做饭，外加到市场上卖海货，忙得不亦乐乎，用他的话说就是：“共产主义实现啦!”

他拿媳妇和孩子很当回事儿，对于老婆带来的儿子他没有丝毫的生分感，喜欢得不得了。一闲下来他就把孩子架在自己的脖子上，满街扭秧歌，嘴里还是念叨着小时候的那段：“一个年轻的老头儿，在一个漆黑的白天……”逗得老婆孩子街坊邻居哈哈大笑。

没出两年，东方优盖了一处新瓦房，还养了两头猪。建新房的钱都是他蹲市场攒下的。虽然手里的现钱没剩下几个，但那年年底，他被评定为村子里少数的几个万元户之一，因为房子和猪，以及母猪肚子里可能怀上的崽子都折算成了现金。

万元户很令人羡慕，属于中国最早富裕起来的少数人。东方优在方圆几十里的知名度再一次提升。傻子发了财，让聪明人的面子往哪儿摆？一些人不服气，却又遭不起那份罪——风里雨里、寒冬酷暑、灰头土脸地蹲在马路边市场上一分钱一分钱地挣，很辛苦。

成了万元户，还能受表彰。东方优参加了乡里召开的表彰大会，胸戴红花走上主席台，领了一张奖状和一个缎子被面。这是他平生第一次也是唯一一次获得奖励，他一如既往地傻笑着站在台上，用那永远不变的笑容歌颂着新生活。

回到家里，东方优把过去镶着“傻子证明”的旧镜框找出来，换上了万元户奖状，又端端正正地挂上了墙。过了两天，他把家里的老母猪卖了，好不容易凑足了三百块钱，捐给了乡里，“这是万元户应尽的义务”，他记住了乡里干部曾经对他说过的话。

有人编了几句歪诗记录了东方优当时的状况：

当了万元户，
搂着女特务。
养个野孩子，
卖了老母猪。

东方优听到了别人对他的这些评价，满心喜欢，笑呵呵地说：“还挺实事求是的嘛！”

谁砸了谁的饭碗

为了不辜负“万元户”的荣誉，东方优下决心一定要在信用社里存上一万块钱。

他每天蹲在市场上叫卖，声音透着喜兴和自豪，这使得其他商贩的吆喝声越发显得急躁。同行是冤家，竞争引起妒恨。傻子的摊位越来越小，并逐渐被其他商贩包围。东方优的生意不好做了。

市场需要管理，乡里派出了一批又一批戴袖箍的穿制服的各类执法监管人员整天在市场上转悠，这些人多是乡、村干部们的亲戚或朋友，他们管理的方法很直接——不停地收取各种费用。只要你在市场上一露头，那好吧，先交“露头费”，两块钱。然后还有卫生费、治安费、交易费，晚上收摊还要交“撤摊费”。若没有现金可交，那就用货物冲抵，要不就砸摊子。

东方优不敢再尽情地叫卖吆喝了，因为穿制服的执法人员警告过他：“如果你再瞎嚷嚷就得交两块钱的吆喝费！”

傻子乖乖地闭上了嘴，笑呵呵地问：“大将军，我能笑吗？我有傻笑的毛病，你不会因为我笑再收我广告费吧？”

“少废话，该收就得收。别以为你傻就能免税。小心我把你的摊子砸了！”“大将军”板着脸。

在东方优眼里，那些穿着各式制服、戴着大盖帽子的各类管理人员往往像将军，所以他一律尊称他们为“大将军”。他觉得他们穿着制服很神气，像电影里的党卫军少校。

东方优的摊子终于被砸了，是他自己砸的。

他边砸边笑，像闹着玩儿似的。好心人上来劝阻：“你砸了摊子，就是砸了自己的饭碗！傻子，你靠啥养活老婆、孩子?”

“这不是我的饭碗，这是他们的饭碗，”他指了指站在一旁的那些穿制服、戴袖箍的人，“我高兴我就砸!”

东方优不再蹲市场了，他回家跟老婆“女特务”商量，想到城里闯闯。

盲流不是流氓

“你到城里能干啥？傻乎乎的，城里人精着呢!”老婆不放心，透过墨镜“看”着他，用手摸着他的大脸。

东方优喜欢老婆戴墨镜，更乐意让她摸自己的脸。这些年他给老婆买了十几副墨镜，让她换着戴，他还一直想给老婆置办一身市场管理员穿的那种制服，好使她更像“女特务”。

“我傻，可我不坏。傻子不会骗人。城里人精，他们喜欢傻子。跟傻子在一块儿，安全！城里人懒，我勤快、有力气，啥都能干。你就放心吧!”东方优嘻嘻哈哈地安慰老婆。

“不行，要去我得跟着，咱把孩子也领着。你一个人出门在外，我心里不踏实，怕你让坏女人给勾引走了。”老婆心疼他。

“就你那么看……”东方优本来想说“就你那么看不见”，话刚要出口又缩了回去，“嘿嘿，就你那么看得起我！男过四十一朵花，你说对了，咱就一起进城去，儿子正好刚放暑假，顺便到城里见识见识，等我找到活儿，安顿好了，再把你和儿子送回来。”东方优兴奋得直搓手。

凭着手里的几百块钱积蓄，东方优想干一番大事业。到了城里，他看好了卖早点的营生，决定跟老婆一块儿蒸包子卖。他这些年最爱吃老婆蒸的包子了。“女特务”眼睛虽然看不见，但手脚很灵活，穿戴利索，干活也利索。只要有人帮把手，她就能做许多连正常人都做不了的事情。两口子一合计，说行，就租了间破平房，支起了锅灶，做起了“傻子包子”的生意。没钱租铺面，东方优就挑着两口水桶沿居民小区四周转，头两天卖得少，过了一个礼拜，每天能卖二十多斤。东方优乐得两个嘴角使劲往外扯，脸显得又大了一圈。

又过了十多天，麻烦事就来了。先是戴袖箍的查身份证、暂住证，又有穿制服的查务工证、经营证，再后来又来了穿白大褂的查卫生证、健康证。东方优统统拿不出来，扣水桶，没收包子，还罚了好几次款，最后查封了他租住的小平房。

有的说：“你包子里有细菌，吃了会中毒拉肚子。”东方优说：“每天卖不完剩下的我们一家三口都吃了，没有拉肚子。”有的说：“你蒸包子没穿白大褂，没戴口罩和手套，达不到起码的卫生标准。”东方优笑着问：“你们在家里做饭是不是也穿着白大褂，戴着白帽子、白口罩、白手套?”那人火了：“你这个流氓再胡咧咧，我就把你抓起来!”东方优说：“抓就抓吧，只要管饱就行了！再说盲流不是流氓，流氓至少得去摸女人的手。”他想起了当年因为碰了一个女人的手被骂为流氓的那一幕。

不管东方优怎么赔笑、解释、恳求，城里的执法人员都不留情面，把他的锅灶拆了，笼屉、水桶、面盆等统统扔到卡车上拉走。东方优怕吓着老婆、孩子，笑呵呵地跟他们娘俩说：“没事儿，咱先回去，总有一天他们馋包子了，会八抬大轿把咱们请回来的!”

从城里回到乡下，东方优学了个新词——“三无人员”，他觉得这个词挺符合自己的身份：无权，无钱，无烦恼。他是这样理解的。

离家是为了想家

东方优家里的耕地少，春播秋收的活儿用不了几天就干完了。一年田里产的粮食足够一家吃两年的，吃饭不成问题，缺的是钱。孩子上学要钱，老人治病也得要钱。东方优人傻心眼不坏，他有责任感。他想让儿子上学，不能光读到小学毕业，还要往上念，读中学、大学，只要儿子有本事，他愿意吃苦遭罪受大累。他把老婆和前夫的儿子当成自己的儿子。他老婆曾想再给他生一个，他说："我都有儿子啦，干吗还要再费那劲亲自鼓捣一个。"其实，东方优是不愿意看到戴着墨镜、穿着猎装的"女特务"挺着个难看的大肚子，那将破坏他儿时的偶像形象。

东方优秋收过后，想再往远处走一走，他要去省城里找份零工打打，等过年再回来。

他跟老婆说："你在家好好照顾儿子，我三四个月保准回来，给你买一副高级墨镜。"

"你还是把钱攒起来给我治治眼睛吧!"老婆嗔着他。

"那不行！你戴墨镜可俏啦！再说你要是眼睛治好了，一看见我得吓着，又跟别人跑了，我才不傻呢!"东方优也有心眼儿。

"那你不想我和孩子?"老婆怕他吃傻亏，想留住他。

"离家就是为了想家，就像电视里有个家伙说出国是为了爱国一样。"

东方优大概是大年三十才回来的，手上拎了五斤挂面。他在一家建筑工地干了四个月，工头卷钱跑了，他一分工钱也没领着。没法子，又替搬家公司搬了四天的家，往楼上扛冰箱、钢琴和红木家具，挣了四十块钱，正好够买一张火车票的。他舍不得把钱都扔在铁路上，为了买五斤挂面只好提前一站下了车，走了四十里才赶到家。

老婆心疼得直流眼泪，东方优开心地逗她："没挣着钱，咱也没丢什么东西。跟我一块儿干活的那几个，路比咱远，工钱没领着，还遭了抢，连棉袄都让人给扒走了。我这就挺知足的了，你瞧连这顶帽子都戴回来了。再说了，咱也不亏，人家不是每顿饭还给两个馒头一碗菜汤吗？四个月吃饭没花钱，权当都吃到肚子里去了。”东方优总想得开。

“省城啥样？”老婆抹着眼泪问。

“大！阔气！马路比咱场院宽。楼高。城里人家里的厕所比咱锅台还干净！”东方优说话的口气很陶醉。

“你去过城里人的家里？”老婆很好奇。

“去过，我帮人家搬家嘛！”东方优兴致勃勃地说，“有一家有钱人，房子真大，家里净是些值钱的东西！”

“都有什么值钱的东西啊？”老婆问。

“桌子。我搬家具时，那家主人冲着我嚷：‘小心点儿，别碰掉漆，那桌子可比你的命值钱！’”东方优比划着，“还好，我把手指盖蹭掉了也没让桌子掉一丁点儿漆，要不咱这条命就没了。”东方优得意洋洋地炫耀着。

人傻一点儿好

春节过后，东方优再一次去了省城。他先打一个多月的短工，再回家把地种上，然后又返回省城。从那年开始，他便正式成为涌向城里民工潮的一员，现在已是有十年以上打工经历的资深打工仔了。他像候鸟一样，定期回家（至少春节一定要回去），又按时“飞”向遥远陌生的大城市（他早就不满足于在省城谋活路了）。

东方优这十多年间，干过数不清的脏活、累活、苦活，但从未喊过苦和累，他走到哪里，哪里就有笑容和笑声。他那张分辨不出痛苦与欢乐的笑脸始终照耀着自己的前程。他用辛劳、真诚、乐观和愚钝，为自己和老婆孩子挣得了最基本的生存条件。

东方优的继子不仅读了中学，还考上了省里一所颇有名气的大学。他深知父亲的艰辛，在学校里他用功、节俭并乐于从事一些勤工助学之类的工作。东方优搞不懂儿子所学的专业，但他觉得儿子很了不起，他跟农民工伙伴们谈起自己的儿子时，脸上笑得灿烂无比。

前年春节，是东方优第一次在外地过年。因为春运的火车票实在太难买了，他排了两天三夜的长队，最后却从一个票贩子的手里花高价买了张假票，上车时被检票员和警察审问了大半天。他只好又回到了工地上。据东方优后来说，过年时当地的省长还亲自去工地慰问了他们，并亲自跟他们一起吃饺子。东方优笑容可掬的大脸格外引人注目，省长还跟他握了手，并征求外地民工对城市建设的意见。东方优不顾工地领导的眼色，傻呵呵地认真建议道：“省长，您再别拿钱打水漂玩儿了，您修的盲人无障碍马路是白花钱，压根就没有一个瞎子走，真不如把钱省下来，让那些盲人吃饱穿暖。”省长笑了，周围的人也跟着尴尬地笑了。“这叫与国际接轨，你懂吗?”省长拍了拍他的肩膀。“接什么‘鬼’?”东方优还是不明白。

去年大年初一，父子俩在家里团聚，儿子对东方优说："爸，等我毕业了，你就不用外出打工了，我养活你。"东方优乐了，乐出了眼泪。他说："爸爸傻，可你不傻。我能养活自己，等你将来有出息了，把你妈的眼睛治好吧！爸爸挣的钱只够给她买墨镜戴，你妈妈不能一辈子都隔着那两块黑玻璃看我们。"东方优还告诉儿子，"你爸爸这大半辈子很快乐，不知啥叫愁。你得像爸爸这样，人傻一点儿好！"

你是东方朔的后代

继子是孝子，他的一番心疼父亲的话让东方优感到浑身暖呼呼的。他已是五十开外的人了，常年的走南闯北拼死拼活，使他的体力透支，智力提升。年过半百的东方优脸上那一成不变的笑容，看上去傻气在消退，而多了些智慧的成分。

东方优接受了老婆的善意劝告，不再往遥远的南方奔波了，他又回到了省城打零工。这样选择，除了考虑体力的因素外（在建筑工地上爬高爬低的活儿他显然有些力不从心了），他还想离儿子近一点儿，个把月能见到儿子一面。

一个偶然的机会，东方优找到了一份笑着就能赚钱的好事情——给美术学院的学生和拟报考美术学院的考生当模特。这个活儿看起来很轻松，实际上很沉重。东方优要在众目睽睽之下端坐于椅子上，三个小时一动不动。为了多赚一点儿钱，他每天要接三四场的活儿，即每天要有九到十二个小时固定在椅子上。他的屁股从麻到痛再到失去知觉，有几次他还晕倒在画室里，让学生们很不满意。

然而，师生们还是愿意画他，说他脸上的笑容很奇特，很荒诞，也很深刻。一些考生们甚至对他产生了迷信，非画他不可，因为他们听说凡是画过东方优的人专业水平都急速提高，且考出了意想不到的好成绩。还有人说，有的画家和雕塑家用他做模特创作的作品获了大奖，等等，这些传说使得约请东方优当模特的人越来越多，价钱也有所提高——三个小时十二块钱，比别人多两块。

东方优很喜欢当模特的感觉，他坐在那里，任凭男男女女的学生们从不同角度观察、描摹，很有成就感。学生们时常跟他开几句玩笑，他都能机智地应答，逗得大伙儿很开心。

他自我介绍时说："我叫东方优。父亲叫东方良，爷爷叫东方中，祖爷爷叫东方差。一代更比一代强。你们也一样。"学生们笑成一团。有人说我们可比不了您，我们是九斤老太、七斤嫂，一代不如一代。东方优听不懂，也跟着乐。

后来一位老师郑重其事地告诉东方优："你的祖先肯定是东方朔。"

东方优瞪着眼睛认真地问："他是个什么人，您认识他?"

"东方朔可是个有名的大人物。他是西汉人，公元前的，距今两千多年了，是汉武帝的大臣。这个人足智多谋，诙谐风趣，善讲笑话，口才奇佳，可棒了!"老师还跟东方优讲了几段关于东方朔的逸闻趣事。

“像，还真像!”东方优说，“我不是说您的画儿，我是说你刚才说的那个东方朔跟我还真有点儿像。嘿嘿，看来我这傻笑还是祖上遗传的呢!”

我也能永垂不朽了

一位青年画家请东方优吃了顿饭，这件事让东方优乐不可支。

他跟画家讲：“这顿饭钱可是天价，二百多块！让您破费了。我长这么大，还头一次吃请，多大的面子啊!”他摸了摸自己的大脸，补了一句：“是啊，您看我的面子还真比一般人的大。”

画家告诉他：“以您为模特的那张油画，获得了‘双年展’的金奖，被中国美术馆收藏了，您的后代可以永远地目睹您的风采了。”

东方优问：“您是说等我死了，这画还在?”

“是的，这画会被永远地保存下去的。”

“啊，我这不成了永垂不朽了吗？哈哈，我也能永垂不朽啦!”东方优高兴得手舞足蹈。

“那幅画叫个啥名字，是叫东方优吗?”他很在意。

“不叫东方优，叫《荒诞》。”画家说。

“嘿，您又把我的名字改了。你可能不知道，我原来不叫东方优，小时候叫东方亮。上小学时才改叫现在这个名字的。优就是好的意思，这个您肯定懂。”东方优显然觉得画家未征求他本人的意见就改了自己名字的做法有些不妥。

“那是画名，不是您本人的名字。”画家说。

“化名？我可不要什么化名，东方优就是东方优，‘行不更名，坐不改姓’。”东方优不大理解画家的意思。

“没改您的名字，画名是作品的名字，跟您无关。”画家解释说，“再说，‘优’也不光是优秀的意思。‘优’在古代还是一个职业呢，专门搞笑的，相当于现在的小丑……”画家准备给东方优上一课。

“噢，是吗？那现在演小品、说相声的人就是‘优’了吗？”东方优请教道。

“大概就属于这一类的人。”画家点点头。

“我要是早知道‘优’就是逗乐的意思，从小就该去演小品。现在这些卖笑的可赚钱了！”东方优后悔当初把“优”理解为学习成绩优秀了。

画家最后还是硬塞给东方优一百块钱，这让东方优十分为难：“你替我画像，没跟我收钱，还给我钱，那怎么好意思呢？看来您跟我差不多，也有点儿傻。”

那一年，东方优终于在银行里存够了一万块钱，心安理得地自称是“万元户”了，这比当年乡里封他的“万元户”拖后了二十多年。

尾 声

我不久前见到了东方优。

“知道我是谁吗?”我问笑脸相迎的东方优。

“你不知道自己是谁吗?”东方优惊异地看着我，“那你得上医院看看啦!”他还是那副傻样。

“去你的，我是徐智，外号‘徐大个子’，你的小学同学呀。”我看他想不起来了。

“噢，你把身子转过去走两步我看看。”东方优又在搞鬼。“对！对！对！你是徐大个子。嘿嘿，一见你走路扭屁股的姿势我就想起来了。你后脑勺没事吧?”他笑着问。

“没事儿，就是留下了一块疤。”当年他曾拿凳子砸到了我的后脑勺上，差一点儿结果了我的性命。

“那你得谢谢我，那一凳子把你小子砸聪明了，当了大官。原先你跟我一样傻。”东方优觉得自己有功了。

“别胡扯了。你现在可出了名了，老家方圆几十里，都编排你的笑话，把你说得跟‘阿凡提’似的。”我这次回家就听了不少关于东方优的机智故事，多数是移花接木编出来的。

“傻子就是傻子，不能冒充。我可是有证明的。”东方优两眼眯缝着望着我，目光里透出一丝莫名其妙的优越感。

烦

烦，在哲学教授沙胡博士的脑子里有着清晰的定义。他同意他的外国同行——德国著名哲学家海德格尔的说法，烦是此在的存在状态。

·烦·

1

沙胡牙疼了半个月，终于痛下决心，决定回乡下的老家兔子窝看看。

兔子窝在沙胡的心里仅仅是一个“在”，一个哲学上的最高抽象概念而已。

沙胡是因为牙疼而一反常态的。当然他千里迢迢地回老家并不是为了看牙。是想家吗？他试图替自己违背诺言的行为找一个无可辩驳的理由。不！他觉得自己还没有虚弱衰老到想家的程度。烦，对，是烦，烦到了极点。他只想出去漫无目的地随便走走。他本打算走到哪里算哪里，但不知为什么兔子窝好像一直冲着他招手。他一个人坐立不安地在凌乱肮脏的房间里折腾了好几天，最后从用手捂着的腮帮子和变了形的半拉嘴角里挤出了几个字：“回兔子窝！”

烦，在哲学教授沙胡博士的脑子里有着清晰的定义。他同意他的外国同行——德国著名哲学家海德格尔的说法，烦是此在的存在状态。

在普通人看来，哲学语言总是怪怪的，像是疯话、废话和梦话的大杂烩。大而无当，玄而又玄，不着边际。沙胡平常嘴里冒出来的多属这些玩意儿，因为他在大学里讲授哲学课，说怪话是他的专长和专利。学生们普遍认为哲学教授有胡言乱语的特权，而听不懂哲学课是天经地义的事情。

对于哲学课的反感几乎是大学生的一种通病或时尚。这是沙胡近些年来时常心烦和牙疼的主要诱因。他讨厌那些贼眉鼠眼、急功近利的学生，他们总是在听哲学课时看外语、计算机、会计或日本漫画书。更令沙胡无法忍受的，是课堂里的呼噜声。

沙胡觉得时代变了，一个浅薄、势利的时代终于无法阻挡地横在了他的面前。思想性的东西几乎失去了所有的藏身之处。他只能忍受。

作为教师，沙胡把传道、授业、解惑视为自己的天职。他绞尽脑汁要把真谛告诉学生。传统的哲学教学手段显然无力打动听者，他开始探寻新奇的甚至是另类的讲授方法。他一度把流行歌曲填上哲学原理的歌词，唱给学生听，结果被学生哄下了讲台。他还制作了各种稀奇古怪的面具和服饰，像一个喜剧小丑那样在教室里上蹿下跳，效果也并不理想。学校容忍了沙胡教授的种种离奇的教学创新，开始时还给予了某种鼓励，但沙胡最终受到了通报批评。

这个通报批评使沙胡的牙疼病又一次犯了。他觉得自己冤枉。

通报批评是由学生告密导致的。沙胡教授在讲课时试图向学生阐明一个道理，即人的欲望是无止境的，而欲望的最终实现往往是事与愿违的。他讲了一个人人皆知的笑话：一个男人在沙漠里迷了路，饥渴难耐，几近死亡。就在他奄奄一息之际，他发现眼前有一个闪亮的瓶子，他把瓶盖拧开，里面冒出了一股黑烟，显形为一个魔鬼。魔鬼说："谢谢你救了我。为了报答你的救命之恩，我可以用魔法满足你的三个愿望。"于是，这位在死亡线上挣扎的男人用尽全身力气喊出了个"水"字。"哗"的一声，沙漠里出现了一片绿洲。甘甜的泉水从男人的身边流过，濒死的男人活过来了。他抹了抹嘴角的水珠，又提出了第二个要求："让我吃一顿饱饭吧。"话音未落，一桌丰盛的佳肴摆在了男子的面前。这位幸运的男人狼吞虎咽了一番，脸上露出了灿烂的笑容。魔鬼提醒他："我还可以满足你一个愿望。"这位仁兄想了想，不好意思地告诉魔鬼说："我很久没接近女人啦，我最大的愿望是一辈子都能看到女人的屁股。"魔鬼一脸奸笑，说："这好办。"于是，"嘣"的一声，那位男人变成了一只抽水马桶。

就是这个品位不高的西方幽默，使沙胡教授受到了全校通报批评。有学生给学校教务部门写了举报信，表达了对授课老师讲课的不满。

沙胡心里很不服气，他觉得学校小题大做。系里的同事趁机背后添油加醋地说闲话，把沙胡在课堂上讲"女人屁股"的事件渲染得有声有色，并断言沙胡教授的理想和愿望就是要变成女人的马桶。因为沙胡已经是四十好几近五十岁的人了，至今未婚，想必是早就变态了。

沙胡牙疼了，他想回老家，想去看看那位误导他走向哲学之路的叶老头儿。

2

县城的长途汽车站还没从熟睡中醒来，候车厅的大门仍上着锁。

站前广场上随处都是西瓜皮、苹果核、花生壳、食品袋、冰棍纸、成人的浓痰和小孩儿的粪便。苍蝇显然比人勤快，它们睡得晚，起得早，天刚亮就涌到了广场上，喊着“嗡嗡”的号子，开始了新一天的生活。

沙胡觉得自己像只苍蝇，而且是一只智商不高的苍蝇，他明明看到了大门上挂着锁，还是用脚踢了踢大门。

“你长眼睛是喝稀饭的？那么大的锁都看不见啊?!”从车站门外东侧的廊柱旁边传出了一个女人的声音。

沙胡不好意思地走过去。

“大嫂，去兔子窝镇的头班车几点开呀?”

那女人只顾低头在塑料布上摆放各种颜色的袜子，像是没听见似的。

“大妈，请问这车站几点开门啊?!”沙胡提高了嗓门。

“吵吵啥呀？你问谁呀？我是时刻表啊？去，去，去！别站在这儿耽误事儿，把苍蝇都引来了。”卖袜子的女人蓬头垢面且一脸怒气。

“不就是问个路吗，哪至于这样?”沙胡皱着眉头。

“你凭什么问我？我凭什么要告诉你？真是的，你以为你是我儿子啦？真是的，一边凉快去!”女人摆了摆手，像轰苍蝇似的示意沙胡离开。

“老太太，我买双袜子行吗?”沙胡蹲了下来。

“买吧，买吧，两块一双，三块两双，随便挑！这袜子耐穿，就算鞋子破了，袜子也不破。什么老太太，叫大婶就行了!”女人的口气有了些缓和。

“那就要两双吧，就这两双!”沙胡随手从摊上拿了两条黑颜色的，“大婶，去兔子窝的头班车到底几点开啊?”

“你这个人可真烦！什么兔子窝、驴子窝的，我只管卖袜子！你再给五毛钱，我替你打听打听。看你穿着西装皮鞋，人模人样的，还去那种兔子不拉屎的穷地方。再给五毛钱，我就告诉你!”老女人还是没好气。

沙胡从裤子的后屁股兜里摸出了一张皱巴巴的毛票，厌恶地扔到了塑料布上。“就两毛钱啦!”他无奈地摇摇头。

“行啦，去兔子窝的路前几天被大水冲毁了，现在不通班车。”老太太算是有了交代。

“嗨，你这个人怎么这样，不通车还收两毛钱，太不讲理了!”沙胡来气了。

“怎么不讲理?！不通车又不关我的事儿。把你这两毛破钱拿走，谁稀罕！瞧你那模样，皮鞋亮得直晃眼，还去坐破班车。真会装，捡垃圾还提着个大皮包，别显摆啦！有钱你干吗不坐出租车啊？哼，什么人啊!”

“道路不是让水冲坏了吗，班车不通了，那出租车还能走啊?”

“说你傻，你还真就抹鼻涕！出租车都是私人干的，只要能挣着钱，什么路不敢走啊！班车是公家开的，能停就停。这年头，连傻子都比你精!”她很鄙夷地瞅了沙胡一眼。

“那出租车去哪儿打呀?”

“你没长眼睛啊！满大街跑的到处都是。你还等着人家把车开到你鼻子底下啊！真是的，我怎么一大早碰上你这么个二百五。”她边说边从身边摸出一把小口哨，“嘟嘟”地吹了两声。

哨声刚落，有七八个男人冲了过来。

“谁要打的?”

“哪个要坐出租车?”

“是你要坐车啊？来，来，来，坐我的，便宜!”

没等沙胡缓过神来，那些衣冠不整膀大腰圆的司机们便开始拉扯起来。

“坐我的，去哪儿？兔子窝？行，那里我熟悉，一百元怎么样?”

“八十块，我拉您去。我的车有空调。”

“六十，有车票，能报销，上来吧!”

“五十块，送到家门口!”

“四十，我路上请你吃西瓜!”

“三十，三十，车上的冰棍、雪糕管够。走吧，走吧!”

“二十五，快上来。我连油钱都赚不回来，赔本送你!”

“我的包呢?”沙胡急了，“谁抢去了我的手提包?”他被拉扯吵闹得晕头转向。

“在这儿呢！没人抢你的破包。来，上车吧，我送你。包已放在车上啦！来，来，来，从右边的门进，左边的门打不开。”一个小伙子嬉皮笑脸地把沙胡按到了车上。

3

“是去兔子窝吧？您说，怎么走?”小伙子钻进驾驶座，一副胜利者的表情。

“什么？怎么走？你开车的不知道怎么走?!”沙胡惊魂未定喘着粗气。

“我当然知道了！我问您走哪条路？上不上高速?”

“高速路？去兔子窝有高速路？好啊，那就走高速吧!”沙胡一脸惊奇。

“高速是通向高新技术开发区的。要收过路费，这得由你自己付。如果不想交钱，就走原来的老路。路上不太好走，坑坑洼洼的。走哪条路都行，你自己定。”小伙子说得很清楚。

“那就上高速吧！”沙胡答道。

车发动了。一股刺鼻的浓烟从车屁股上喷了出来。

“你这是什么车，怎么会排出这么黑的尾气？”沙胡坐在车上下意识地用手捂了捂鼻子。

“这车叫联合国牌，烧柴油的。没见过吧？我自己攒的，自行设计，自我组装。别小瞧这辆车，后视镜是‘宝马’的，烟灰缸是‘奥迪’的，车上有两颗螺丝还是‘奔驰’的呢！就是发动机差了点儿，是我一哥们儿从拖拉机上卸下来的。”小伙子得意地白话儿着。

“这车安全吗，允许上高速路吗？”沙胡有些担心，“你慢点儿开，咱不着急！”

“绝对安全！你放心吧，就是撞上人也没事儿。这车马力不大，劲儿小！这地方这种车多着呢，不光这一辆。高速路才不管呢，只要交钱就行。你瞧，那不还有牛车在高速路上跑吗？跟它比，还是咱的车快，不信我再给点儿油，那感觉不亚于方程式赛车！”小伙子真的踩了一下油门。

“别，别，别，你还是悠着点儿吧！别毁了你的宝贝车！”沙胡赶紧阻止，他觉得车体都要散架了。

不出十分钟，车就到了收费站。

“请交十元钱！”收费的小姑娘穿着一身二十世纪七十年代的草绿色军装。

“交十块钱，还是交五块钱？”小伙子回过头来问沙胡。

“什么？”沙胡不解地问。

“要收据就交十元钱，如果不要收据就交五块钱。你能报销吗?”司机问沙胡。

“不能。”沙胡说。

“那就五块钱,”司机递给了穿“军装”的收费小姐,“我先替你垫上,到了你再给我。”他回过头来又向沙胡强调了一句。

“咱这就出了高速路了,下一段路可不好走啦!”小伙子抱歉地笑了笑。

“高速路就这么短?”沙胡觉得没走多远。

“往西头奔还长着呢,那边是开发区。我们得往东拐。”

“嘿,开发区,哪儿办的开发区?”

“是乡里的。这些年开发区多了,有省里的、市里的,也有县里的、乡里的。没用,净胡折腾。”小伙子不以为然。

“开发区是做什么用的?我的意思是说那里都开发什么?”沙胡进一步打探。

“不知道。好大的一块地,挖得乱七八糟。堆放了不少红砖、钢筋、石材之类的建筑材料,放了好几年了。我不知道要干什么。前两年建了两栋小楼,挺时髦的,说是日本外商投的资,玻璃幕墙,太阳一照刺眼睛。那楼紧挨着马路,司机路过那儿常被强光刺得睁不开眼睛,出了好几起车祸。现在厂子倒闭了,楼还没有倒。你往西边望,对,那两个闪闪发光的地方就是。嗨,瞎整呗,可惜了那片地了,原先都是粮田。”小伙子夸张地长叹了一声。

“哎,先生,您到兔子窝是买地还是娱乐啊?”车颠得很厉害,司机可能是想通过聊天转移沙胡的不舒服感。

“买地？娱乐？”沙胡重复了这两个关键词。

“地都卖光了。头些年便宜，现在拿钱也买不着了。我看您拎着个大皮包，像是有钱的大款。土地开发商都是大款，大款一般走到哪儿都提着个大密码箱子。噢，对了，你的皮包有没有密码锁？”小伙子显然是在调侃。

“哈哈，我这皮包里的东西可值钱了，全是金条。”沙胡开始逗了。

“那你到兔子窝好好玩吧，金条好使。”开车的小伙子诡异地朝沙胡撇了撇嘴。

“兔子窝有啥好玩的？穷乡僻壤的，有钱也花不出去！”沙胡不屑一顾。

“啥？有钱花不出去？就怕您没钱！稍微玩点儿大的，一夜没个几十万块钱下不来。”小伙子觉得客人小瞧了兔子窝。

“玩啥要花这么多钱？”沙胡好奇地问。

“你不是便衣吧？不像！玩就是玩呗，玩钱，赌博。您不像是警察，再说警察也玩。”

“在哪儿赌？公开的赌场？”

“公开的，但不叫赌场。饭店、酒馆、茶庄、洗浴中心，都能赌。”

“是吗，乡里还有洗浴中心？”

“嗨，您是头一次来兔子窝吧？洗浴中心有好多家呢，满大街都是。您要是不赌，还可以找找‘小姐’。那儿玩的地方多着呢，‘小姐’也多。当地的，外省市的，还有俄罗斯的洋妞呢！”小伙子说得眉飞色舞，不时地打个响指。

沙胡并未受到司机兴奋劲儿的感染，他一下子变得沉默了。他转过身子，把脑袋侧向车窗，透过弥漫的尘土仔细地审视着马路旁不断向后驰去的景物。

4

马路上横着的一根木杆挡住了“联合国牌”出租车前行的企图。

司机摇下车窗冲着手上举着小红旗的小伙子说：“怎么把路挡上了，快帮帮忙。把杆子抬一下，让车过去!”

“你没长眼睛啊？前面修路，不让通过!”那位拿红旗的小伙子个头不高，但嗓门很大。

“大哥，求你啦！抬抬手，我有急事，家里有人病了。”司机冲着他紧着点头。

“没用，家里人死了也不行。不让过就是不让过！全路都封了!”看路的小个子转身要走。

“别，别，别！哥们儿，好商量。”司机赶紧打开车门下了车，紧追了上去，“哥们儿，来，买个西瓜，解解渴。”他边说边从兜里掏出了十块钱塞给那位把关的。

“不行，不行。”看路的小伙子坚持原则，拒绝收钱。

“再加十块钱，拿着拿着。”司机又从兜里掏出了一张钞票往对方的手里塞。

“行，过去吧。”看路人把杆子抬了起来。

“谢谢啊!”司机重新把车发动了。

“前面修路，能过去吗?”沙胡担起心来。

“修个屁路，就是收钱！这买卖，没关系谁能摊上这种活儿。”司机指的是设卡收费的小伙子。“这兔崽子说不定是公路局长的小舅子呢!”

“没人管吗?”沙胡明知故问。

“管？还是别管的好！管理就是收费，不管还好，越管收得越多!”司机愤愤不平地回答道。

“你对兔子窝镇熟吗?”沙胡换了个话题。

“熟，熟得闭着眼睛都能走回去。我就是兔子窝人。”小伙子说。

“那你认识一个姓叶的老师吗？是乡中学退休的老头儿。”沙胡兔子窝之行的唯一目的就是去看望这位不知死活的老头儿。

“姓叶？不大清楚。多大岁数?”开车的小伙子偏了偏脑袋。

“七八十岁了吧，前几年听说还活着，不知如今还在不在了。”沙胡生怕扑空。

“中学里的老师我都认识，怎么没听说过这个人呢?”小伙子咂吧着嘴。

“你年龄小，这位姓叶的老师叫什么我也想不起来了。其实，我在乡中学念书时也不知道他叫什么名字，光知道他姓叶，老师、学生都喊他老叶头，当年国民党的兵。”沙胡努力说得详细点儿。

“噢，那个老怪物啊！我知道，那老国民党兵现在少说也有八十岁了。还活着，整天好喝酒，眼睛都瞎了。你也是兔子窝人？我怎么没见过你，再说你的口音不像本地人！”小伙子十分诧异地瞅了沙胡几眼。

“我就是兔子窝生的，按老人的说法，是地道的‘兔子窝的兔崽子’，离开老家快三十年了。口音变化不大，添了点儿南腔北调罢了。”沙胡自我介绍道。

“噢，我说嘛，你离开兔子窝时我还没出生呢。我只知道兔子窝这十来年出了好几个球星、歌星，他们有名得很。国家足球队的张铁头就是咱兔子窝的，真正的国脚，钱赚老了，去年回兔子窝我还请他给签过名呢。可牛啦！还有中央台‘玩出花样’的主持人西瓜，那也是咱兔子窝人，小子平常就爱说疙瘩话，现在可出名了，靠耍嘴皮子说脏话也能混出人样来。操，咱要知道抬扛骂人也能赚钱，咱从小就该下工夫练练，何必去背‘小九九’，做‘四则混合运算’呢！操！哪儿讲理去？”小伙子从羡慕自豪到嫉妒生气的转换速度很快。

“噢，‘兔子不吃窝边草’，兔子窝的人走到外边还是能干大事儿的。”沙胡驴唇不对马嘴地附和着。

“哎，说了半天，您是从哪里回来的？”小伙子问。

“我在北京工作。”沙胡答道。

“北京？你贵姓？咱兔子窝在北京的没几个人。”小伙子半信半疑。

“姓沙，是 1978 年考大学走的。”沙胡小声答道，他觉得跟“国脚”和主持人相比自己太没名气了。

“噢，您叫沙胡吧。在大学里当教授，我听说过。”司机冲着沙胡咧咧嘴。

“是的，我叫沙胡。二十六七年了，我还是头一次回到兔子窝呢!”他提高了声调。小伙子知道沙胡这个名字，着实让他兴奋了一阵子。显然，在兔子窝，沙胡还是有一定知名度的。

“那你听说过葛吉宝这个人吧？他是您的小学同学。”小伙子特地踩了下刹车，转着脸看了看沙胡。

“葛吉宝？噢，你是说‘葛坏水’吧！葛坏水是他的外号。这小子坏着呢，偷东摸西的，手脚有点儿不干净。把罐头瓶里灌粪汤冒充大酱送给班主任，还专门扒女生厕所，这家伙小时候坏透了。”沙胡还真想起来了昔日的伙伴。

“噢，他这么坏。他是我爹。我是‘葛坏水’的儿子!”小伙子闷闷地甩了一句。

“嗨，还有这么巧的事儿。你爹现在还好吧?”沙胡尴尬地应对着。

“死啦！都死了十年啦。”小伙子平静地说。

“是吗，他怎么死的?”

“喝酒喝高了，骑着摩托车撞到路边公共厕所的墙上摔死了。对了，撞的是女厕所。”

“太不幸了!”沙胡不知如何是好。“你长得一点儿都不像你爸爸。”沙胡试图挽回此前对其先父的不敬。

“您可千万别那么说，”小伙子并不领情，“我妈可不爱听这种话。”他冷冷地回了一句。

5

从县城到兔子窝的路的确不好走，过了高速路，车子左右摇摆的幅度差不多超过了前进的速度。司机小葛讲这叫“按摩路”，最适合像沙胡这样的教授们坐了。车子上下左右颠簸摇晃对于坐在车里的人来讲能起到充分的按摩作用。他说，他收的车钱里应加上按摩费。

车子经过河套时，底盘常能碰到河床里凸出来的石头，时时发出咔嚓、咔嚓的声音。河里留不住水，下雨时河水汹涌，雨一停，河水很快就跑掉了，只留下裸露的河床和从山上冲下的大小不等的石块。

葛坏水（葛吉宝）的儿子叫葛天西，虚岁二十一，跑出租已有三年了。

自打沙胡当着他的面说了他父亲小时候的表现之后，他便不再吱声了。

沙胡觉得很难堪，悄悄地掐了几下自己的大腿，算是自我惩罚。他试图打破这个僵局，又不知从何说起。就在他转动脑筋冥思苦想的时候，又一个巨大的“咔嚓”声，把他吓得一激灵。又是石块卡住了底盘，这一次车子动不了啦！

小葛无奈地下了车，从后备箱里拿出了根铁钎子，拱到车底下撬石头。沙胡也跟着从车上下来，帮助他清理车轱辘周边的碎石。

“北京的大教授哪能干这个活儿?”小伙子重新坐上汽车后冲着沙胡笑了笑。

“嗨，我从小跟你爸一样，都是吃过苦、遭过罪的人。这点儿活算什么?”沙胡明显地想套近乎。

“您也干过农活？真看不出来!”小葛顶了一句，“那您在大学里教什么，语文还是算术?”

“算术？不是，是哲学。”沙胡心里明白，在兔子窝的人看来，世上只有两门课：算术和语文。

“哲学？哲学是什么?”小葛很好学。

“哲学，哲学？我也说不清楚。”沙胡不知如何简单明了地给哲学下个定义。

“你不清楚，还能教学生？那不叫，叫什么来着，对，叫误人子弟吗?”小葛心里还是没忘沙胡对父亲的评价。

“不是那个意思，我是说哲学挺复杂的。我就是说了，你也一时半会儿搞不懂。”沙胡敷衍着。

“那哲学赚钱吗?”小伙子穷追不舍。

“不赚钱!”沙胡回答得很干脆。

“不赚钱学它干什么?”小葛挺失望地瞅了眼沙胡。

“是啊，我也挺苦恼的。这个问题很难答复你。”沙胡苦笑着。

“不用苦恼。干什么都是为了活着，就像我开出租一样，就是为了挣口饭吃。哲学就是你的出租车，而我的出租车也就相当于你的哲学，都差不多！你说呢?”小伙子大度地开导沙胡教授。

“你说得还真有点儿意思。在一定意义上，就是那么回事儿，哈哈哈，你还真机灵。”沙胡笑得很夸张。

“那我干脆到大学里当教授教哲学算了，既然咱俩都差不多。”小伙子说完了也哈哈地大笑几声。

6

用了两个半小时才跑了不足四十公里的路，等到了兔子窝，已经是半头晌了。

沙胡让小葛把“联合国”开到镇中心转一圈，他要好好端量一下自己离开了二十六七年的故乡小镇。

沙胡记忆中的家乡完全变了模样。存留于脑海浮现于梦中的小镇街景已是面目皆非了。

除南北东西垂直交叉而形成的十字路口仍然躺在那里外，马路两旁的建筑几乎全部被扒掉重建了。楼明显地高了。当初兔子窝最雄伟的标志性建筑——镇文化馆早已不见踪影，取而代之的是一幢五层高的银行大厦。街面上最气派的建筑物分别挂着银行、保险、派出所、税务和政府的大牌子，相对矮一些的楼宇（一般为二至三层）被五颜六色的广告牌包装得“花枝招展”，几乎所有的楼房外立面都是用马赛克、瓷砖和玻璃幕墙等现代材料包裹而成的，清一色的铝合金和塑料钢窗。

街上的行人川流不息。摆摊设点的小商小贩扯着嗓子举着商品声嘶力竭手舞足蹈地招呼着来往的行人驻足围观购买。

“繁荣就是嘈杂。”沙胡隔着车窗咕哝了一句。

“怎么样，比北京的王府井大街还热闹吧!”司机小葛得意地问。

“是啊，变化太大了，发展得真快啊!”沙胡附和着，他话一出口突然觉得自己俨然是一位外出调研考察的高级官员。他不屑地笑了笑自己刚才说话的口气和腔调。

“您不下车到市场上逛逛?”小葛建议道。

“不逛了，这儿我太熟悉了，也太陌生了。”沙胡摆了摆手。

“去您家的老房子看看吧，你家原来住哪儿?”小葛很善解人意。

“不去啦！我已经找不着家啦！去叶老师家，就是那个国民党兵叶老头儿家看看吧!”沙胡说的“找不着家了”在他自己那里大概包含了另一层哲学意义。

“您家的老房子十有八九早就拆掉了。靠街的老房子差不多都扒光了。不看就不看吧，走，我知道叶老头儿住的地方。”小葛踩了踩油门。

“花里胡哨，花里胡哨……”沙胡眼睛望着窗外，嘴里反复地唠叨这四个字。小葛搞不明白，他到底是说镇里人的穿戴还是指道路两旁的建筑。

叶老师仍住在镇中学东墙外不远处的那间低矮的小破房

里。沙胡上初中时曾经来过这儿。

屋子里很黑，尽管是晌午了，房间里的光线仍很弱。

屋门是敞着的，沙胡用拳头敲了敲那脏兮兮的门板。

“叶老师在家吗?”沙胡喊了一嗓子。

“谁呀?”里屋有应答。

“是我!”沙胡边答边进。

“我知道是你，你是谁呀?”叶老师声音提高了几度，结果把咳嗽勾了上来。

“我叫沙胡，您还记得吗?”沙胡快步走到床边，搀扶着试图坐起来的老爷子。

“沙壶?不记得了。什么泥壶、瓷壶的，我都用不上了!”老头儿耷拉着脑袋。

“叶老师，我是您的学生。1978年到北京上大学的。那年就我一个考上了。我还向您请教填报什么专业最好，您说学哲学专业最好，您想起来了吗?”沙胡贴着他的耳朵大声说。

“噢，是你呀，我想起来了。我眼睛瞎了，可耳朵不聋，你用不着嚷嚷。对，对，对!我常跟别人说，咱兔子窝的这些小兔崽子就你有出息!”老头儿乐了，又咳嗽了一阵子。

“你现在干什么呢?”老爷子问。

“您知道海德格尔吗?”沙胡想告诉老师自己目前的研究方向。

“你拿洋酒啦?我喝不惯那玩意儿!”老爷子回答道。

沙胡心里很不是滋味，当年曾在这间小屋子里大讲黑格尔和斯宾诺莎的智者，如今却把哲学家海德格尔当成洋酒牌子啦!

“我给您带了两瓶茅台，是国产的，不是洋酒。”沙胡说着顺手从皮包里拎出两瓶酒放在床边的桌子上。

“茅台？真的假的？那玩意儿是咱老百姓喝的吗？快拿走，我就是明天去死，也不喝那金水!”老头儿挥了挥手。

“是真的。是学生孝敬您老的，您就笑纳了吧!”沙胡打着哈哈。

“哼，我不稀罕那玩意儿，有名无实。我就得意本地产的‘小烧’，不信你尝尝，装酒的塑料桶就放在床底下，你自己倒。桌子上有碗。我瞎模糊眼的看不见，你自己倒，也给我倒一碗。”老叶头边说边比划。

“叶老师，我不会喝酒，您留着自己喝吧。”沙胡扫了一眼屋子，破烂不堪。四面墙上的白灰早就掉得差不多了，黄色的泥底也被烟熏火燎得变成了脏黑色。

老头儿又咳嗽上了，他告诉沙胡自己活不了几年了。他说他自己今年至少八十岁了，因为他一直搞不清自己具体的出生年月。反正当年参加国军时也就十五六岁，打日本鬼子受过伤，后来部队起义投靠了共产党，念过军校，成了通信兵。新中国成立后历次运动挨整，历史问题算是永远也讲不清了，监狱蹲过，劳改所去过，各种刑罚差不多尝遍了，孤身一人能活到今天，老叶头认为这是奇迹中的奇迹。

“沙，沙，沙……”老爷子又想不起名字了。

“沙胡。”沙胡赶忙提醒。

“对，沙胡啊，我跟你说啊，人不要活得太长了，活得一点儿尊严都没了。我今天就算八十岁吧，我觉得我活了一万年啦，真长啊，这什么时候是个头啊！嗨!”老爷子活得不耐烦了。

屋子里的霉味太大了，沙胡觉得很不舒服。他说不敢耽误老师休息，欲起身告辞。

老叶头拽着沙胡的胳膊，执意让他把茅台酒带走。“我喝那种酒睡不着觉啊！伤天害理呀！快拿走，我只喝‘小烧’。‘小烧’好喝，价钱也便宜，要用你买那一瓶酒的钱买‘小烧’，我天天喝，一年都喝不完。”老师的话提醒了沙胡，他只好把茅台装回大皮包里。

7

沙胡提着皮包溜达到了镇中心，钻进了专卖“小烧”的酒馆。“小烧”的铺面不大，牌子不小，叫“醉全球小烧酒馆”。屋里摆了五张简易的高密度板做的酒桌，七八个男人散坐在那里，光着膀子喝酒。桌子上的盘子里盛着猪头肉、炸花生米之类的下酒菜。卖酒的柜台冲着正门，沙胡刚一进门，卖酒的中年汉子便扯着嗓子打招呼：“来，来，来！稀客，稀客，尝尝当地的小烧酒，纯粮食做的，喝了解乏不上头！来半斤还是二两？加盘猪头肉，热乎的。”老板边说边拿出杯子来做打酒状。

“不要菜。来五百斤‘小烧’。”沙胡凑到了柜台前。

“多少?”胡子拉碴的老板眨巴了几下眼睛。

“五百斤!”沙胡伸出了五个手指头。

“五斤还是五百斤?”老板伸了伸脑袋。

“你这一塑料桶多少斤?”沙胡拎了拎摆在柜台上的一大桶酒。

“一桶二十斤。”老板答道。

“那就要二十五桶，一共五百斤。”沙胡重复了一遍。

“好，好，好!”老板见来了大生意，乐得直点头，“您什么时候要?”

“这就要，你替我送到家里。”沙胡准备交钱。

“没问题，你说送哪儿都行。”老板搓着手，兴奋得直哼哼。

“一共多少钱?”沙胡掏出了皮夹子。

“便宜，一斤一块二，一共五百斤，合着是一五得五，二五一十，对，统共六百块钱。”

“给你，六百块，你数数。你现在就送到镇中学东墙外的叶老师家里去。”沙胡把钱包放好，拉上了大提包的拉锁。

“叶老师？中学东墙外？噢，你说的是不是那个老叶头？就是在中学看门打更、刻蜡版的那个老国民党兵吧?”老板进一步核实。

“对，就是他！你也认识?”沙胡也挺高兴。

“嗨，我以为是谁呢，还叶老师呢！他没教过课，一辈子看门打杂，那老头儿命苦，遭老罪了。一辈子轱辘棒子——光棍一条。哎，你是他的什么人，没听说他有亲戚啊？嗨，你，你，你是沙胡吧？”老板瞪大了眼睛。

“你认识我？你是谁？”沙胡也愣了一下。

“你不认识我啦？我是你小学同学，你想想！”老板伸手拍了一下沙胡的肩膀。

“我觉得有点儿脸熟，但一下子又想不起来啦！”沙胡在脑子里迅速检索。

“操，老同学现在混出人样啦，连光屁股一块儿长大的小哥们儿都忘了。”老板又拍了一下沙胡。

“操，你现在又没光屁股，我怎么能看出来呢？”沙胡也跟着打趣儿。

“再提醒一下，我姓宁，叫宁大强。还没想起来？”老板有些不乐意了。

“宁大强？你外号叫啥？”沙胡认起真来了。

“操，外号‘疤瘌脖子’。我爸爸脖子后面有块疤，他叫‘大疤瘌脖子’，我叫‘小疤瘌脖子’。这辈子别的没沾过老爸的光，就继承了他的外号。想起来了吧？”老板不好意思地用手挠了挠后脑勺子。

“我操，你是‘疤瘌脖子’，不，不，不，你是大强，宁大强！太巧了，没想到今儿个碰上你啦！”

“沙胡，你的外号叫尿壶，没错吧？我可记得。”宁大强故意叫沙胡的外号，算是扯平了。

“对，叫尿壶。操，咱小时候的外号没一个好听的。哎，我问你，你怎么能认出我来?”沙胡拍了拍“疤瘌脖子”的胳膊。

“嗨，要是在街上碰着，我也认不出来。你离开兔子窝时也就十二三岁，对吧？刚上初中，对吧？以后咱就再也没见过面，对吧？我记得你们家先搬到城里，你后来又考的大学，对吧？有三十年没见过了，对吧？我是去年还是前年在电视上看见过你，忘了你当时在白话什么啦，反正讲得跟真的似的，电视上有字幕，写的是大学教授沙胡。我越端量越像，就喊我那口子，我老婆，也是咱班同学，外号叫‘蔡包子’的蔡玉梅来看，这才敢肯定是你。”

“‘蔡包子’是你老婆？她我可记得，胸脯老是挺着，比别的女生成熟得早，走路的姿势就这样。”沙胡兴致勃勃地比划着。

“操，说起女同学你倒能记住?”宁大强故作不满。

“你甭说，还真是那么回事儿。那时候才多大点儿，对男女的事儿就开始嘀咕啦！早熟哇！哎，咱班小学的那些女生都咋样呢?”沙胡的好奇心瞬间得到了激发。

“女生？什么女生，你是说咱班那些老娘儿们啊！现在都是半大老婆子了，还女生呢!”宁大强故意贬损沙胡。

“你给介绍介绍，她们现在都干啥呢?”沙胡追着问。

“先别说这个，咱先把酒送给老叶头。这样吧，酒钱算一块钱一斤，我不能赚老同学的钱，这一百块钱还给你。”宁大强掏了一张票子往沙胡的手里塞。

“算了吧，别扯淡啦！你也不容易，就这样。”沙胡把钱扔到柜台上。

“你给老叶头买那么多酒干啥？让他洗澡啊？”宁大强问。

“嗨，我刚才拎了两瓶茅台去看他，老爷子死活不要。嫌贵，说是喝了那‘金水’伤天害理，不得好死。没办法，我就以两瓶茅台的价格，给他买了‘小烧’。”沙胡把事情的原委简单地说了说。

“老叶头说得对，老百姓谁能喝得起那种酒？用一小瓶能换一大缸，喝一顿跟喝一年哪个划算，这不是明摆着吗？咱这是乡下，得来实惠的！往三轮车上装二十五桶‘小烧’，快！你什么时候回去？”大强一边吆喝着店员装车，一边回头问沙胡。

“我想下午回城里，后天回北京。”

“别扯了，下午就走？那不是瞎扯吗？骂人呢！老同学快三十年没见了，说啥也得聚聚。你不是还惦记咱班那些老娘儿们吗，说啥也得瞟一眼啊！你听我的，等会儿咱把酒给老叶头送去，然后找一家饭馆，没吃饭吧？我再把在附近住的咱班小学的同学统统给喊来。他们要是知道北京的大学教授来看他们，还不乐得满地打滚啊！今晚在兔子窝住一宿，明天一大早就送你回城。怎么样？犹豫啥呀，跟老娘儿们似的，磨磨叽叽的！舍不得那两瓶茅台啊？一会儿我请客，酒就喝你带的茅台啦！让俺们乡下人也开开眼，尝尝茅台是个啥味道。走吧，别盘算啦，操，多大点儿事儿！”

8

老叶头刚喝过酒，走路有点儿打晃。他得知沙胡给他买了五百斤小烧酒，失明的眼睛似乎也发出了光芒。

“喝吧，这是您从北京来的学生送给您的。可劲儿喝吧，比离休干部的待遇高啊！”宁大强哄得老头儿直乐。

“谁送我的？”老叶头还是搞不大明白。

“他送的。沙胡！他说您当年给他吃过小灶，讲过黑格尔！对吧，沙胡？是叫黑格尔吧？您要是给我讲过黑什么，我现在十有八九也在北京啦！他是专门来看您老爷子的。这酒够你喝一阵子的，喝不完可不能用它冲尿桶，洗洗脸还是可以的。”宁大强拿老头儿开玩笑。

“沙胡？我怎么不记得了？人老了，光知道喝‘小烧’了，啥都忘了。”老叶头看来是糊涂了，又搞不清一个钟头前见过的沙胡是谁了。

“咱们走吧，这老头儿就好这一口，成天醉了不醒，醒了不醉的。这五百斤酒，在兔子窝可成了大新闻了。沙胡，行啊！有尿性！这年头亲儿子都舍不得给老爹买酒喝，别说五百斤，过年过节能给老人买两瓶‘小烧’不兑水就算孝顺啦！嗨，完了！”宁大强拉着沙胡走出了老叶头的黑屋子。

路上宁大强告诉沙胡："老叶头前些年还能四处走走，喝点儿小酒话就多，常挂在嘴上逢人便讲的就那么两件事：一是说共产党抗日，国民党也抗日，可是到头来，共军抗日的能捞个离休待遇，国军抗日的只能吃'低保'。他在国民党军队里干过，又参加过解放军。结果是人家只承认前半段，不提后半段。前半段也不说抗日打鬼子连'命根子'都丢了的事。嗨，老头儿也怪可怜的。好在民政部门每月给他点儿钱，算是照顾了。现在年轻人没活干挣不着钱的人多了去啦，他也就不错啦。

另一件事老叶头也念念不忘，随处乱讲。他说兔子窝后街孙结巴家的老三孙武'文革'时是造反派，领着红卫兵打、砸、抢，中学原来教数学的宋大嘴宋老师就是让这小子活活给打死的，老叶头说这是他亲眼所见。打死宋大嘴的那天晚上，老叶头和他关在一起。孙武那天晚上领了几个人冲进屋里，用学校教室的板凳腿劈头盖脸地一顿乱打，板凳腿上的钉子把宋老师的脑袋刨开了花。后来可能是宋大嘴咽了气，他们又把他拖走了。你记得吗，咱们小时候听说宋老师畏罪自杀投了海，有这回事吧？老叶头说，人都打得没了气，还能跳窗户跑到十多里外的海里去自杀？操，不知是真是假。这种事没人查。你记得有一年，对了，那时你家已经搬走了。对，就是1978年，有一天县里来了辆警车把孙武拉走了，老叶头说那是抓走的，他看见孙武是上了手铐的。可是孙结巴后来说，那是公安局把他儿子请去的，是去当警察，不是做犯人。老叶头为这事儿差一点儿又吃了官司，老孙家说他造谣，侵犯了孙家的名誉权。

老叶头说，呸，他还有什么名誉。这年头真是黑白颠倒，明明是犯人，后来却当了警察，没听说犯人改造好了就可以当警察的。你知道吗，孙武现在可牛了，他是咱们兔子窝有史以来出的最大的官了，这小子现在是省里的公安厅副厅长啦！反正镇里的不少老人都说孙武这小子过去在兔子窝做了不少坏事。老叶头没儿没女，光棍一根，又这么大岁数，黄土都埋到脖子了，所以就他敢胡说，别人却不敢吱声！真搞不懂，你是教授，你学问大、见识广，你说这老叶头讲的是不是那么回事儿？我听着挺信的，都快入土的人了，我觉得他不会撒谎。噢，对了，大概前三四年，有一回，老叶头让车撞到了桥底下，这老头儿的命可真大，竟然活过来了。镇上有人私下议论，那说不定是杀人灭口。不说了，都是些乱七八糟的糊涂账，没人问，也没人查，咱一个小老百姓，就卖点儿小酒，喝点儿小酒，挺好！来，来，来，到了，咱就到这家海鲜酒楼吃饭。哎，都一点半了。我赶快招呼人。”

9

酒楼上下两层，大强跟老板娘打情骂俏地要了个楼上最大的包房。他跟老板娘说要照顾好沙胡：“这可是北京的大教授，数、理、化全会，不像你似的，算账还得脱鞋拨拉脚趾头！”

沙胡喝了几口茶，吃了块发糕垫了垫，大强便从外头转了回来："都通知好了，他们一会儿就到。"

"都有谁呀？别整那么多人，大家都挺忙的，别太张罗了。"沙胡的确觉得有些过意不去。本来这次回兔子窝没打算找同学，只是因为头天晚上梦见了老叶头儿，才很冲动地回来看看。沙胡当年搬到城里后，上高中，考大学，读硕士博士，经历了不同阶段的学习生涯，乡村小学和初中时代的同学早就成了似是而非、模棱两可的遥远记忆了。不同的年龄段，不同的生活圈子，不同的工作层次，决定了交往接触对象的差异。过去的小伙伴，现在都是四十大几的中年人了，儿时浅薄的感情基础不足以抗拒时间的无情冲刷。沙胡喝着茶水，心里头七上八下的。他头脑很难清晰地浮现出哪位小学同学的真实面目来。

"沙胡，"宁大强说，"我把咱镇的镇长请来了，你这么大的教授，镇领导不出面接待是说不过去的。咱镇最大的官就是书记和镇长啦，地方小，官的级别低。不管多大的官来了，咱兔子窝就他俩接待，你就别挑了。"

"别，别，别，大强你别胡来。同学聚一聚你惊动镇长干什么，净扯淡。再说，你的面子也够大的，还能把镇长请来。"沙胡慌忙制止。

"是你面子大，你要不来，咱能巴结上镇长吗？是借你的光啦！镇长你认识，也是咱班同学。"大强坐下来也咂了口茶。

"镇长也是咱班同学？谁呀？"

"别以为就你有出息。'拉豆儿'你记得吗？"

"记得，记得，长得这么高，小矮个子娃娃脸，一说话脸就红，笑起来‘嘎嘎’的，一声声不连着，像羊拉算盘珠子似的，所以大伙管他叫拉豆儿，‘拉豆儿’指的是他的笑声怪，他叫吴运海吧！这小子当镇长啦?”沙胡的兴致又来了。

“可不是呗，就是他。他现在可不是小时候的模样啦，你肯定一眼认不出来，五大三粗的，一米八几的大个子，当着一万个人讲话也不带脸红的。人在变呀!”大强点了点头，又摇了摇头。

“你快说说，你都通知谁了，他们现在都干什么呢?”沙胡急切地想了解昔日同学的现状。

“对了，沙胡，我忘了提醒你了，”大强满脸严肃，“待会儿同学来了，你先猜猜他们是谁。我估计你小子认不出几个来，也叫不上名字。这样，我坐在你边上，小声提示一下，别搞得很尴尬，像头晌咱俩见面似的，一个劲儿地说不认识。还有啊，如果他们不吱声，你最好别问他们现在干什么。咱班小学这帮同学，不管是男的，还是女的，都过得不错。不错是不错，那要看跟谁比了，跟你比肯定是不行的，大多数没啥固定职业。除了种地、做点儿小买卖，就是打零工，凑合活着吧!”大强不以为然地笑了笑。

“听你的，我理解你的好意。同学聚会嘛，就是图个乐呵！回到过去，一切都回到过去！只叙友情，不谈政治。还是小时候有意思，无忧无虑，没那么多烦恼。一晃就过了大半辈子，不管干啥，都是为了生活。嗨，教书也罢，种地也罢，靠智力谋生的头疼，靠体力干活的腰疼，都差不多！生活不是为了较劲，谁比谁好多少？七八十岁两腿一蹬都统一了。何必这山望着那山高呢？没鞋的多想想那些没脚的就知足啦！你说呢，大强?”沙胡听了大强的“提醒”，心里十分感动。虽说是个卖“小烧”的庄稼汉子，大强的善意和对生活的理解力让多年从事存在主义哲学研究的沙胡非常钦佩。哲学是抽象的，生活是具体的、琐碎的。能把存在主义讲得头头是道的大学教授，未必能从容应对日常生活中的零零碎碎。

“对，对，对，教授就是教授，说得在理。我只是顺嘴胡咧咧。没事的，小学这帮同学听说你回来了，一个个都快乐疯了。一会儿你小心让他们给撕碎了。特别是那些老娘儿们，一个比一个厉害，泼妇似的。你用不着斯文，该踹就踹。男人越踹，女人越爱。哎，你酒量咋样，能对付一阵子吧！要不行你别逞强，好虎架不住一群狼，这帮人不会轻饶你的。”大强又给沙胡打了预防针。

“喝酒我可不行，喝水没问题！我以茶代酒，一样能表达心意。‘只要感情有，喝啥都是酒’，对吧?”沙胡实话实说。

“操，那今天可毁了。咱班这些兔崽子干别的不行，就是见酒不要命，等会儿你看吧，非让你钻到桌子底下不可。”宁大强趁机吓唬一下沙胡。

“那我现在就跑掉算了!”沙胡真有点儿害怕了。

“跑？哈哈，你想往哪儿跑？快三十年了头一次回来，没等见到老同学就想跑？来，哥几个，咱先打断他的腿。”从门外一下子涌进六七个人，冲着沙胡扑了上去。

10

“猜猜，我叫什么名字？快说！”

“卢富来。外号‘大地瓜’。”

“哈哈，好小子，没忘了哥们儿，够意思！”

“那我呢，我是谁？”

“‘四瞎子’王明清！”

“‘四瞎子’是我爹，算你猜对啦，好记性！”

“我，你不该不认识吧？尿壶，咱俩可是一对啊！”

“哎呀，‘屎盆儿’，史德彪！没错吧？”

“行啊，沙壶，你的脑袋瓜就是好使，谁都没忘。我呢？我的名字你能叫上来吗？”

“呸，你小子我一辈子都忘不了。胆小鬼，上课去厕所不敢举手请假，愣是憋着，结果拉了一裤筒，差一点儿把全班的同学熏死。我现在看见你都能闻到臭味！孟文革！”

“他改名啦，叫孟改革啦！”

“是吗？你小子总是与时俱进。最早叫孟大鸣，那是‘大鸣大放’的意思吧。”

“再改也是那个熊样！该往裤筒里拉还是往裤筒里拉，有啥用呢？”大强用拳头砸了一下孟文革的前胸。

“来，来，来，别站着啦！坐下说，坐下说！来几个啦？

一、二、三、四、五、六，操，还没到齐呢！不等啦，不惯他们的毛病，咱先吃！”大强招呼大家围着餐桌坐下。

“吴运海呢？‘拉豆儿’还没来呢！咱还是等会儿吧。人家大小也是镇长啊，咱兔子窝的最高行政长官，仅次于香港特首！要不谁再给他打个电话催催。对，他忙！成天忙腐败。妈的，他不是答应要来吗？等等吧。”“大地瓜”建议道。

“对，等等吧，女生怎么一个也没见着？”沙胡补充了一句。

“操，我发现沙胡这回回来没有要见咱们的意思，一张嘴就是女同学。好色啊！我实话跟你说吧，咱班的那些老娘儿们，也就是你惦记的那帮女生，没一个生活作风过关的。呸，说漏嘴了，‘蔡包子’除外，就是大强‘疤瘌脖子’的媳妇，其他没一个好东西。操，你不见也罢，现在你要是看见她们，你下半辈子能后悔死，倒胃口你懂吧？哎，大强，你通知哪几个老娘儿们啦？”“屎盆儿”史德彪满脸的痛苦状。

“徐小霞、关雪梅、闫红，还有胡晶，一共四位，这都是沙胡刚才点过名的。别人都没告诉，就通知这几个。”大强眨了眨眼睛，“沙胡，是不是这几个？有漏的吗？”

“行啊，沙胡。算你有眼力，看来上小学时你比我们这些哥们儿成熟啊！这几个确实是咱班的‘花儿’。厉害，厉害！佩服，佩服！哎？徐小霞不是在县里的保险公司上班吗，她能来吗？”“屎盆儿”问。

“你请她肯定不来。沙胡有魅力啊！我给她打了电话，一听说沙胡回来了，她的声音都变了，说是马上去发廊做个头，再美美容，打车赶过来。老黄瓜又开始刷绿漆啦！女人呐，就这副德性！打扮得再好还能让沙胡犯错误啊？”大强调侃道。

“胡晶这只‘狐狸精’也请了？这下子可有好戏看了。大强，你应该先跟沙胡交交底，他哪知道胡晶现在变成啥样了。这娘儿们一来，还不知要演哪一出戏。操，说不定能弄一出脱衣舞，没劲！”

“交啥底啊，不都是同学吗？一块儿吃顿饭热闹热闹，非得分个三六九等啊！瞧你急得那熊样，至于吗？她还能跟咱做生意啊？”

“连自己老公公的生意她都做，咋就不会跟咱们做？”

“算了吧，想得美！你自己不会撒泡尿照照啊？！跟谁做也不会跟你做，多少钱人家也不见得干。你以为你是谁啦！”

“你这人说话也太损了点儿。我怎么啦，再难看还能比你难看啊？你怎么知道她没跟我做过？你也太寒碜人啦！”

“胡晶做什么生意呢？”沙胡打断他们的争吵。

“鸡！这你都不明白！做皮肉生意的，都老大一把年纪了，还不肯光荣退休。到处拉活儿，日子过得不错！”

“前些年还行，十年前火得很，有名！一天最多都接二十来个，净是来兔子窝投资的大款，挣了不少钱。现在不行了，帮人牵线，就是拉皮条，自己做不动了，退二线了。”

“那关雪梅和闫红呢？她们干什么呢？”沙胡有些不好意思地问了句。

“她们不干那个。雪梅在镇子最大的商场里卖货，她和闫红都不显老，将来就是变成老太太，也是漂亮的老太太。闫红在税务所上班，去年内退了，没事在家里待着。一会儿你见了可别太激动了。少女变成了妇女，腼腆变成了泼辣，说话做事可不像教授那么文绉绉的，绝对生猛！你看，她们来了，幸亏我没说她们的坏话。嗨，镇长也来了。你瞧腐败吧，走到哪儿都有女人陪着，同学聚会也摆谱。嗬，你看这架势，左边是闫红，右边是雪梅，嘿，这后面还跟了只‘狐狸精’。镇长啊，你干脆搂一个，抱一个，再背一个算了。”

11

“对不起，对不起！”“拉豆儿”吴运海冲着大伙抱抱拳，“刚想出门，电话就响啦。接吧，怕耽误了吃饭；不接吧，又怕耽误了事。一咬牙，接吧，县里打来的，说是明天市民政局要来检查工作。一天到晚，迎来送往，净是形式主义，真他妈的烦！”

“来，咱先握握手！哎呀，沙胡不愧为大学教授，一看就有学问，你看，这眼镜片子比瓶底还厚！快坐，快坐，忘了兔子窝了吧，多少年没见面啦！没想到你能回来看看，太高兴了。来，我先提杯酒。”镇长就是镇长，“拉豆儿”没等别人客气就心安理得地坐在了主座上。他端起酒杯，用盛气凌人的小眼睛扫了一圈大伙儿，开始“说酒”：“这个，这个，这个……今天我忘了带稿子啦，就随便扯几句。第一，欢迎沙胡衣锦还乡，荣归故里，啊！第二嘛，还是要感谢沙胡教授给咱们小学同学创造了一个聚在一起的机会，啊！平时，大伙儿都挺忙的，凑在一堆还真不容易，啊！第三嘛，今天都不是什么好东西，我指的是菜，不是人。大伙儿吃好喝好。这第四嘛，是希望沙胡能经常到这个地图上找不到的、连兔子都不拉屎的小地方——兔子窝来。第五，是该说第五了吧？好，好，好，我就不啰唆啦。来，一个字，干杯。对，两个字，都干掉。沙胡你就不用干了，喝光就行，哈哈哈哈，吃菜，吃菜!”

“来，沙胡，咱哥俩喝一杯！我再说一遍，我不叫‘四瞎子’，‘四瞎子’是我爸。我王明清，外号‘青蛋子’，我不会说话，比不上咱镇长，他能讲，整天在喇叭里哇哇地胡侃，厉害！四个字一句、四个字一句整得挺明白，我不会学。我就说一句话，咱是同学不？是，咱就喝。你要说不是我扭头就走。你坐下，用不着站起来！你看，咱这样行不？你刚才说快三十年没回兔子窝了，也就是说，咱有三十年没见面了，对吧？那好，一年一杯，咱干三十杯咋样？不会喝？扯淡！你教授都当上了，还不会喝酒？来，咱哥们儿教你，把嘴张开，然后把酒杯端起，送到嘴边，将酒倒入口中，一仰脖咽下即可。你看我的，就这样！你来来，这不难学，比你当年考大学容易多了。喝不了？嗨，这样行吗？咱打五折，半价处理：两年一杯！你今天总量控制，我监督，就十五杯，多一杯都不让你喝！好，再来一杯！满上满上，够意思！这酒不是‘小烧’吧？真好喝!”

“这是沙胡从北京带来的茅台，你省着点儿喝，你这一口酒下去两只老母鸡就没了。操，贵着呢!”大强看不上王明清一见酒就忘了自己姓什么的德性。

“操，茅台呀！我说呢，黏黏糊糊的，像糖水似的。我再尝尝，刚才没琢磨出味儿来就下去了。来，倒满点儿!”

“你们三个美女还等什么，快敬酒啊！操，参观来啦?！在大学教授面前一个个还假装羞羞答答的，以为自个儿是黄花闺女啊！我可告诉你们，沙胡今天能来兔子窝，就是冲着你们这儿只母兔子来的，我们这些公兔子是沾你们的光啦！快敬啊!”有人撺掇。

“别，别，别，你们别动，我来敬!”沙胡红着脸慌忙端起了酒杯。

“那可不行！你是客人，大知识分子，哪能敬我们。我们三个女生，对，老娘儿们，一块儿敬沙胡教授一杯。你随意，我们先干啦!”雪梅带头站了起来。

“少来这一套！雪梅就你心疼沙胡是不是？一个一个来，三个一块儿不行。再说，就沙胡这体格也经不起你们一块儿折腾，对不对?”

“那怎么个喝法?”沙胡酒量的确不中，几杯下肚就开始打晃了。

“你在上，我在下，你说咋干就咋干!”胡晶冲到了前头。

“胡晶，你在上面也行啊，只要快活啥姿势不成啊？不一定非得让沙胡在上边。镇长你说呢?”“大地瓜”故意往邪道上引。

“我管天管地，还管拉屎放屁？只要他俩乐意，我看啥姿势都行!”“拉豆儿”镇长跟着起哄。

“你说你这叫啥镇长？你要说啥姿势都行，那就咱俩来示范一下。”胡晶一手端着酒杯，一手搂着镇长的脖子顺势坐到了他的大腿上。

“哎哟，你可真够分量，把我的腿都压断了。起来，起来，这是什么场合？别胡来，我感冒还没好利索呢，再脱裤子又得着凉。”“拉豆儿”使劲推胡晶。

“快别发邪疯了！也不怕沙胡笑话，来，我敬大教授一杯，你少喝点儿，倒点儿给我。沙胡，你是咱班同学的骄傲！”闫红一仰脖喝下去了。

“你们看见了吧，还是闫红心疼沙胡！话也说得好：‘你是咱班同学的骄傲。’我怎么就没想起这句来呢？对，闫红前些年还当过小学老师呢，有水平！哎，沙胡，你这个名字挺怪，我一直没琢磨出个道道来。去年我到市里开会，晚上安排打沙壶球，我一下子就想起了你。当时我恍然大悟，操，沙胡原来是个球啊！”“拉豆儿”话里有话。

“你才是个球呢！”沙胡直截了当地予以回击。

“开个玩笑，开个玩笑！咱们大伙说到底都是个‘球’，别在意！来，喝酒！”“拉豆儿”毕竟是镇里的领导，能屈能伸。

“好啊，你们不等我就敢先吃？好大的胆子！”一位涂脂抹粉穿着讲究的女人一进门就冲着大伙直嚷嚷。

“徐小霞！”没等大强提醒，沙胡一眼就认了出来。

“哈哈，沙胡！想死我啦！”徐小霞直奔刚站起身来的沙胡。

“让我亲两口。”徐小霞当着大伙的面儿，抱着沙胡一通乱啃。

12

“算你狠，徐小霞别太夸张啦！给同学们留个好印象吧！太生猛了，可别把沙胡吓得尿了裤子！”“屎盆儿”看不过去了，愣是把她从沙胡的身上拽了下来。

“屎盆儿，你滚蛋！吃醋也轮不上你。我告诉你们，我可是跟沙胡坐过同桌。别以为小孩儿不懂事儿，少女的心思你们这帮秃小子哪儿懂。沙胡学习成绩当时全校有名，我不瞒你们大伙儿，我还偷偷地摸过他呢！哈哈哈！”徐小霞露骨地浪笑着。

“咦，好爽啊！你摸过他哪儿？硬吗？”“屎盆儿”不怀好意地诱导着。

“呸，没人稀罕摸你。摸手呗，十几岁的小孩儿硬也硬不到哪儿去！”徐小霞回敬道。

“你要是再不来，沙胡就要走了，还不赶快跟同桌喝个‘交杯酒’。”镇长“拉豆儿”继续逗她。

“往哪儿走？今晚咱们谁也不许走！好不容易聚一回，说啥也得住一晚上。沙胡，今晚咱俩开一个房间。过去同桌，今天同房。胡晶，你下岗啦，沙胡就交给我来照顾啦！镇长大人，你不至于连安排个住的地方的权力都没有吧?!”徐小霞疯疯癫癫地咋呼着。

“没问题。小事一桩，我这就打电话，在‘美人丽家’订一层，连住带玩全有了。还是小霞想得周到。咱们先慢慢喝酒，大强，你到楼下让我的司机到我的办公室里再拿几瓶茅台。这两瓶哪够喝的，我那酒也是真的，人家送我的。我平时不喝那玩意儿，今儿个高兴，咱得喝到位才行。对了，让大师傅再加几个好菜，什么贵上什么，今天我买单，用不着让大强破费。想吃什么随便点。腐败？这也叫腐败？屁，咱不就是吃点儿喝点儿吗？又没往家里捞钱。这算什么，用广东话说这叫毛毛雨啦！咱们的干部要都像我这样就好啦，就用不着反腐败啦！你说呢，沙胡？”“拉豆儿”已不像小时候那么腼腆了，一副久经考验的样子。

“一瓶茅台够老百姓干半年的，还不腐败？小样吧！有喝酒的钱还不如把小学校教室破窗户的玻璃安上呢！净他妈的败家子！”大强贴着沙胡的耳朵小声嘀咕着。

“镇长啊，我们西街那片房子的拆迁费到底啥时候能补齐啊？都拖了三年了，总得给个准信儿吧！我一家老小现在连个遮风挡雨的地方都没有，这日子咋过呀？你说呢？拆了那么多房子，那地方空着。那什么广场到底啥时候能建起来呀？你这当大镇长的，又是咱们老同学，就帮咱解决点儿实际困难呗！”一直不说话的孟文革慢吞吞地来了几句。

“操，这事儿能赖我啊？这是上一届镇政府干的臭事儿。我才干两年，能擦得完那么多屁股啊？原先那个房地产商把投资撤了，谁能想到呢？你们就慢慢等着吧，迟早会给补偿的。东山村那片地不是建了个高尔夫球场吗？农民的土地补偿费还没着落呢！你以为我这个镇长好当啊？满脑门子都是官司，人还没到办公室，一群人早就围在那儿了。还有成天到县里、市里、省里、北京上访的，烦死啦！派出所增加多少编制都不够用，电话一来就得赶快往县里、市里、省里和北京奔，你得把上访的人给弄回来。动不动就是'零指标'，出了事就是'第一时间'到场，我容易吗？烦，有时候真他妈烦！""拉豆儿"说着把一杯酒倒进嘴里，算是告一段落。

"那我们今年冬天还得搭窝棚住啊？这夏天好对付，冬天太冷了，我孩子手脚冻得跟烂地瓜似的。真的熬不住了，镇长你就帮忙想想办法呗！"孟文革带着哭腔。

"哎，我说老孟啊！你这个人说话也不挑个时辰。今天这场合是说这些事儿的时候吗？我不是跟你说了吗，这事儿得慢慢来。再说啦，不能因为咱俩是小学同学我就优先考虑你。那别人呢？西街拆迁涉及的人多啦！不是你一家一户，要解决得一揽子才行。对不对啊?！你现在不是'烤大棚'吗？那里面过冬还是挺暖和的嘛！先凑合凑合好不好？今天咱们是同学聚会欢迎沙胡回乡，有些话不要非得在这种场合说，对不对？老孟，咱俩先干一杯！""拉豆儿"笑了笑，要跟孟文革碰杯。

"镇长啊，我不敢呼你大名，更不敢叫你外号，我不是非得当着同学的面给你出难题。你说句良心话，今天要不是沙胡回来了，你能跟我一块儿喝酒吗？你是当官的，我是种地的，就算从小一块儿上过学，我现在也不敢高攀你呀！你平时忙，我哪能去找你。镇政府的大门我没进去过，人家不让进，我也不稀得进！今天是碰巧了，沙胡来了，我们才有机会见一见镇长。我刚才说多了，有不对的地方，就算我放屁啦！行了吧？我能忍，你说得对，拆迁户没地方住的人多了，又不只是我一个人。来，镇长啊，谢谢啦！”老孟爽快地把酒干了。

“哎呀，小和尚怎么没有来？我说嘛，我老觉得少了个什么人。小和尚，快，大强，你给小和尚打个电话，用我的手机打，这家伙不能不来，他可是个人物。”“拉豆儿”把手机递给大强，“我的手机号码他知道，肯定会接。你打吧！”

“这赖我！我还真把这秃驴给忘了。”大强一边打电话一边解释。

“哪个小和尚？”沙胡问。

“瞧你这记性！小和尚，又叫小地主，咱班的卢卫民。想起来了吧？小肚鼓着，头发稀稀拉拉的，小圆乎脸儿，最好闹怪的那个小个儿。”镇长用手比划成一个圈。

“噢，对，对，对！小地主，卢卫民。这小子现在干什么呢？”沙胡问。

“他的变化最大了，一会儿来了你就知道他干什么啦！这小子，现在神得很！打通了吗？”镇长卖起了关子。

“通了，他说他就在附近，马上就到！”

13

“哈哈！你看谁来了。”没过五分钟，一位和尚打扮的男人走了进来。

沙胡赶忙站起身迎了上去。他不知道当年的小和尚如今真的穿上了袈裟，所以不知所措地双手合十。

“用不着那么讲究，都是革命同志，就握握手吧！”“小和尚”卢卫民把手伸了出来。

“嗨，我不知道怎么称呼你好了，你这是真当了和尚，还是演戏啊？”沙胡半信半疑。

“都一样！既是真干，又是假装！人生也是一场戏，无所有，毕竟空，不可得！你别在意！沙胡，你什么时候回来的？如果我在街上碰上你肯定认不出来了！”和尚笑容可掬地搬了把椅子坐下了。

“今天上午刚到，碰巧遇上了大强，于是就见到了你！我还是搞不大懂，你真的出家了吗？”沙胡的好奇心被吊了起来。

“这还有假？卢卫民是俗名，我法号叫释净，这是我的名片！”和尚从袈裟里面的口袋里掏出了一张名片。

“龙吟寺住持，失敬了。行啊，你真干上了？”沙胡还是有些不解。

“没什么大惊小怪的。沙胡，你不是在大学当老师吗？我其实跟你是同行。和尚就是老师的意思，对吧？听说你是搞哲学的，这就不用我解释了。职业分工不同而已，你别以为我穿上了这身衣服就不食人间烟火了。我这也是工作，这身袈裟就是我的工作服。我一进来就发现你看我的眼神怪怪的，没关系，看习惯了就好了。他们都习惯了。警察穿警装，军人穿军装，和尚穿袈裟，要是在过去，咱们镇长也要穿官服。电视里的古装戏你没看过吗？官服更讲究呢！”和尚不以为然地说。

“来，给法师倒杯酒！”镇长招呼服务员过来。

“算了，我刚喝过。中午咱市佛教协会来了几个朋友，一块儿喝了。没喝好，有点儿头疼！”和尚示意小姐不要倒了。

“那就来瓶啤酒吧，稀释稀释。”大强劝说。

“那好吧，就喝一瓶。”和尚同意了。

“来，我得跟沙胡喝一杯。人生过得真快，一晃三十年了吧？来，一块儿干了！”和尚很爽快，滴酒未漏。

“怎么样，庙里的香火钱收入还不错吧？”镇长端起杯子敬了和尚一下。

“托镇长的福，不错！我最近刚买了辆奥迪，你啥时候用随时吩咐！”

“行啊，你还真有两下子。‘广本’不坐换成‘奥迪’啦？”镇长“拉豆儿”既羡慕又嫉妒。

“奥迪 A6，二点四，一般化。”和尚故意刺激他。

“还不知足啊?！A6，二点四还差呀！我大小也是堂堂的一镇之长，不就是辆‘帕萨特’吗？论级别你比我高啊！嘁，还一般化呢！你淘汰的那辆‘广本’呢？那辆买了还不到两年吧?”“拉豆儿”不知打啥主意。

“送给我姑娘啦！我告诉她，结婚就不送别的东西了！她还挺不乐意的，嫌车旧，嗨!”和尚笑着叹口气。

“我发现咱班同学现在就你混得实惠。剃了个光秃就以为自己真是和尚啦？嘁，你那点儿底儿别人不知道，咱这帮子同学哪个不清楚啊？别太张扬啦！对不对？‘奥迪’还一般化，看把你给显摆的!”镇长还是愤愤不平。

“我的车不就是你的车吗？我刚才不是说了嘛，你想用车随时开走。”和尚表情很诚恳。

“那好啊！明天用你的车把沙胡送到城里。”大强接过话茬儿。

“没问题。沙胡明儿就用我的车。”和尚高兴地答应了。

“不麻烦大和尚啦！我跟葛坏水的儿子约好了。从县里来的时候，我就是租他的车。”沙胡连忙推辞。

“你就别客气了，就让和尚的车送你进城。葛坏水儿子那车我知道，太破了！咱北京的大教授也不能太不讲究了。嗨，葛坏水也是咱班的同学啊，死了十多年啦！人生无常啊！来，为了咱们都还健康干一杯!”镇长又发出倡议。

“还有老歹、杨大碗、张鳖鼓、小六子、杜秉盖，这一算下来咱们小学这一个班已经提前走了六七位了。”大强掐着指头算了算。

“怎么，这几个都死了?”沙胡惊讶地重复了一声。

“是啊，老歹病死了。杨大碗跟葛坏水一样喝酒摔死了。小六子在山上开石坑，让炸药崩死了。张鳖鼓把老婆杀了，被抓起来枪毙了。杜秉盖是去年春天死的，练了十几年的什么功，不知吃了什么怪东西，说是食物中毒，没抢救过来。”王明清解释给沙胡听。

“别说这些不幸的事了吧！来，我再提一杯酒，咱们就净桌，我看大伙儿喝得差不多了。嗨，你看，这都快八点啦，从晌午两点多开喝，咱们滴滴答答地喝了六个钟头了。两顿饭连成了一顿饭。这样，我提议咱们大伙儿一块儿再敬一次沙胡，希望他能常回来聚聚。三十年聚一次太长了，对不对？明年这时候沙胡要是能回来，咱们可以去高尔夫球场打打球，今年还没弄好。怎么样，干完了这杯酒，咱们一起去‘美人丽家’玩玩？先唱唱歌，然后洗洗脚、蒸蒸桑拿。有特殊要求自己行动，我统一买单，行不行？来，干了。”“拉豆儿”从始至终主持了这顿吃饭仪式。

14

“快进来吧！你扭扭捏捏地干啥呀？操，不就是唱个歌吗？这不是你想象的红灯区，绝对文明。来，来，来！屎盆儿，你帮我把沙胡扶进来，我看他喝高了。”“拉豆儿”急得直喊。

“我不会唱歌，一唱歌就跑调。”沙胡看见包厢里站了一群穿着暴露的服务小姐，心里开始打鼓了。

“跑调怕啥呢？现在唱歌最时兴跑调了！来，你们那几个

‘小姐’别傻站着，快来照顾客人，不想做生意啦?”和尚在一旁吆喝着。

“再进来几个‘小姐’，让教授挑一挑。快，都站好了。你，你，你，还有你，你们四个留下，其他的都出去。你别站在这儿磨蹭了，长得这么丑还在客人眼前晃悠啥，快走吧!”镇长坐在沙发上发号施令，“怎么样，沙胡？我替你选了几个，你将就着用吧！来，你们坐在这位客人两边，点唱！对，再拿几瓶啤酒来!”镇长“拉豆儿”比吃饭时表现得更兴奋。

“不行啦，我直想吐！我喝高了，我从来没喝过这么多酒！快，我得上厕所!”沙胡蜷缩在黑暗的角落里，一副痛苦不堪的样子。

“算啦，算啦，你们这几个姑娘都出去吧!”和尚摆了摆手，让“小姐”们退了出去。

“镇长啊，咱别勉强沙胡啦，人家是大学教授，整不了这俗的。”大强过来解围。

“大学教授也有嫖娼的，那报纸上不都登了吗？再说，我们就是唱唱歌嘛，也没干别的。行，就不难为他了。等会儿他的酒劲过了，带他去泡泡脚吧！哎，我说和尚啊，我看你对这儿倒挺熟的，是不是常跑这儿找‘小姐’啊?”镇长又要拿和尚开涮了。

“阿弥陀佛！这里我还真没来过。隔壁郭老板开的那家洗浴中心我倒是去过几次，那里按摩做得不错。哎，你别往歪里想，那些按摩的可全是男的!”和尚认真地向镇长汇报。

“我也没说什么呀，谁往歪里想啦？自己心里有鬼才看别人歪呢！对了，我忘了问你了，你不是打算在龙吟寺大庙东头再修一座佛香阁吗，那钱筹集得怎样了？”

“你不问我还正想汇报呢！基本上差不多了，如果你能帮助化化缘就更好了。关键是地。”和尚说。

“地不成问题。这我有把握，关键是你的表现，懂吗？”镇长打断了和尚的话。

“懂，懂，懂，我懂！弘扬佛法，为地方建设做贡献。你放心吧！”和尚一个劲儿地点头。

沙胡还真醉了，连脚也没法泡了。大伙儿只好把他先搀到房间里休息，便各自回去了。

第二天早晨，除了“屎盆儿”和王明清，其他同学又都赶来送行。

“怎么样，昨晚跟徐小霞同房了没有？”镇长见到睡眼模糊的沙胡劈头就问。

“呸，那好事还能轮到我？”没等沙胡回答，徐小霞便笑着朝镇长吐了一口。

“哎，你这可别怪我，谁让你不主动了！这可是百年不遇，千载难逢的好机会啊！你又没抓住吧？对于，机，机，机会，不仅要抓着，还要抓紧抓牢。抓而不紧等于没抓。昨晚可没人看着你们，谁知道你们干什么啦？对不对？”镇长做报告似的拉着长腔。

“小霞光顾着给我和闫红推销保险了，哪有工夫去干别的。”胡晶出来作证。

“你先别怪我们。你自己交代，你昨天是不是给沙胡找小姐啦？你说，你到底找没找？”徐小霞要去揪“拉豆儿”的耳朵。

“没有，绝对没有！为什么呢？一是我想有你和胡晶这几位女生在场，再去找别人那不是浪费资源吗？第二呢，说实话，咱这小地方还没几个模样长得好的，再说那些个‘小姐’都是街坊邻居，乡里乡亲的，平常低头不见抬头见的，都认识，叔叔伯伯叫着，你好意思吗？更何况人家沙胡是大城市的人，这种品位他哪能看得上，对不对？”“拉豆儿”又拉起了长腔。

“好，好，好，咱别再扯闲淡了。走，沙胡上车吧，坐一坐和尚的高级车。徐小霞你不是也回城吗，来，正好陪陪沙胡。你们俩离开兔子窝我们就不管了，爱干啥干啥，怎么干都行。”其他人都不大说话，只有镇长的嘴一直不停。

“沙胡，没啥好送的，带一箱蔬菜走吧，这是我‘大棚’里种的，尝尝新鲜——绿色食品，没污染。”孟文革满头大汗地扛了个装满蔬菜的纸箱子赶来为沙胡送行。沙胡推辞了半天，他还是坚持让沙胡带上。

“带上吧，这是老孟的一番心意。你不吃，他也是拿它喂猪、喂鸡。哈哈哈，你吃了总比猪吃了强，对不对？”“拉豆儿”紧着敲边鼓。

车子发动了，沙胡的眼圈湿润了。他冲大家抱抱拳，连“再见”都没说出口。

到了城里，沙胡把蔬菜箱子打开，发现里面有一封信。信是孟文革写的，信中反映了兔子窝镇在拆迁民房过程中侵害农民利益的一些问题，他希望沙胡能帮忙递给上级部门。沙胡回到北京后把信寄给了中央信访办公室。

快过春节的时候，沙胡给大强打了个电话。

沙胡告诉大强，他前两天在报纸上看到一条消息，说是省公安厅的孙武副厅长因涉嫌走私罪被开除党籍和公职，并移交司法机关审理。大强在电话里说，兔子窝的人早就知道了。老叶头听说这个消息后高兴得喝了个酩酊大醉，逢人就讲老天有眼、恶有恶报之类的话。

大强在电话里告诉了沙胡另外一件事：孟文革一个月前被县公安局给抓走了，听说是因为孟文革告黑状，给中央信访办写了封什么举报信，这封信后来被转到省里，省里又转到市里，市里再转到县里，最后好像到了镇里。镇里说孟文革纯属捏造事实、陷害好人，要把他绳之以法。不过，关了半个多月又把他放回来了。昨天我还碰见了他，人瘦了不少。我问他怎样，他一句话没说，像是不认识我似的。

沙胡的心一直在往下沉，他无奈地叹了口气，挂上了电话。

“烦!”他想起了海德格尔哲学的关键词。

抓周

木才过一岁生日那天，董家按照当地的风俗操办了“抓周”的仪式。

炕上摆放了五件东西：秤砣、算盘、书本——一本翻烂了的没头没尾的《毛主席语录》、一块钱的纸币和一把电工用的老虎钳子。每件东西都具有某种特定的象征意义，代表着职业取向和未来的生计。

·抓周·

1

“烫——”随着“小哑巴”惊天动地的一声尖叫，盛满了饸饹的大瓷碗结结实实地摔到了地上。

一家人被眼前的情景惊呆了。爷爷好半天没喘过气来，两根楠木筷子不偏不倚地越过上嘴唇捅在了鼻孔里。其他人都张着嘴，像是等着牙医看病似的。

“烫?”父亲把眼珠子瞪到了极限，直愣愣地盯着“小哑巴”。

“嗯，烫。”“小哑巴”连连点头，他知道脾气暴躁的爸爸绝不会轻易相信他的。

“再说一遍，烫?!”父亲呼出的粗气迎面扑来，“小哑巴”本能地把脖子往后仰了一下。

“大点儿声，烫?!”父亲的手有些颤抖，“小哑巴”感到不妙，那可是一只能扇死猪的大手。他曾亲眼看到过前两天家里杀猪的血腥场面。那头猪在大难临头时奋力挣扎，愣是把按在身上的四个膀大腰圆的小伙子给甩了个四仰八叉。站在一旁指挥的爸爸急了，他骂骂咧咧地冲过去，抡起巴掌一下子就扇到了猪的左脸上，那头气势汹汹的“壮士”哼了两声就朝右边倒下了，再也没爬起来。

“嗯，烫，烫……”“小哑巴”喃喃地说，眼睛警觉地瞄着父亲逐渐抬起的那只曾沾满过猪血的大手。

“我的儿子，你可说话啦!”爸爸一把抓过儿子，并把他高高举过头顶，“哎呀，老天爷啊，我可得给你好好地磕几个响头，我的儿子能说话了，他不是哑巴!”他把儿子往炕上一撂，“扑通”一下跪在了地上，朝着供奉祖宗牌位的山墙方向，“咚、咚、咚”磕了三个响头。供桌上摆放着的那个褪了毛的猪头，右脸上还依稀可见有几道淤血的印子。“小哑巴”赶紧把眼睛闭上，他不敢看那个恐怖的猪头。

“嗨!”爷爷终于喘上了一口粗气，他哆哆嗦嗦地把插在鼻孔里的两根筷子抽了出来。“贵人语迟啊!”他冲着全家人宣告，“我这孙子命好啊，长大了保准有福啊!”

“小哑巴”心里明白，他是因祸得福。那碗饸饹根本就不烫，他喝够了饸饹——那蛔虫一样的黏黏糊糊的东西。再说，家里养的那条大黄狗除了“小哑巴”偷偷地喂点儿粮食外，没有人舍得给它东西吃。狗是吃屎的，家里人都那么说。“小哑巴”最喜欢那条狗，又最烦它在他拉屎时舔他的后腚。那种感觉让他心里很不舒服。就在全家人为“小哑巴”开口说了个

"烫"字而手舞足蹈谢天谢地时，那条饿得奄奄一息的黄狗趁机舔干了"小哑巴"精心为它准备的这顿年夜饭。

"冷!"从房子的东头传来了又一声毛骨悚然的长叫。"叭!"又是一个瓷碗摔在地上的声音。

全家人再一次屏住了呼吸。爷爷摇摇脑袋："嗨，她走得真是时候，她没听见孙子说话是不会咽下最后一口气的。"

"小哑巴"快过五岁生日时才开口说了第一句话，而且只是一个字："烫。"就在那一刻，他的奶奶永远地闭上了唠叨了一辈子的嘴巴。她留在人间的最后一句话是："冷。"

2

"小哑巴"开口说话后，镇上的人才渐渐地喊起了他早就有了的大名——董木才。他的两个哥哥分别叫"金才"和"银才"。按理说他该叫"铜才"或"铁才"更合适，但"铜"与"董"连在一起念拗口，"咚咚"、"嗵嗵"地，不是贼跑，就是心跳。"铁"要缺了"铜"又觉得与金银连不上，像缺了颗牙一样。于是，董家的当家人——爷爷董炎社在征得儿子董宝水的同意后就给董家的三孙子取名为"董木才"。"金银镶在木头上更值钱"，董炎社当年就用这句话说服了董宝水，况且，祖孙三代的名字里把"金、木、水、火、土"都占全了。

董炎社一家是董家沟镇唯一姓董的住户，但绝不是董家沟的原始居民。董家沟的创始人，即最早的董姓人家的最后一代传人已于六十多年前离开了这个镇子，至今下落不明。

“小哑巴”董木才的祖上，就可以追溯到的前六辈而言，实际上是山东人或朝鲜人。据说，董木才的爷爷的爷爷的爷爷在海上捕鱼时遇到了风浪，随波逐流地漂到了这个当时就叫董家沟的地方，并把这里当成了故乡。如此看来，“董”也并不见得是董家的本姓，说不定是董家沟的土著送给他的荣誉姓氏，正如董炎社的民族属于满族一样，那是清朝统治者赐予一部分表现较好的汉人的一种奖赏，而非他们自己的真正出身。

山东人也罢，朝鲜人也罢，反正董木才生在董家沟，就是董家沟人。他五岁才张口说话，只说了一个“烫”字，就让全家乃至全镇都沸腾了。

“小哑巴”的绰号摘除了，但“小结巴”的帽子又戴上了。董木才虽然不再一言不发了，可长期的沉默导致他的表达方式与众不同。像许多口吃者一样，董木才也是一个字一个字地往外蹦，用他二哥银才的话说，就跟羊拉屎没什么差别。由于说话不连贯，常闹出叫人哭笑不得的尴尬事来。有一次，他和大哥金才一块儿做豆腐。豆浆烧开后点上卤水，豆浆就变成了豆腐脑，再把豆腐脑舀到四周铺上细纱布的特制木箱子里，然后盖上盖儿，再往盖上压重物，比如石磨盘。木才跟金才一起把石磨盘抬到了木箱子上，木才兴致很高，连喊：“压、压、压、压……”大哥按照木才的要求又腾出手来使出吃奶的劲儿搬了块大石头放在磨盘上。木才还在喊“压、压、压”，金才不解地瞪着木才，嚷道：“够重的了，再压就把豆腐压成白灰板了!”木才还在叫，那声音急促得让人心慌：“压、压、压、压手了。”金才这才恍然大悟，赶紧把石头搬掉又把石磨盘抬了起来，结果木才的两只手各掉了三个指甲盖儿。

还有一回，邻居马三爷到董家要借个石磙子打场用。董木才推开门冲着马三爷大声喊：“磙、磙、磙……磙子坏了。”马三爷磙子没借着，却气得两个嘴角冒白沫。

3

木才过一岁生日那天，董家按照当地的风俗操办了“抓周”的仪式。

炕上摆放了五件东西：秤砣、算盘、书本——一本翻烂了的没头没尾的《毛主席语录》、一块钱的纸币和一把电工用的老虎钳子。每件东西都具有某种特定的象征意义，代表着职业取向和未来的生计。若孩子抓到了秤砣，那将来长大了无疑要去搞经营做买卖。要是小孩儿先摸到算盘，那他肯定擅长写写算算，往后说不定能当个账房先生，也就是能从事会计之类的工作。董宝水的大儿子董金才当年用两只小手抓起了一本看不见封皮的破旧的《四角号码字典》，全家老少既喜且忧。庄户人家的孩子有胆量去碰带字儿的书本，那可是了不得的大事儿。书本在文盲的眼里，差不多相当于“神器”。在董家沟镇革命委员会向每家每户送毛主席著作之前，全镇除了少数几家外，几乎没人见过整本的书籍。对孙子选择了书籍，董炎社兴奋得山羊胡子直抖，他一边把烟袋锅子往炕沿上磕，一边连声称赞道："好，好！我这大孙子有出息，赶明儿说不定能读大学，做大官儿，能跳过龙门。好啊，'朝为田舍郎，暮登天子堂'，这小子长得天庭饱满，有官儿相，爷爷就等着沾光啦！"

董宝水嘴里虽然也呵呵地笑着，表面上算是附和老爷子的看法，但心里头并没有那么乐观。别说儿子不见得是块念书的料，就算真有那本事，这年头也不能考大学。再说，大学生在董家沟这个小地方也并不稀奇，头几年，镇子里至少出过两个大学生，一位姓付，另一位姓夏。姓付的那位大学刚毕业不久，就从青海被遣返回了家，据说是恶毒攻击了全国人民忠心爱戴的"大救星"而遭到了批判，结果"精神分裂"了。董宝水头一次听到"精神分裂"这个词，还搞不懂究竟是疾病还是错误或其他什么处分。他一度认为"精神分裂"是右派、反革命、坏分子等"四类"、"五类"分子之一种，直到过了很久，他才弄明白精神分裂实际上就是疯子、傻子的又一种说法。而另一位姓夏的大学生在快毕业时因为看上了班里的一个女同学，在未征得人家允许的情况下摸了她的手，被那位女同学斥为"流氓"，并尖叫着向学校报告了他的流氓行径和罪恶企图。学校领导于是郑重其事地找夏谈话，严厉批评了他的下流行为。夏大学生先是大笑不止，继而又号啕大哭，泪如倾盆大雨，神情由恍惚变成了错乱，终于在毕业前回到了镇上。

4

据董宝水所知，从他记事起，这些年镇上只出过这两位大学生，而最终又都或疯或傻，不是精神分裂，就是精神错乱。若上大学都是这种结局的话，他宁肯让儿子老老实实地在家里种地。

董炎社的二孙子即董宝水的二儿子董银才过生日“抓周”时抓了根笛子，惹得全家不高兴。笛子是乐器，这在老人的眼里属于不正经的东西。庄稼人凡事讲究个本分，成天吹拉弹唱毕竟不是那么回事儿。在董家沟镇的许多人看来，唱歌的、跳舞的没一个好玩意儿，属于“二流子”或“五马六混”之类的渣滓。

鉴于“笛子”所代表的职业和从业者的人品不被董家的多数人特别是老爷子董炎社认可，所以董木才“抓周”时，炕上没有摆放笛子这个不祥之物，取而代之的是那把老虎钳子。

等秤砣、算盘、《毛主席语录》、纸币和锈迹斑斑的老虎钳子被精心设计地摆到了炕上后，妈妈先把木才的小手用温水洗了洗，然后抱到了炕上。爷爷奶奶端坐在炕头上，其他人站在地上，全神贯注地等着木才去抓起他们希望中的东西——那一块钱的纸币。

财富是人人渴望的，富裕一直是董家几代人的梦想。特别是董炎社、董宝水父子，把富有的希望寄托在后代身上。其实他们对“抓周”这类风俗并不十分迷信，但到了这一刻又不自觉地信以为真了。木才刚满一岁，哪里懂得大人们内心的复杂和微妙。他在炕上摆放的各类物件之间来回爬了几趟，全然不顾爷爷、奶奶、爸爸、妈妈的暗示与诱导，最终把小手按到了那把老虎钳子上。

爷爷董炎社在失望之余赞许道：“好，好，好！这孩子将来不会种地了，他能当个工人，月月开饷，挣现钱!”

董宝水心里老大不高兴，因为他知道，那把钳子并不代表工人，他本来想往炕上放一把叉子或铁锨、锄头之类的农具，又觉得那些东西太大，好不容易找了把生了锈的老虎钳子。在他眼里，这把钳子与铁锨、镐头、粪叉子没什么两样，都意味着体力劳动，是要出大力气的。要按照他对生活的理解，靠出卖劳力是挣不上大钱的，也就过不上什么富裕的生活。

木才试图把钳子抓起来，可怎么也拿不动。妈妈从丈夫的脸色变化上看出了孩子的选择并不理想，于是赶紧把木才抱到了怀里，亲了亲孩子的脸蛋儿，顺着爷爷的话说：“爷爷说得对，长大了当工人，月月开饷，天天吃饺子。乖儿子，有出息。”董宝水阴着脸、咬着牙，趁机在木才的屁股蛋上拧了一把，孩子疼得没命地号。“闭嘴!”董宝水大喝一声，眼珠子瞪得几乎要弹了出来。木才顿时不哭了，从此再也没敢吭声，直到快五岁时，才从牙缝里挤出了个“烫”字。

木才结婚后，他的媳妇有一天发现他的屁股上有一块明显的胎记，便指给他看。木才冷冷地说：“那不是胎记，那是我爸给拧的。”

5

付大傻子付文全和夏大傻子夏仁信一直是董宝水心里的两块阴影。如果大儿子董金才当初没有去抓那本破的《四角号码字典》，董宝水也许并不会在意付、夏二位傻子的一举一动。

董家沟镇的傻子成群，差不多家家都有一两个。特别是家里人口多的，更是跑不掉。不知是风水的关系还是近亲结婚的原因，反正傻子是这个镇子的特产之一。

张傻子、王傻子、赵傻子、关傻子……这类称呼在镇上运用的频率最高，大伙见了面，彼此均以傻子称呼对方，就如同喊某某同志、某某先生一样自然。天长日久了，没有人觉得以傻子唤来唤去有什么不礼貌或不习惯，就连村里的干部也有被冠以“傻子”称号的。在这些被称为“傻子”的人当中难免有被误判和被冤枉的，如张傻子家里就没出过傻子，却被邻居们心怀嫉妒地捎带着喊成了“傻子”。还有一些“傻子”是承袭了父辈或祖辈的称谓，本人并不傻，如村长“白傻子”就是因为爷爷是傻子而被连累的。

傻子在镇上见怪不怪，谁也不把他们当回事儿。但付文全和夏仁信却不一样，他俩虽然是傻子，而且是真正的傻子，可这两位是念过大学的傻子，是有知识、有文化的傻子。他们跟土生土长从娘胎里一出来就是傻子的人毕竟不同。

付大傻子付文全小时候聪明伶俐，能说会道，凡是认识他的人都夸这小子有天资。付文全以“精神分裂”之名而被编入镇子里的傻子行列，这对董家沟镇乡亲们的自信心是一个巨大的打击。付文全刚回来的那些日子，没有人相信精神分裂就是傻子，大伙儿小心翼翼且毕恭毕敬地试探着跟他交流，结果却是确定无疑的。当年才华横溢的大学生的确傻了，而且傻得厉害，傻到了“精神分裂”的程度，他不停地反反复复地向镇里的人讲解“帝国主义的五大基本特征”，把嗓子都喊哑了。他夜里不睡觉，在镇子里四处转悠，嘴里除了叨咕着“帝国主义的五大基本特征”之外，就是“形势大好，不是小好，也不是中好，而是大好”。

夏仁信的“神经错乱”虽然也是傻子，但其表现与付文全完全两样。他沉默寡言，不吭不响，从大学回乡后的第二天一早就穿着一件笔挺的灰毛呢中山装，挑了副粪筐，沿着镇上的主路开始一丝不苟的捡粪生涯了。他目中无人，只对牛、马、驴、骡拉下的固体排泄物感兴趣。一年四季，风雨无阻，冬战三九，夏战三伏，天刚放亮，第一个出现在路上的就是夏大傻子夏仁信，他的上衣口袋里永远揣着块带链子的怀表，并插上一杆自来水笔，那身灰呢子中山装由新而旧，但总是干干净净，他从不主动与人打招呼，只是被动地跟对他说话的人点点头。他捡的牲口粪堆成了小山，生产队派马车把粪运走，再给他记上工分。

付文全、夏仁信这两位曾让董家沟人引以为傲的大学生的最终结局，令全镇人大失所望。前些年把他俩视为榜样的中小学生们开始动摇了，迷茫了，“读书无用论”思潮一度在镇子里有了活生生的事例。事实胜于雄辩，那些天资聪慧一点儿的孩子们不再听信父母和老师的劝导，镇子里中心学校的教室里常常空无一人。孩子们满镇子乱窜，除了打架、骂人，就是干一些偷东摸西的勾当。用不着听从高音喇叭里呼喊着的“停课闹革命”、“造反有理”的口号，付大傻子、夏大傻子的现身说法比政治动员更有效。

董宝水眼看着大儿子董金才没有读书的可能了，他心里并不着急。不念就不念吧，这年头连饭都吃不饱，还念哪门子的书?！他常常望着东山头上的祖坟叹着气，又不由自主地摇摇脑袋：“人哪，就是个命!”他又想起了付文全和夏仁信这俩傻子。

6

金才、银才、木才三兄弟依次相差一岁，木才六岁时，大哥八岁，上小学二年级。金才是全家公认的读书种子，大家坚信这是老天爷的旨意，因为只有他在“抓周”时选择了书本。至于银才和木才，显然生来就不是块读书的料。

大儿子金才刚读二年级，小学生们就停课闹起了“反潮流”，批判“五分＋绵羊”。“五分”指的是学习成绩好的学生，

“绵羊”则是指那些平时听话乖顺的孩子。金才天资并不聪慧，也不喜欢读书，只是由于爷爷和父母的压力以及“命运”的安排，才不得不坚持上学。他后悔一岁那年的鲁莽行为，当初不该去碰那本破书，若由着金才的性子，他宁肯去捡破烂儿。八岁时的金才对于垃圾有着浓厚的兴趣，他经常领着弟弟银才和木才到当地驻军大院东墙外的垃圾堆里捡垃圾。银才和木才对参与这项活动也乐此不疲。

金才虽然没有门门功课都考五分，在老师眼里也不是个听话乖巧、好学上进的孩子，可他最终还是被划定为“五分＋绵羊”式的“修正主义教育路线”的“小爬虫”，遭到了同学们的口诛笔伐。有一首写在学校墙报上的儿歌，深深地刺激了董金才，他每次经过墙报前总是低下脑袋，不敢正视墙上的黑底白字。那首儿歌是反潮流的“小闯将”们写的：董金才，小蠢材，痴心妄想发大财。眼睛盯在书本上，不看方向步子歪。还有一首是：董金才，小废材，两眼发直心发坏，跟着老师后面爬，没有前途准失败。败，败，败！

金才受不了同学们的欺辱和嘲讽，下决心不再上学了。他耷拉着脑袋回家跟董宝水说：“我帮你下地干活吧！”爸爸叹着气呵斥道：“小毛孩子懂个屁！看你能耐的，还想下地干活，挑粪够不着扁担，治山抡不动大镐，你长得还没有三泡牛粪摞起来高，谁给你记工分？”金才委屈得直抹眼泪，一噎一逗地跟父亲顶嘴：“那我就去捡破烂儿！”董宝水不客气地打了儿子一巴掌说：“你还敢跟我犟嘴！没出息的东西，捡破烂儿能过一辈子吗?！丢人的败家子儿，捡破烂儿连媳妇都娶不上！”

金才挨了爸爸的一巴掌，哭声更大了，特别是“娶不上媳妇”的警告让他越发不服气。别看金才不过八九岁，但他心里早就把“媳妇”锁定在了邻院关大麻子的小闺女关玉玲（小名“丫蛋儿”）身上。他喜欢关玉玲，她那双“大白蛤”眼，让他看不够，与自己的小巴巴眼形成了巨大的反差。关大婶来董家串门时，也常拿金才打哈哈，让金才喊她丈母娘。董家好不乐意，金才妈说我儿子是状元命，你家丫头配不上。再说丫蛋儿比我儿子大两岁，不合适。关大婶不服输，争辩说我家闺女也是娘娘命，还不知谁配不上谁呢！大两岁算啥嘛，“女大二，下金蛋儿”，再般配不过了。金才每当遇到类似的场合，心里便扑扑乱跳，脸也红了，脖子上都流汗。他其实很在意大人们对这件事的调侃，二十多年后，他还常跟夫人提起当时的尴尬和兴奋，炫耀着自己的早熟。

金才的哭声和父亲的吼叫声把爷爷董炎社惊动了。他举起拐棍吓唬了一下董宝水，护着孙子说：“咱不听那些没用的疯话，我孙子是金才，那些王八羔子才是蠢材，不管到什么时候，书都得念。养儿不读书，不如养头猪，不上学，就没有大出息！”

独生子董宝水趁机跟父亲商量：“要不我们还是给孩子们改改名字吧，当初起名时我就不大赞成叫金才、银才、木才，个个像土财主似的，太落后了。”

董炎社把拐棍往地上一拄，说：“你就知道改名，改、改、改，改成卫东、卫彪、卫革就不落后了？就叫金才、银才、木才，好记又好念。别听旁人瞎出主意，我们是贫农，不怕！金才、银才、木才，都是国家的人才！有什么见不得人的?”

“哼，金才、银才、木才，统统是蠢材!”门外传来了付大傻子的声音，他正好从董家门前经过，自言自语地接了下句。

7

金才在爷爷和父母的期望和压力下不得不背上书包，继续读书，银才每天跟在哥哥的屁股后面，也早起晚归地去上学。他比金才低一年级。

镇子上的中心小学离家有三四里地远，金才和银才每天上下学要跑两个来回，经常跑得满头大汗，午饭多数时间要回家吃，这一个来回得一路小跑，否则就会耽误下午的课。下午放学时，晚饭还有一段时间，金才和银才要在路上拾草、拔菜，替家里做点活儿。所以，晚饭前满头大汗回来的金才和银才，身上除了书包，还要背回一大捆树枝或青草之类的东西，青草和树枝用于喂羊和喂猪，冬天捡回的干树枝子用于做饭、取暖。

金才、银才都是七岁入学。而小哑巴木才，直到九岁才背上书包，推迟这两年，主要缘于他一周岁“抓周”时碰上老虎钳子。父亲觉得一下子供三个孩子上学有些吃力，不如让木才先帮家里干点活儿。那时在农村，孩子到了七八岁，已经能做许多事了。拾草、拔苗、砍柴、放羊、喂猪、烧火、做饭之类的杂活儿，是孩子们特有的“游戏”和“娱乐”。

董家养了两头猪、一只羊，猪食和羊草主要由木才负责。木才长得比两个哥哥结实，将来又注定要从事体力劳动，所以在自我意识里，木才更清楚自己的定位。他不敢奢望能像哥哥们一样如期上学，他模模糊糊地在心底描绘了自己长大后的出路。他想靠结实的身体谋生，过上让镇子里的其他人都羡慕的幸福生活，具体地说就是到镇子里的煤矿或砖厂当工人，每月都能领到二三十块的固定工资，这对于农村人来说无疑是个梦寐以求的理想了。

其实，木才非常渴望上学，想跟两个哥哥一样坐在教室里听老师讲课，但父亲一直没提这事儿，他自己也就不好意思张口。哥哥上学时，木才经常牵着羊到小学校的附近去放。羊差不多吃饱了，他就把拴羊的绳子绑在树干上，自己偷偷地趴到小学教室外的窗台上看金才和银才上课的情景。

木才觉得大哥金才挺笨，算术课上老抓耳朵，连乘法口诀“小九九”都背不熟。而且，金才的语文也不好，老师教到“造句”了，他还停留在“组词”的水平上。有一次，老师让同学们用“文明”造句，当点到董金才时，他站起来寻思了好半天，才小声说了句“文明棍”，把趴在窗外的木才笑得四仰八叉地从站着的三块砖上跌了下来。

木才感到上学太有意思了。他特别喜欢听语文老师闫大嘴讲课，闫老师嘴大，嗓门也高，说话时很激动，嘴角老起白沫。木才躲在窗外听闫老师用不标准的普通话朗读《卖炭翁》，竟感动得哭了。那一年，他正好八岁，能流利地背“卖炭翁，伐薪烧炭南山中……”

就因为听《卖炭翁》入了迷，木才忘了拴在树上的羊了，结果那只羊磨断了绳子，跑到生产队的地瓜地里饱餐了一顿，被看护员抓了起来。那时农户家里是不准许养羊的，各家迫于生计偷偷地养一两只，上面不查，彼此也都睁一只眼闭一只眼，但羊是绝不准散放的，更不准偷吃生产队的庄稼。

董家的羊因偷吃集体的地瓜蔓子被逮了个正着，这事儿成了“割资本主义尾巴”的典型了。于是，队里把写着户主姓名“董宝水”的大牌子挂在了羊脖子上，由董木才牵着羊，敲着锣，在镇里的大街上游行示众。木才牵着羊，一边敲着锣，一边小声默念着《卖炭翁》，心里还美滋滋的。

自从学了《卖炭翁》，木才整日嘴里不停地叨咕着，摇头晃脑，振振有词。不知不觉中，说话再也不结巴了。

现在木才凡是碰上有口吃毛病的人，都认真地向人家传授治病偏方：去背《卖炭翁》，准灵！

8

董氏三兄弟有一个共同的爱好，那就是捡破烂儿，去垃圾堆里捡拾能再利用的破东西。

董家沟镇子里有一处军营，营房的东墙外面堆放着军人和家属的生活垃圾，时间长了那堆垃圾像小山一样高。

金才虽然“抓周”时选择了书本，但他不喜欢上学，他的兴趣在学校之外。在他的带领下，银才和木才只要没事儿，就同哥哥一起去捡破烂儿。

能捡到可以卖钱的废品的地方主要有三处：一处是驻军院外的那个“小山”，一处是镇医院，还有一处就是兽医站。他们哥仨最愿意去的是部队的垃圾场。

从垃圾堆里能捡拾到各种可以利用的东西：碎玻璃、破瓶子、牙膏皮、铜铁丝等，集中起来送到镇子上的废品收购站卖钱。碎玻璃一斤一分钱，废塑料一斤一毛钱，要是能捡到几两红铜丝，那就发财了，一两就可卖到两毛钱。牙膏皮一个三分钱，那是轻易找不到的，当兵的自己用完了也舍不得扔，因为他们要学习雷锋，艰苦奋斗，一个班、一个排、一个连的士兵把牙膏皮攒起来，卖上几块钱买把剃头推子，大家都能受益。

除了捡些卖钱的废品外，还要捡碎木屑、煤渣子、破布头、烂菜帮子等，这些东西可以派上生活用场。木屑煤渣能烧火做饭，烂菜叶、土豆皮回家煮煮可以充饥，至于那些不足巴掌大小的碎布头片，洗干净后补衣服是再好不过的了。

垃圾堆里还藏着更有趣的东西。五颜六色的糖纸和烟盒就是金才、银才和木才争抢最多的“宝贝”。军官把烟抽了，军官的孩子们把糖吃了，农民的孩子们又把烟盒和糖纸珍藏了起来。

金才收集的糖纸最多，他不时地送一些给关玉玲（“丫蛋儿”）。银才愿意要烟盒，他用烟盒叠成三角形纸牌牌儿，与其他同学比赛。当时最贵的烟是“中华”牌的，其次是“牡丹”、

“大前门”等。比赛时，价钱高的烟盒叠成的三角牌，最抢手，便宜的烟牌只打一翻就可以赢到手，而“中华”之类的烟牌要连续打八九翻才能赢，拥有一张“中华”的三角牌，基本上可以打败天下无敌手，是名副其实的“巨无霸”。

木才对糖纸没兴趣，他喜欢纸盒里的内层锡箔纸。他把银光闪闪的锡箔纸，包在牙上，像镶了满口银牙一样，然后龇着牙，四处吓人。

金才、银才、木才哥仨在垃圾堆里度过了童年的大部分时光，既挣了买书本和冰棍的零钱，还替家里拾回了许多烧的和吃的，更获得了不少乐趣。

拾垃圾、捡破烂儿可以让人上瘾，这种瘾可能会影响人的一生。当然，这是后话了。

9

木才九岁才上学，在班上算是个头高的。

趴窗台隔着玻璃断断续续地旁听过两年的课，连高年级语文课的《卖炭翁》都能倒背如流，这使木才觉得重新从一年级开始上学有些别扭了。他个头高，精力过剩，学习水平也超过别人一截子。别的同学从“1+1”开始，有的同学从 1 数到 10 还磕磕绊绊的，而木才“小九九”背得呱呱叫，加、减、乘、除都能对付一阵子。课堂上他没有什么可学的，就开始琢磨坏点子，有时还欺负人。个别同学由于“小结巴”、“小结巴”喊顺了嘴，一时改不过口来，时常遭到木才的打骂。木才最怕别人喊他外号，不管是“小哑巴”，还是“小结巴”，都是他心里的痛。况且，在上小学的头一年，也就是木才九岁那年，一首《卖炭翁》彻底地改变了木才三年结巴的历史，他“哑巴”了近五年，又结巴了三年多，终于能随意流畅地与人交谈了。

木才在一年级读了一个月，就跳到了二年级；在二年级读了两个月，又跳到了三年级，一个学期他就变了三个班，读完了两年的课程。

爷爷董炎社和父亲董宝水，对木才一年跳两级挺欢喜的，特别是董宝水显得格外高兴。他把小儿子叫到炕前，用手摸摸木才乱蓬蓬的头发，说：“小子啊，行啦，别再跳级了，再跳就把你哥哥比下去啦！我没让你七岁上学看来是对的，一点儿都没耽误。就从三年级念起吧，好小子！”他很少当面表扬孩子，这算是例外了，他想通过这种方式，缓和与小儿子的关系，他总觉得有些内疚，怕木才在心里结下疙瘩，因为木才比同龄的孩子毕竟晚上了两年学，而这的确是董宝水做的主。

上学归上学，干活儿一点儿都不耽误，包括兄弟三人一块儿去部队、医院和兽医站的垃圾堆里捡破烂儿。

大概有五六年的光景，他们哥仨每天像做规定的作业一样去捡拾垃圾。

后来，金才不去了，因为他要考高中了。银才也不捡破烂儿了，他和哥哥一样也长成半大小伙子了。哥哥们不捡了，木才还接着干，但没坚持几天，就再也不去了，不是怕羞，也不是孤单，而是惹出了麻烦。

随着年龄的增长，光捡垃圾实在没刺激，他们兄弟三人时常借着捡破烂儿之机，悄悄地翻过军营的院墙，跑到部队院里的菜地偷些黄瓜、茄子、豆角、西红柿之类的蔬菜，冬天还会去军队锅炉的煤场偷些煤块或废铁等。有时被当兵的发现了，他们撒腿就跑，当兵的也只是假装喊几嗓子，吓唬吓唬就算了事，没跟小孩子动真格的。

剩下木才自己捡垃圾了，他还想顺手牵羊地捞一把，但没有人为他放风了。

一天，木才怀里揣上把老虎钳子，偷偷地溜进了营房。他早就对靠近电报室的一间木板小平房有了兴趣，他觉得那里很容易进去，大门从不上锁，两个门鼻子中间用铁丝扭着。木才战战兢兢地摸到了木板房的门口，用钳子拧断了铁丝。这是他头一次入室偷东西，心口突突直跳，脸上的汗水顺着脖子不停地往下淌。他费了半天的劲，把屋里翻遍了，一样值钱的东西都没找着，只好扛了一捆实习用的防毒面具往外跑。没跑几步，被几个当兵的迎面碰上了，不由分说连人带物抓个正着。

木才被带到营部，让当官的审了好半天。木才蹲在那里吓得脸都白了，直到写了检讨书才被两个当兵的给送回了家，那把生锈的老虎钳子被当作作案物证给没收了。

董宝水气得够呛，当着当兵的面踹了儿子两脚，骂木才："你怎么这么没出息！从小就不学好！想当贼就滚出去!"

董宝水又想起了小儿子"抓周"时的那把老虎钳子。"嗨!"他长叹一声，那老虎钳子难道是预示着儿子要溜门撬锁吗?

木才一声不吭，他害怕了，他觉得老虎钳子不是个好东西，他发誓从今以后绝不碰这种晦气的玩意儿。

从那一天开始，木才再也没去捡过破烂儿。

10

听说可以考大学了。镇子上已经有人考上了。

董炎社和董宝水对这类消息很在意。他们爷俩不约而同地把希望寄托在金才身上。他毕竟抓过书，而且这些年一直在读书。

老二银才迷上了吹口琴，那把口琴是他从垃圾堆里捡来的。他不嫌脏，也不嫌破，在水里洗了洗，就放在嘴里不成调地吹起来。

老三木才不服气，也吹了起来，他吹的不是口琴，而是从垃圾堆里捡来的一只乳白色的橡皮胶套。他把那个套子吹成一个大气球，系上口，在教室里跟同学们一块儿玩。老师发现后，把木才臭骂了一顿，问他:“这玩意儿能随便玩吗?你知不知道这是干什么用的?这叫保险套，避孕用的!”木才当时还搞不大明白，但他心里知道这跟老虎钳子一样，绝不是什么好东西!

直到木才长大成人后，才搞清楚自己当年得意洋洋地放在嘴里吹起的那个套套的用途。他吐了，差一点儿把五脏六腑都吐出来了。结婚后，木才从来不用那薄薄的套子。他不敢看，一看到就恶心，准吐！

金才一门心思地要考大学，成天放了学就待在家里看书复习。

银才和木才知道哥哥的用功一半是真的，一半是假的，是猪鼻子插葱——装象，装给大人看。金才怕爷爷和爸妈失望，但又感到自己考大学没把握。其实，他不愿意读书，更愿意偷偷地去看关玉玲。

金才初中毕业时，关玉玲已经在镇子的供销社里当售货员了。这在当地也是一个令人羡慕的工作。风吹不着，雨也淋不着，穿上大褂站在柜台里面挺美的，不像别的女人，夏天顶日头，冬天逆北风，一辈子在地里刨食吃，风吹日晒，连皮带肉都是黑不溜秋的脏灰色。

关玉玲十八九岁了，小时候的那对大白蛤眼并不那么引人注目了，取而代之的是突出的胸部，让金才看了心里烧得慌。他有事没事总往供销社跑，傻呆呆地从远处朝关玉玲的柜台张望。如果关玉玲的眼睛扫过来，金才的脸就腾地一下子红到了脖子，忙把脸转到别处，像是没看见似的。有几次，关玉玲看见了他，还冲他招招手，让他过去，金才觉得嗓子眼堵了，半天崩不出一个字来。关玉玲笑话他，说："你们家可真怪！木才结巴好了，又把你给传染上了。真有意思，你一不买东西，二不说话，你跑这儿来卖呆呢！"

金才的脸上火辣辣的，他觉得关玉玲瞧不起自己。金才家里的经济条件赶不上关家，关玉玲的爸爸当过供销社主任。虽然小时候金才当着大人的面喊过玉玲的妈妈“丈母娘”，但那是大人们逗孩子玩的，只有金才心里希望那是真的。玉玲妈妈说过的“女大二，下金蛋儿”，也算不上定理，还有人说“女大二，捡破烂儿”呢，况且前些年金才一直捡破烂儿，这可是全镇子的人都看见的。

金才心里明白，要想让玉玲“下金蛋儿”，自己必须得考上高中，再考上大学，从那时起，金才才开始真正用起功来，而不是装模作样地捧着书本讨好爷爷和爸妈了。玉玲是金才学习的唯一动力，他愿意让“女大二，下金蛋儿”的说法在他这里得到证实。

那一年，金才还真考上高中，进城读书了。

11

银才在金才上高二时，也初中毕了业。他没报考县城的中学，在家帮父母做了半年农活，当年冬天便报名参了军。

银才从十一岁开始，先迷上了口琴，自己琢磨着吹，没有人教，渐渐地吹成了调，还在班会上给唱歌的同学伴奏。他原本想学吹小号，可家里买不起小号，他就摸到什么吹什么，只要是带眼儿的，银才都能想办法给鼓捣出个动静来，他先后学过笛子、笙，最后落脚在唢呐上。唢呐是乡下最常见的乐器，也是用途最广的乐器。银才小时候挺烦吹喇叭的，那声音尖锐刺耳，听着心里发闹。特别是谁家办丧事，那唢呐声更显得格外闹心，一声浪过一声，像不孝顺的儿媳妇在公婆坟前虚情假意、浪声浪气的哭诉表演一样，缺乏真情实感。

银才学唢呐，一是因为那玩意儿好找，到处都有；二是吹唢呐能派上用场，红白喜事总少不了它，这是为生计考虑；第三条理由是因为十五六岁的银才正处于青春期，苦闷和孤独让他时时觉着有些喘不过气来，而唢呐是他那时能找到的最便捷的发泄和表达情绪的工具。有一阵子他白天黑夜地吹，家里人烦，邻居家更烦，就连拾粪的夏大傻子都忍不住了，他倚傻卖傻地问银才："你们家里死人啦？怎么我听着跟办丧事一样?!"银才说："你明儿个就被车轧死，我提前替你办丧事。"

银才早就打定主意不考高中了，他知道家里供不起他上大学。从爷爷和父亲的脸色中，他也看到了他们并不希望他继续念下去，只是没有明说而已。银才也多少受了爷爷的影响，决定服从命运的安排，谁让他周岁时抓了把笛子呢？

他发疯似的吹那不讨人喜欢的唢呐。邻居们抗议，他就夹着唢呐，跑到后山的树林子里吹，一吹就是大半天，累了就躺在山坡上望着天上千奇百怪、变幻莫测的云彩发呆。然后，他又接着吹，吹到两个腮帮子发酸发麻、两眼冒金星为止。银才最终吹出了名堂，应征入伍后他会吹唢呐这个特长可帮了他的大忙。

金才在县城读高中的两年间，吃了不少苦。他本来就不是个善于念书的人，基础又不够扎实，物理和数学这两门课让他伤透了脑筋。他白天上课，晚上自习。寝室熄灯了，他偷偷地躲在公共厕所里看书。苍蝇、蚊子加上刺鼻的屎臭尿臊味儿，经常熏得他头晕目眩，有几次差一点儿倒在粪池子里。其实，在那里复习的效果不可能好，记住的少忘掉的多，或者说新的没记住，那恶劣的条件却把旧的给赶跑了。金才后来说，他当时只是为了磨炼意志，虽然现在看来是彻彻底底地冒傻气，但在那个年龄阶段，像金才这种出身、性格和脾气的人很容易采取这种于事无补的极端自虐行为。

金才到底考上了大学，但并不是他梦寐以求的名牌大学，没有实现进京的梦想，而是去了长江以南的一所理工学院。

银才比哥哥金才早离家半年，他去了遥远的东北。金才在大学报到后接到的第一封信，便是弟弟银才写来的，信封的落款是“中国人民解放军×××部队”，盖的邮戳是三角形的，这使他想起了前些年银才叠的一摞摞三角形的烟牌。

木才还在念高中，他变得孤僻了，很少与同学们交流，董宝水甚至担心小儿子会再变回哑巴。

两个哥哥一南一北地离开了家，这让木才坐立不安。他恨不能立刻就走，走得离家越远越好。

12

金才上大学前曾特意去过几次镇上的供销社，他假装买东西，想趁机跟关玉玲见一面，很不凑巧，几次都没碰上。他拐弯抹角地向他妈打听，妈妈告诉他，丫蛋儿刚嫁了人，男方在镇上的粮库工作，是个工人，还有点儿残疾，一条腿瘸。那时的工人很吃香，镇上农业户口的姑娘要是能嫁给吃商品粮的工人，就算是高攀了。

金才为玉玲的婚姻大事郁闷了好几天，夜里还哭了好几回。他从八九岁开始就喜欢上了玉玲，这么多年他一直都暗恋着她。他之所以能考上高中，又考进大学，这在很大程度上是为了能博得玉玲的青睐。但，他比玉玲小两岁，他对她的爱只是通过脸红、心跳、手心出汗等症状表现出来，而从未跟她表白过。玉玲难道不知道他为谁脸红、心跳、出汗吗？纯粹是势利眼！金才有些愤愤不平了。她看不起我，那就走着瞧吧！嗨，人呢，就是个命啊！爷爷常这么说，玉玲的命不好，我的命也不好！金才又怜惜起自己来了，想一想从小到大吃的苦，他还在被窝里抽泣了几声。

金才到了大学觉得什么都新鲜，一年四季都是郁郁葱葱的，不像北方家乡一到冬季四处都是光秃秃的，没有一点儿绿色。学校里吃的比家里好，这是金才最满意的地方。只是刚到南方，对气候有些不习惯，闷热潮湿，夜里睡不踏实。另外，不少北方来的同学都因水土不服身上起了很多红疙瘩，金才也是其中之一。这让他苦恼了好些日子，后来渐渐地适应了，身上水泡消失了，皮肤也不痒了。

金才在大学里学习成绩依然平平，第一学期有几门课的成绩甚至排到了班级的倒数几名。他并不为此而烦恼，他只想考够六十分，能及格就行了。金才最担心的还是家里的生活，他从小就受苦，因为家里穷。现在情况虽然比以前好了许多，吃穿问题不大，但供孩子上学的学费对于父母来讲依然是巨大的压力。大弟银才当兵，每月津贴仅有几块钱，小弟木才还在上高中，花费也不少，金才平时很节省，在食堂里只买最便宜的菜，但一年下来，也得好几百块，他上学头一年寒假没有回家过年，他想把路费省下来，让爸爸少寄点儿钱。

大年初一那天，金才想家想得坐不住了，就从宿舍走到校园里，漫无目的地闲逛。猛然间，他觉得眼前一亮，有一种莫名其妙的兴奋感让他血液沸腾。他看到了垃圾，校园里四处摆放着垃圾桶，还有固定的垃圾场。他的心怦怦地跳，他遏制不住小时候捡破烂儿的冲动，从一个个垃圾桶和垃圾堆旁走过，目不转睛地考察那里隐藏着的既熟悉又陌生的废品。

金才花了一个下午仔细搜寻了整个校园，从教学区到生活区、家属住宅区。校园太大了，那里产生和制造的垃圾太多了，每一个垃圾桶、垃圾堆里都有许多值得回收的能换取钞票的“宝物”。这里的垃圾比他童年时迷恋的那些垃圾要丰富得多，值钱得多。

晚上躺在床上，金才睡不着觉了。他既兴奋又不安。

13

就在大年初一晚上，金才躺在学生宿舍里翻来覆去地胡思乱想的时候，老二银才同样未能合眼。他刚刚参加了连里的春节晚会并露了一手，他吹了一曲唢呐独奏《百鸟朝凤》，赢得了阵阵喝彩，不光是战友们连声叫好，就连下基层与士兵们一起共度春节的军区首长都赞不绝口。

联欢会结束时，首长跟银才握了握手，还亲切地询问了银才的姓名、年龄、籍贯、文化程度、父母身体是否健康等，银才激动地向首长一一作了报告，口齿清楚，嗓音洪亮，可能是长期吹唢呐的缘故，他在回答首长问话时发出的声音跟刚刚吹奏的《百鸟朝凤》的音色、音质十分接近。首长听了非常喜欢，临走时还用那只绵厚的大手轻轻地拍了拍银才的肩膀，鼓励着他："嗯，嗯！好！好！小伙子，好好干！军队是所大学校，也是座大熔炉。要立志成才，要百炼成钢！"银才和连长异口同声地向首长表示："请首长放心！绝不辜负首长的殷切希望！"首长满意地点点头，又面带笑容地问："小伙子有对象没有?"银才脸红了，全场又是一片笑声。连长赶忙向首长敬礼："报告首长，董银才同志一心扑在工作和学习上，把个人问题放在后面。"首长正色道："不要把个人问题和工作、学习对立起来嘛!"首长转过身来对陪同的团长说："这个小伙子不错嘛，是棵苗子，值得培养嘛!"团长立即回答："是!"

回到宿舍，银才一遍又一遍地回忆晚会上的情景，像反复播放录像一样，他特别仔细地琢磨军区首长与他交谈的每一句话，生怕遗漏了某个关键细节。尤其是"这个小伙子不错嘛，是棵苗子，值得培养嘛"这句话字字千斤，压得银才有些透不过气来。他在心里默默地向老天爷祈求，希望团长、连长能像他自己一样深刻领会首长的指示精神并抓紧落实，他觉得机会迟早会来，就像北方的冬夜一样，尽管很漫长，但曙光终会出现。银才把唢呐搂在被窝里，用手抚摸着。他又想起了父母跟他讲过的“抓周”的故事，他一岁时抓的是笛子。也许真有命运，由笛子到唢呐，他不排除自己学吹喇叭是受到了某种暗示。银才十分肯定地认为，自己今后的命运与唢呐，也就是同吹喇叭紧密相关。

天快亮时，银才打了个盹，在他的记忆中他头一次梦见了奶奶，奶奶去世时，银才不过六岁。梦里奶奶的形象很模糊，既像一个老太太，又像一个老爷爷。醒来时，银才觉得好奇怪，梦中的情节几乎全忘了，但奶奶临终时的那句话在梦里十分清晰。奶奶咽气前，只说了一句话，这句话只有一个字：“冷！”银才不由得打了个寒战，他朝窗外望了望，一片雪白的世界。噢，窗户没关严，刺骨的北风从双层窗扇的缝隙里拼命地往屋里钻，还扯着尖尖的细嗓，那声音有点儿像唢呐。

这从窗缝传进来的风声又一次提醒了银才，他赶紧从被窝里掏出心爱的唢呐，他要尽情地吹个痛快！

14

金才颠来倒去地想了一夜，从兴奋到不安，又从不安到兴奋，终于在天亮时理出了个大概的头绪。

金才的兴奋是不言而喻的，童年的乐趣很大程度来自家乡驻军营房外的那座垃圾堆，如今他在远离家乡的高等学府里发现了比童年时更为丰富的垃圾，他的童心被强烈地唤醒了。另外，垃圾为他解决学费问题提供了一种现实的可能，同时也就减轻了父亲董宝水的经济和精神压力。这一点尤为重要。

金才的不安也是很容易理解的，大学生在校园里拾垃圾、捡破烂儿毕竟是一件令人咋舌的事情，不体面，不成体统，不可思议。这不光是金才个人的行为，它所反映的问题和产生的影响是金才一时无法预测的。他觉得这会很丢人，会遭到同学、老师乃至校方的非议。

垃圾在一般人看来只是一种肮脏的东西，而在金才的眼里则意味着财富。捡，还是不捡？就这个问题，金才站在自己的对立面，反反复复地劝阻自己，不能捡，丢人，会遭到白眼，会让同学、老师跟着没面子，说不定会引起轩然大波。但是，每当他的脑海里浮现那一堆堆的垃圾时，他就有一种快感。垃圾对金才来讲是一个无法抵御的巨大诱惑。

金才决定先看看，再观察思考一番，他没有睡意，只有兴奋。初二一大早，他两眼通红地又在校园里转了一圈，他还去校外了解了废品收购的地点和行情。其实，一些流动收破烂儿的小贩子，每天都蹬着平板三轮车在校园里穿行。

金才咬了咬牙，豁出去了，干！他打算利用春节学生返家过年期间先偷偷地做，尽量瞒着别人。他拎一个帆布口袋，若无其事地随处转悠，遇到啤酒瓶子、易拉罐、矿泉水瓶子之类的东西，见四周无人，便迅速地装进帆布袋里。用不了多长时间，就能装满一包。他再拎着帆布袋，找最近一处的废品收购点或流动收购车把包里的破烂卖掉，每次能卖三五块钱。这对金才来讲是一笔很大的收入。

一个寒假下来，金才光卖废品就挣了二百零六块钱，一个学期的学费解决了。

金才的心里有了底，他既不想放弃这无本生意，又不想像做贼一样偷偷摸摸地干。经过一个假期剧烈的思想斗争，他在脑子里盘算了一个成熟的方案，他要光明正大、堂而皇之、大张旗鼓地去捡破烂儿。新学期伊始，金才便找到班里的团支部书记和班长，把自己思考已久的想法和盘托出。他向班干部分析全班、全系、全校贫困学生的生活状况，又阐述了环境保护、资源再生的重大意义，以及开展勤工助学活动培养艰苦奋斗精神对于大学生成长成才的积极作用等，还就开展此项活动提出了具体的实施方案。

班干部们经过研究讨论，一致认为董金才同学的想法很有价值，并向班主任和系里的领导做了汇报，系里对此表示支持。于是，一场由全班同学广泛参与的“珍惜资源、保护环境，勤俭节约、净化心灵”的主题活动便轰轰烈烈地开展起来了。同学们一致推举金才担任这个活动的具体负责人。

董金才是这场活动的最早发起者，也是最大的受益者。从一个班级的参与开始，逐渐扩大为全系和全校的活动。卖废品筹集来的钱，资助了不少家庭经济困难的学生。他们还拿出了上千块钱，帮助老区的失学儿童和灾区的灾民。

金才的学费全部通过拾垃圾得以解决，他不仅没向家里要钱，还在大学三年级过春节时给父亲董宝水邮去了六十元钱，附言中注明是勤工俭学所得。

那一年，董金才还荣获了“全省大学生勤工俭学标兵”称号，又得了二百块钱的奖金。

15

正当金才在大学里热火朝天地捡破烂儿，银才在部队里豪情满怀地吹喇叭的时候，老三木才毅然申请提前一年参加高考。

从他这一届开始，高中学制由两年改为三年。木才再也不愿意在家里听父母的唠叨了，他决定早一点儿离开家，早一天参加工作。

木才只想考大专，不想报大学。他不愿意看到父母愁眉苦脸、唉声叹气地为供孩子上学操心，如果上大学，至少要读四年，而报考大专，只需三年就能毕业，毕业就可以挣钱养家了，不用再看父亲的脸色吃饭了。

木才心里抹不去“抓周”时那把生锈的老虎钳子给他带来的阴影，他跟董宝水说：“爸，咱就认命吧，我就是当工人干苦力的命，别再瞎折腾了。爷爷常说‘命有八尺，难求一丈’，我就是‘八尺’大专的命，就不去奔那‘一丈’的大学了。再说，上大专省钱，大学的学费越收越高，就咱家这条件，砸锅卖铁也供不起。算了吧，我今年就考大专啦!”

父亲董宝水本来就不十分乐意让木才上大学，他觉得身边总得留个儿子，木才说大专可以少念一年，大学本科学费高，年头又长，他没有反对。董宝水眼瞅着儿子们两年里一个个说跑就全跑了，心里空荡荡的不是个滋味儿，他盼孩子长大，盼儿子们个个有出息，可一转眼孩子们天南地北地远走高飞了，他又有些失落。嗨，孩子大了不由爹，一辈不管两辈事儿，由他们去吧！他让木才自己看着办。

其实，木才提前一年考大专，还有另外的原因。木才在城里读高中这两年喜欢上一个姑娘。这姑娘是城里新华书店的营业员，初中文化程度。这女孩长得水灵漂亮，爱说爱笑，木才到书店里买复习资料时一眼就看上了。木才和老大金才不同，他看上了就直截了当地跟人家说，明目张胆地夸她漂亮、性感。那女孩虽然很大方，但遇到木才这种头一次见面就死皮赖脸献殷勤的人还不多，她看不惯木才这种人，还以为他是个小混混呢!

木才自打认识这姑娘开始，就整天魂不守舍，三天两头逛书店，不上课时就赖在书店里。没过两个礼拜，他就把姑娘约出来看电影、压马路、逛公园。他自己也明白，如果这样拖下去，别说高中读三年，就是读四年、五年也是白费，考大学那是痴心妄想了。

再说了，即使考上大学，还不知学校有多远，毕业后说不定给分配到了西藏、新疆、海南岛，还怎么找她？算了吧，木才心里早就拿定主意了，这辈子非她不娶。凑合着上个大专，就在省内选择，毕业后能回县城最好了，只要能跟她在一起，干什么都无所谓了。

姑娘也怕木才逗她玩，两人聊天时她也经常提起这个话茬儿，说木才上了大学肯定会看上别人，把她甩了。木才指天画地发毒咒，吓得姑娘直捂他的嘴。

木才如愿以偿地考上了省里的一所师范专科学校，后改名为学院了，选择了中文大专班。他学师范一是受家里经济状况的限制，二是受小学语文老师闫大嘴的影响。他七八岁时常趴在哥哥上课的教室外边偷听闫大嘴讲课，尤其是那篇治好了木才结巴病的《卖炭翁》，几乎影响了木才的一生。他选择中文也跟《卖炭翁》有关。

接到录取通知书后木才高兴地回家报喜。

他贴着爷爷的耳朵说："你孙子中榜啦，考上状元啦，以后出门骑大马啦！"

父亲董宝水问："你考到哪儿啦？学费贵不贵呀？"

木才把头往后一仰说："爸，你放心吧！你儿子孝顺，不会坑你的，考上师范啦！白吃，白住，白念书，一分钱都不用花，学费全免！"

董宝水半信半疑地嗔怪说："天底下哪有那等好事？还白吃、白住、白念书，哼，我看你像个白痴！"

16

银才在部队里吹唢呐出了名，露脸的机会越来越多。

从连内的联欢会开始吹起，一直吹到了大军区的文艺汇演。

银才先是在团里演出，后又到了师部，再到军里。在团里演出，他代表营；到师里演出，他代表的是团；在军里演出，他代表的是师；最后他作为军里的代表参加军区的文艺演出活动。

银才真正在基层连队生活，前后加起来不过三年，这三年中还多次被抽调到团、师里集中排练。后来他一年有多次到基层做慰问演出，但待的时间都很短，每次只有几天，而且连队把上面文工团来的演员视为客人，吃住的条件比真正在连队里当兵要好得多。他再也没有梦见奶奶，没听到奶奶在梦里喊冷。

在那次军区首长视察连队，与官兵们共度新春佳节之后的第三年，银才就获得了又一次展示个人才华的机会。他有幸参加了军区的基层部队文艺汇演。军区首长观看了那场演出，并亲切接见了全体演员。当首长走到他跟前时，他敬礼示意，并激动地双手紧握那只当年曾拍过自己肩膀的绵软厚重的大手，深情地凝望着首长那慈祥的笑脸，不失时机地大声向首长报告："战士董银才一直牢记您的教诲，苦练本领报效祖国！"他的提醒并没有一下子唤起首长的记忆，首长沉思了几秒钟，问身旁的另一位高级军官："这个小鬼是谁呀？我怎么想不起来了？"那位将军正是当初陪同首长去银才所在的连队过年的，他那惊人的记忆力为银才今后的发展开辟了新的道路。他替首长详细回忆了两年前在连队过春节并与士兵们一起联欢的动人场景，并再一次把董银才同志介绍给了首长。首长十分高兴，还应银才的邀请，与他单独合影留念。首长又把那只绵软的大手放在银才的肩上，对陪同的干部们讲："好，好，好！我们就是要培养这样的优秀士兵！我们各级干部要善于发现人才，精心培育人才，大胆使用人才，我看这个小伙子就是人才难得嘛！叫董银才，还是很谦虚嘛！为什么不叫董金才呢？"

"报告首长，我哥哥叫董金才！"银才大声回答。全场笑成一片。

首长说："好啊，好啊！金才、银才，都是人才嘛！好好干，多学习，争取更大的进步！"

银才不忘首长的教导，在此后的十多年里，他补习了高中课程，并被保送到军队院校里学习了三年。

现在的董银才已经晋升少校军衔，在军区文工团里担任副团职干事。

他娶了个妻子，是那位首长的外甥女，在军区医院里当会计。银才生了个女儿，取名亚菲，"抓周"时抓了个听诊器。银才说："当大夫也好，像妈妈那样。"他妻子白了他一眼，没好气地说："我是会计，又不是大夫！"

银才想回敬一句“那还不是在医院里工作”，可话没出口又咽了回去。他知道老婆的脾气不好，动不动就揭他的老底，说他沾了舅舅的光，每次吵架她都刻薄地补一句:“你就会吹喇叭!”

银才心里明白，她说的吹喇叭不单是指吹唢呐，而是有另外的意义。女人嘛，就这副德性！他常这样宽慰自己，谅解老婆。

17

金才边读书边捡破烂儿，一晃就是四年。

大三时，金才当上了全校的学生勤工助学服务中心主任，他不仅动员学生们捡拾废弃物品，还组织贫困生承包了学校的教室、学生宿舍、公共厕所、食堂大厅等处的卫生保洁工作，并开设了学生助学报刊亭等，深得同学和校方的好评。

与单纯读书的同学相比，金才的大学生活既丰富又有收获，毕业鉴定上说他“磨炼了意志，锻炼了能力，结交了朋友，赢得了好评，获得了荣誉”，鉴定上没说的是，他还实实在在地挣了笔钱。在毕业前夕，金才细细地算了笔账，在三年半时间里，他攒了整整一万块钱，成了名副其实的“万元户”。

没有写在金才毕业鉴定上的另一项收获是爱情。金才的爱情是从垃圾堆里捡来的——尽管这听起来有些别扭，但事实确实如此。

也是大三那年，那是一个阳光明媚的春天。当时的金才已经是勤工助学服务中心的负责人了，他职务变了，名气大了，也就很少“亲自”在垃圾桶和垃圾堆里翻来翻去了。

一天，他刚从晚自习的教室里出来，在回宿舍的途中，路经研究生楼东侧时，一排摆放整齐的崭新的垃圾桶吸引了他的目光，他不由自主地放缓了脚步。这是金才从小养成的习惯，只要是看到垃圾，他就会本能地表现出一种天然的亲近感。此刻，他下意识地走到垃圾桶旁，不自觉地把盖子打开，又饶有兴趣地用一支小木棍上下翻弄着。借着路旁的灯光，他发现一个半透明的红色塑料食品包装袋，口子系得挺紧，里面装的好像不是一般的垃圾。他用棍子捅了捅，袋子破了，露出一摞叠放整齐的信封。金才好奇地把整个袋子提了出来，并在不远处的路灯下坐了下来。

那个塑料袋里面装了四十多封信，有的是拆了封的，有的还没有打开过。金才顺手抽出了一封已经撕开了口的信，颇有兴致地读了起来。这是一封情书，是一位名叫雅娟的女孩子写给男朋友的信。她在心中倾诉了自己对心上人的思念，措辞情意绵绵，还夹带着对情人的嗔怪，许多用语很热辣，也很肉麻，看得金才脸红心跳。

这是金才头一次读情书，他念大学的这三年没有谈过恋爱，因为他除了对垃圾感兴趣外，心里总忘不了嫁给了瘸子的关玉玲。他曾经想给关玉玲写封信，但又觉得很唐突，且于事无补。大二那年春节回家过年时，他还瞒着家里人偷偷地跑到供销社去看她。结婚后的关玉玲变得很憔悴，没有金才原先眼里的模样了。金才因此在背后感慨了好一阵子，后悔不该去再看一眼。儿时的偶像被打碎了，他心里感到很灰暗。

尽管金才手里捧着的情书是一个不相识的陌生女子写给另一个他同样不认识的陌生男子的，但他却陶醉于其中。他几乎是一口气把剩下的那些拆封的和没拆封的信件统统读了一遍。他激动、叹息、流泪，最后竟大骂了起来。

金才把这些信的内容串了起来，在脑海里形成了完整的爱情故事。故事的女主人公叫雅娟，男主人公叫 KH，大概是康宏或者开航（但在金才眼里，这个男的肯定叫“可恨”）。雅娟和 KH 是中学时代的同学，属于早恋的一对。KH 开始与雅娟感情很好，但 KH 大学毕业考取了研究生后，突然明确提出要与雅娟“拜拜”。因为 KH 喜欢上了另一个女孩。于是雅娟痛苦万分，她一时无法接受这一残酷打击，不停写信倾诉以至哀求。他们俩的关系已经发展到很深的程度，雅娟至少为 KH 堕了两次胎。但 KH 去意已决，对雅娟态度冷漠，很少回信，即使偶尔回信，也是寥寥数语，不思悔过。从把成捆的来信扔进垃圾桶里（且有许多封信并未拆看）这一行为分析，金才断定，雅娟的所有努力都是徒劳的。

看完这些信，天都快亮了。金才的心里有一种莫名的惆怅，他想起了关玉玲，他把雅娟的长相和他小时候眼中的关玉玲画上了等号。他决定给这位似曾相识的雅娟写封信，尽其所能地送去安慰并抚平她那颗受伤的心。

这是金才一生中最好的一次文字表达能力的展示。他的这封“第三者情书”写得情真意切，可歌可泣。他没有任何矫情和做作，如实把从垃圾桶里发现的秘密，详细地告诉了雅娟，并坦率地阐述了自己对这件事情的看法。信的最后，他还引用了当时许多流行歌曲的歌词去鼓励她，希望她不要“心太软”、“独自一个人流泪到天明”，因为“傻傻地等，他也不会回来”，所以“算了吧，就这样算了吧，再想也没有用”等等。他不知这能否使雅娟从此变得坚强，但他在写这封信的时候，有好几次被自己的话感动得泣不成声，泪水把信都打湿了。

18

信寄出去之后，金才开始有些后悔了。他觉得自己既好笑，又无聊。他担心雅娟回信或找上门来。他还想象了多种结局，每一种结局都是戏剧性的。他在幻想中塑造了自己的高大形象，为了拯救一个遭受情感蹂躏的弱女子而赴汤蹈火。

金才不满足于白日做梦，他竟然纠集了几个要好的哥们儿，上门找到了那位 KH，把他骗到校园外没人的角落里，狠狠地揍了一顿，逼着 KH 给雅娟写了封道歉信。

差不多两个月过去了，金才收到了雅娟的回信。他既喜又怕，发了好半天呆，才小心翼翼地拆开了信封。姑娘在信里先是礼貌地表达了谢意，接下来十分严厉地指责了金才之流痛打她朋友的恶劣行径，并警告金才不要狗拿耗子——多管闲事。

金才羞愧得无地自容。他恨自己的神经搭错了线路。管她呢，活该！那天晚上，金才破天荒地一个人喝了瓶啤酒，然后呼呼大睡。一觉醒来，他的脑海里再也没有关玉玲和雅娟重叠起来的形象了。

又过了半年多，就在金才忙着找工作的时候，他又收到了雅娟的来信。信中还附上了一张女孩子的照片。这封信再一次把金才卷入了感情的漩涡里。

雅娟在信中表达了对金才的爱意。她说她是个被爱情抛弃的女孩，就像情书一样被扔进了垃圾桶里，她觉得孤独和绝望，企求金才能谅解她在上封信中的无礼，以及感谢对她以往的宽容，她愿意认金才为哥哥或者弟弟（她还搞不清金才的实际年龄），哪怕做一位能书信来往的普通朋友她也十分满足。

金才内心深处的那根细微的神经再一次被拨动。他毫不犹豫地给雅娟写了封热情洋溢的回信。他对雅娟的遭遇寄予了极大的同情，对她的表白给予了极高的评价，对照片上雅娟的笑脸投入了全身心的关注。他觉得她太美了，美得他把那张照片揣在衬衣胸前的口袋里，无数遍地拿出来端详，冲着照片傻笑。

两个人的信越写越频繁了，距离也越来越近了。到金才毕业时，他毅然放弃了回家乡省份工作的初衷，去了雅娟所在的那座城市。

金才在捡破烂儿、拾垃圾的过程中尝到了甜头，得到了乐趣，甚至找到了自我实现的价值。毕业分配时，他一度打算自谋职业，要闯出一条以垃圾为业的人生大道来。他曾把这个理想告诉过宿舍里的同学，他们一致认为金才染上“垃圾瘾”了，劝他要像戒毒一样戒掉捡一辈子垃圾的冲动。

金才没有坚持自己的想法，他也觉得世俗的偏见无法左右。不用说别人，就连爷爷和父母、弟弟都不可能接受他这个“荒唐”的选择。

金才被分配到雅娟居住的那座城市的机械厂工作，专业挺对口的。他和雅娟终于见了面，并且很快就办理了结婚手续。由于企业的效益不理想，管理一片混乱，金才熬了两年，最后一跺脚，辞职不干了。他重操旧业，继续与垃圾打上了交道。

凭着他对垃圾的一种与生俱来的爱好和割舍不掉的浓厚兴趣，金才辞职时就暗下决心，要成为一名有品位的“破烂王”。他把大学期间积攒的一万块钱和两年的工资积蓄都拿了出来，注册了一家小公司，从小处做起，先搞废品回收，渐渐地组织起一支庞大的拾荒者队伍。回收来的废品，他再分门别类地卖给需要原材料的企业，从中赚取差价。又过了几年，金才的资金雄厚了，经验也丰富了，他又办了好几个废品加工的厂子。

如今的金才，已经成了“金才再生资源开发集团”的董事长兼总经理，员工有数千人，公司遍布全国各地，连北京郊区也有一家他创办的企业，专门将回收来的矿泉水瓶子进行粉碎抽丝，生产出五颜六色的畅销产品——化纤毛线。

金才当上了省劳模和市政协委员，他穿着笔挺，坐豪华轿车，一副大老板的派头。

他自嘲说他就是个捡破烂儿的命，见到垃圾就喜欢得不得了，这一辈子就跟垃圾破烂儿一块儿过了。

他老婆雅娟听了不高兴，逼问他："谁是垃圾？谁是破烂儿？你是跟我过，还是跟垃圾过？"

金才赔着笑脸赶紧解释："都一样，都一样！"

他老婆更来劲了："怎么一样？我跟垃圾破烂儿都一样？！"

"没那个意思，那是你硬往上凑，就爱找不自在。嗨，这老娘儿们怎么都一个毛病！"金才悻悻地说。

金才两口子得了个男孩，在儿子满周岁时也让孩子到床上去抓一样能预测前途的象征物。雅娟说："你怎么一脑袋封建迷信，这还有个准儿？"

金才说："可准啦！我抓了本书，就念了大学。"

他老婆说："准个头，你念了大学还不是捡破烂儿？"

金才说："那是当年抓的那本书没头没尾的，是本破书，既是书又像破烂儿，所以我又念大学又捡破烂儿，真灵啊！"

19

老三木才读了三年师范，又被分回县城里的一所中学教语文，这是他心里盼着的美差。

刚一毕业，他就迫不及待地跟新华书店的那位姑娘结了婚，没请客，没摆酒席，只给亲朋好友们发了点儿喜糖。木才说："没人会笑话我，刚毕业，还没挣着钱呢，穷光蛋一个，连买喜糖的钱还是媳妇掏的呢！"

木才在中学里教了六年书，他对于自己的工作和老婆都十分满意，每天欢天喜地的，没个愁事儿。

这位当年的“小哑巴”、“小结巴”，如今成了讲话呱呱叫的“铁嘴子”。学校里凡是举办运动会、联欢会之类的大型活动，都请木才当解说和主持。

两年前，市广播电台招聘播音员，学校里的老师怂恿木才去试试，木才爽快地答应了，说：“试试就试试！不录用那是全市听众的损失，录用了那是咱们学校的损失，反正我什么都不少！”

经过几轮的筛选，木才还真被选上了。他爸董宝水替儿子担心：“你别一着急，把小时候结巴的毛病再勾起来。干什么不好，非得去耍嘴皮子？”

木才说：“你、你、你、你老人家就、就、就别操那、那、那份心啦！你看我、我、我说话，不、不、不、不是挺溜的吗？哪、哪、哪像个结、结、结、结巴?!”

董宝水笑得差一点儿呛着水，他端起茶杯吓唬儿子：“你这个小、小、小子，老是不、不、不正经，小、小、小心，我用茶、茶、茶杯砸你!”

爷爷的耳朵背，搞不清这爷俩说什么，见儿子董宝水比划着要用茶杯砸孙子，他把筷子往桌上一撂，大声呵斥道：“吵什么，一见面就吵架！都是些败家子!”

木才笑得紧捂肚子，他说：“哈哈，我终于知道我为什么结巴了。原来是遗传，我爸也结巴，隐藏这些年，我怎么没发现!”

木才他妈说："结巴是学的。你就会逗你爸爸，到老了，你又把他拐带结巴了。好了，爷爷不吃了，筷子撂了，省得插到鼻孔里！"又一阵狂笑，因为木才五岁时开口说的第一句话，就让爷爷惊得把筷子捅到了鼻子里。

木才后来还被电台送到广播学院进修了半年，现在正式做上了播音工作，主持"谈天说地"节目。

自从木才主持节目以来，董宝水天天拎着个半导体收音机，走到哪里听到哪里，他逢人便讲："我儿子在这里头说话呢，这小子原先是个结巴，现在你听，一点儿都不结巴，说话比谁都顺溜！"

20

在新世纪的头一年春天，董家沟镇冒出了件稀罕事儿。这件事惊动了不少人，包括县里和市里的领导。

董家三兄弟，金才、银才和木才也因为这件稀奇事而同时领着老婆孩子回到了故乡董家沟。全家非年非节地聚在一起，近十几年还是头一回。

董宝水跟孩子们说："你们说这怪不怪，天下的事儿无奇不有。你们记不记得爷爷说过，咱家不是董家沟的原始住户，这董家沟原来有一家姓董的，他们最后一代人于八九十年前搬走了？哎，就是这家姓董的，他们的后人又回来了。从哪儿回来的？远了去了，从美国！”

董宝水接着告诉儿子们：“头几天，咱家来了位长着黄头发、黑眼珠子的大小伙子，也就是你们这个年龄。由县长陪着，身后跟了一帮子人，还有扛着摄像机的。这个年轻人高鼻梁，皮肤挺白，洋不洋中不中的，搞不清是哪国人。说起话来，叽哩呱啦，一句中国话不会讲。听县里的干部说，他是咱董家沟人，祖爷爷于八十多年前去了美国。他爷爷告诉他，他的老家在中国，那个地方叫董家沟。他就来认老家啦！”

“这跟我们有什么关系呢？”金才好奇地问。

“咱家不是也姓董吗？在董家沟只有我们一家姓董。他就误认为咱是他的亲戚了。其实，咱不姓董，我的爷爷跟我说过，咱们是从海上漂到这个地方的。那时候这儿就叫董家沟，我们的姓是随了地名的。”董宝水认真地告诫孩子们，“咱们不能冒充人家的亲戚，也不想沾什么光。”

“为什么叫你们回来呢？”董宝水说，“一是那个外国人，不对，是跑到美国的董家沟人一定要见见你们；二是木才的儿子四月份正好一周岁，我想凑到一块儿让孩子抓抓‘周’，不是迷信，是想让你们的爷爷高兴高兴，他也是活一天少一天了，能看看重孙子、重孙女，他可乐了。”

第二天上午，那位洋董家沟人又来到了董炎社、董宝水的家里。他一口咬定董家跟他是一家子，他说美国有个小镇子也叫董家沟，是他祖爷爷当年立足的地方。这又引起了大家的好奇，木才让他把美国董家沟的地名写下来，那位大个子端端正正地写出了“Dong Town”，读起来像过年放二踢脚的声音。

中午，大伙儿热热闹闹地边吃边聊，越说越近乎，当他听说金才从事再生资源的利用和开发工作时，更是兴奋。原来这位居住在美国的董家沟人也是从事环保职业的，他的公司在国际上颇有影响和实力。他当即表示愿意与金才合作，在中国投资。市里的领导也马上表示在政策上给予特殊支持。最后大伙儿一块儿照了不少相。

趁着兴奋劲儿还没过去，当天晚上董家又举行了隆重的传统节目——“抓周”。

木才在兄弟三个中要孩子最晚，三十多岁了，才喜添贵子。

依然是在太爷爷的炕上摆东西，但到底摆什么这又引起了争论。木才说：“摆什么都行，就是别放老虎钳子!”

董宝水了解儿子的心思，他说：“那年头没东西好摆，老虎钳子算是好的呢，总比往炕上放粪叉子强。”

金才说：“把老爷子的金银财宝都摆上，不管孩子抓什么都是好命。”

银才说：“把我丫头的这把玩具手枪也摆上，说不定这小子将来能当兵。”

最后，炕上堆了六样东西：毛笔、香水瓶、算盘、秤砣、玩具手枪和一张百元钞票。爷爷董宝水把小孙子抱到大炕的中间。这小家伙东望望、西瞅瞅，一时不知抓什么好，爬了几下子，他一手抓住手枪，一手捏住钞票，把全家人逗得哈哈大笑。

金才说：“这小子厉害，两手抓，两手都很硬。”

银才说："我就觉得这小子长大了能当兵，用枪守国库。"

木才说："算了吧，我看我儿子怎么像是要抢银行似的。你看那表情，多狠呢！"

木才媳妇不乐意了，赶紧抱起儿子："你爸爸净瞎说，多不吉利！我儿子长大了开银行。"

"对，不管是抢银行，还是开银行，都有钱！"门口传来了夏大傻子的声音。他老了，没法儿挑筐捡粪了，只好挨门挨户地讨口吃的。